# SPUNK

**SPUNK,** der, maskulin, landschaftlich auch *Sprunk* oder *Spulk*, eine plattdeutsche Substantivbildung zu *spunken*, derb für *flunzen*, *spratzen* oder *kreiern*.

Seit dem 17. Jahrhundert verbreitet, doch bis heute nur der vulgären Kinder- und Jugendsprache zugehörig, ohne – bis auf einige wenige Dialektwerke – in die Hoch- und Literatursprache Einzug gehalten zu haben.

Erste Erwähnung bei Adelung und Campe (*DENN ZANK UN DENN TWIIFL*, 1653):

Wat förn bludegn Man is dat? Kann vatelln, so wi he ütsüd, denn nejsten Schtand van denn *Spunk*.

In Rädleins *Macbeth*-Übersetzung ins Niederrheinische (1711) steht *Spunk* für *Schlippe*:

Wat heje ödon, Süsta?
Puggn ümmebrängen.
Süsta, wat ej?
On Wiff van nen Matrosn haf
Kaschtanis
Up de *Spunk*
Un fratt, un fratt, un fratt.

Rädlein bemerkt, daß man hier (Xanten, Kleve) zwar gerne *Schlippe* oder *Spratz* sagt, aber *Spunk* der derben Redeweise von Shakespeares Hexen angemessener sei.

Bei Voss (1821) findet sich im Drama *DIE JUNGFRAU LUISE* der nächste Beleg:

Aber die Jungfrau eilte und mühte sich hustend am Feuer, des Vaters *Spunk* anzuzünden, welcher dem Alten schon während ihrer heftigen Philippika erloschen, reicht ihn dem Greise nun fauchend und spuckend und macht ein krauses Gesicht.

In Verbindung mit anderen Ausbrüchen aus dem Munde wandert der Begriff nordwärts und findet sich in recht freiem Gebrauch bei Jörn Uhl (*JUGENDERINNERUNGEN EINES ALTEN MANNES*, 1929):

Pervonte kriecht im Disteldickicht umher und flucht so ziemlich bald sein Bündel dürren *Spunk* zusammen.

Bei Jenssen schließlich (Schleswig 1907) im unveröffentlichten Nachlaß seines Prosafragments *DIE SCHEITEL DER KÖNIGINNEN*:

... daß die beiden edelsten Dinge, die es auf der ganzen Welt gibt, im Zank der beiden gekrönten Häupter sich in *Spunk* auflösten.

In Adams expressionistischem Poem *LÜLLE, PRÜTT UND SPÖKSKEN* (1921) ein letzter Verweis:

Er rotzte lauter Rosensyrup / und spuckte den zerbißnen Spunk / dem Pomeranzenblüthengott / ins fleischbezopfte Antlitz.

*Komposita*: SPUNKMAUKEN, regional für *Wanderschuhe*; milit. für *Geschützmunition*.

SPUNKKLÖTEN, (nur bei Rädlein 1721 nachweisbar) für ein prallgefülltes, zum Ergusse drängendes männliches Drüsengewebe.

MICHAEL ROES

# SPUNK

ROMAN

ALBINO

1. Auflage

Salzgeber Buchverlage GmbH
Prinzessinnenstraße 29, 10969 Berlin
info@albino-verlag.de

Umschlaggestaltung: Johann Peter Werth
unter Verwendung eines Fotos von Benjamin Reding (Filmstill aus dem Kinofilm «Für den unbekannten Hund», Lukas Steltner)
Satz: Robert Schulze
Printed in the Czech Republic

ISBN 978-3-86300-361-6

Mehr über unsere Bücher und Autor*innen:
**www.albino-verlag.de**

# INHALT

Einen besseren Ort gibt es nicht.

Als den auf der Straße.

Unterwegs.

Und kein besseres Alter als achtzehn Jahre.

Nur, was das bedeutet, mich drei Jahre lang nicht mehr zu Hause blicken lassen zu dürfen, das kann ich mir noch nicht richtig vorstellen.

Egal. Erst mal weg. Sollen sie mich übers Ortsschild werfen. Vor dem 4. Juli 1981 wird mich hier in Wertherbruch kein Schwein mehr zu Gesicht bekommen. Hallo, Welt, ich komme!

Altgeselle Manfred und der neue Lehrling, Edgar, bringen mich noch bis zur Rheder Chaussee. Zu Edgar weiß ich nicht viel zu sagen, er ist erst seit einem halben Jahr bei Vadder in der Lehre, ein Schmachtfetzen, ein Spangerlangerhansel, und nicht ganz schwindelfrei, was ihn natürlich gerade für den Beruf eines Dachdeckers qualifiziert. Wenn er es bei Vadder aushält, wird er bei meiner Rückkehr wohl selbst Geselle sein.

Manfred hingegen war immer da. Er ist ein wenig älter als Vadder und hat nie in einem anderen Betrieb gearbeitet. Er ist wohl entfernt mit uns verwandt, wie genau, hat mir aber keiner gesagt. Doch ich hab auch nicht wirklich nachgebohrt. Was ihm an Grütze fehlt, macht er durch Freundlichkeit wett. Er ist wahrscheinlich der einzige Mensch, der trotz aller Schikanen und Sticheleien, die er tagtäglich im Betrieb über sich ergehen lassen muß, Vadder wirklich mag. Zumindest habe ich ihn nie ein schlechtes Wort über Vadder verlieren hören.

Anstatt mir, wie es sich eigentlich gehört, mit seinem Zimmermannshammer einen Nagel durchs linke Ohrläppchen zu jagen (links cool, rechts schwul), ist er vor meiner Fremdschreibung mit mir zum Juwelier Junghans in der Osterstraße gelatscht und hat es dort schießen lassen und den goldenen Ring aus eigener Tasche geblecht. Nur die Taschenuhr ist von Vadder, ein altes Erbstück. Sie geht jeden Tag genau zweieinhalb Minuten nach. Sonst hätte er sie mir vielleicht gar nicht mitgegeben. Bin mir nicht mal sicher, ob er selbst überhaupt je auf der Walz war, nach dem Krieg und so. Nie erzählt Vadder etwas über sich. Und ihn nach irgendwas zu fragen, wagt nicht mal Klaus, der einzige, der überhaupt mal das Maul gegenüber dem Alten aufkriegt. Aber Klaus hat sich ja schon vor einigen Jahren verdrückt, zur Polizei, wo man sich schon Sechzehnjährige vorknöpft, um sie zu richtigen Bullen zu kneten. Nur an jedem zweiten Wochenende ist er noch in Wertherbruch, ansonsten haust er in seiner Kaserne in Selm-Bork. Ist Klaus da, reißt Vadder sich ein bißchen zusammen, weil er inzwischen wohl Schiß vor seinem Ältesten hat. Doch ohne Klaus ist er so unberechenbar wie eh und je. Mechthild ist die nächste, die ein Au-pair-Jahr in der Schweiz nutzt, um abzuhauen und sich hinterm Matterhorn zu verkriechen. Ich bin natürlich wieder mal der letzte, der geht. Ob Vadder wirklich glaubt, daß ich in dieses Kuhkaff zurückkomme? Eigentlich hätte Klaus ja den Betrieb übernehmen sollen, ich hatte doch angeblich immer zwei linke Hände und allenfalls zum Friseur getaugt. Aber nachdem Klaus diesen eleganten Ausweg zu den Schupos gefunden hat, läßt Vadder mir keine

Wahl, ich muß nach der Mittleren Reife von der Schule ab und bei ihm meine Lehre anfangen.

Mittlere Reife, ein Begriff aus einer Zeit, wo man vielleicht wirklich noch fürs Leben gepaukt hat. Ich war gut genug, um aufs Gymnasium zu wechseln und auch noch die höhere Reife zu erreichen. Aber das kam gar nicht in Frage, die Jugend hält sich auch ohne Abitur schon für klüger als die eigenen Eltern, diese Überheblichkeit muß man ihr beizeiten austreiben. Gibt es denn etwas Ehrbareres als das solide Handwerk? Man schaue sich doch nur mal dieses langmähnige und filzbärtige Studentenpack an, das man jeden Abend in den Nachrichten zu sehen kriegt! Statt in den Hörsälen treiben sie sich auf der Straße rum, brüllen Revoluzzerparolen und prügeln sich mit der Polente, und diese Typen sollen später mal unsere Kinder unterrichten oder auf der Richterbank sitzen?

Eigentlich sollte ich doch froh sein, mich endlich fremd zu machen. Aber es ist doch eher eine traurige Chose, dieser Aufbruch mit Manfred und Edgar im Troß, wo doch eigentlich eine ganze Gesellenschar mich bis zum Ortsschild und darüber hinaus begleiten sollte. Wie sollen diese beiden trübsinnigen Schlackse mich auffangen? Also verzichte ich darauf, über das Schild zu klettern und in ihre schmächtigen Arme zu hopsen und belasse es bei einer linkischen Umarmung und einem knappen Tschüß, wir sehen uns in drei Jahren wieder!

Manfreds Schnotterbelle hängt mir noch eine Weile am Kinn, und ich laß sie da erst mal hängen. Eigentlich ein ziemlich schönes Wort für ein so unappetitliches Erzeugnis, aber es gehört zu Manfred wie seine unerschütterliche Freundlichkeit. Schnotterbelle, klingt doch irgendwie nach zarter Elfe oder arglosem Schmetterling, ist aber nur ein ekliger Rotzfaden: He hätt de Schnotterbelle bes up't daarde Spunkloch hangen. Manchmal schimpft man auch uns freche Bengel so (Rotznasen).

Hat also wohl auch mit schnoddrig zu tun: rotzig, lässig, herausfordernd, mit oder ohne geputzten Zinken. Das mögen die Erwachsenen eben nicht, daß man den Rotzfaden da einfach hängen läßt.

Neben der sanften Schnotterbelle gibt es in den unergründlichen Nasenhöhlen auch noch den groben, ungehobelten Popel. Aber in unserer Sippschaft sprechen wir nicht von Popeln, sondern vom Bumang, den es nur in der Einzahl gibt. Es muß ein reines Familienwort sein, da ich es außerhalb unserer vier Wände noch nie gehört hab. Der salzige und ein wenig dreckige Geschmack kann einen glatt süchtig machen. Eklig sind immer nur die Popel der anderen. Falls man doch mal bei dieser Leidenschaft erwischt wird, entsorgt man das klebrige Ding unter der nächsten Tischplatte oder Sessellehne oder schnippt es irgendwo in die Botanik.

Ach, was haben wir gegrölt und uns auf die Schenkel geklopft, als Monsieur Hulot in *Trafic* an einer roten Ampel steht und nichts anderes zu tun hat, als seinen Mitwartenden beim Popeln zuzuschauen. Vom Arbeiter in seiner Ente bis zum Abgeordneten auf der Rückbank seiner Limousine glauben sich alle offenbar unbeobachtet und geben sich ganz schamlos dieser Unart hin. Selbst Vadder, dem Oberpopler unserer Mischpoke, der nun selbst im Politbüro der SBZ jeden Preis in Humorlosigkeit gewinnen würde, laufen die Lachtränen über die stoppeligen Wangen.

Als er merkt, wie lächerlich er sich gerade macht, springt er aus dem Sessel, murmelt: Was für eine Volksverdummung! und schaltet die Glotze aus. Niemand wagt, sich zu beschweren, und Mudder ist die erste, die sich in die Küche verzieht.

Mudder ist übrigens die einzige, die ein Taschentuch benutzt, um sich die Nase zu putzen. Vielleicht hat das mit ihrer protestantischen Erziehung zu tun, vielleicht hat sie auch nur die Familienpopel an allen unmöglichen Stellen satt. Diese Anständigkeit paßt nicht so recht ins katholische Milieu von Wertherbruch. Und ich brauche ziemlich lange, bis mir klar wird, was das für sie bedeutet, als Protestantin auf diesen katholischen Misthaufen verfrachtet worden zu sein. Aber Klaus war bereits unterwegs, wie wir neugierige Gören schon früh aus dem Vergleich von Geburts- und Heiratsdaten herausgefunden hatten, also blieb den Alten keine Wahl. Und wann immer es Mord und Totschlag im Hause Hermann Dunkers gab, haben Mechthild und ich insgeheim Klaus die Schuld dafür gegeben. Wie sehr habe ich immer jene Klassenkameraden beneidet, deren Mütter Witwen waren!

Ansonsten spielten körperliche Angelegenheiten eigentlich nie eine große Rolle. Womöglich konnten die beiden sich nicht einigen und ließen uns deshalb in Ruhe. Ob wir nun genußvoll popelten, die Nägel abkauten und nur alle zwei Wochen mal badeten oder erst die Socken wechselten, wenn wir uns schon selbst nicht mehr riechen konnten, das war unsere Sache. Am Ende sind es die Freunde oder Kumpel, die uns zu einem Mindestmaß an Sauberkeit erziehen, will man nicht immer der letzte sein, der in die Völker- oder Fußballmannschaft gewählt wird.

Einmal hatte Mechthild auf dem Schulhof einige Andeutungen aufgeschnappt, daß Babys wohl doch nicht in Krankenhäusern, sondern in einer undurchsichtigen Operation von Müttern und Vätern produziert würden. Ich erkläre ihr den undurchsichtigen Rest, soweit ich ihn selbst schon kapiert hab. Ich bin zwar nur ein Jahr älter als mein lästiges Schwesterlein, aber natürlich zählt ein Kinderjahr mehr als das eines Erwachsenen, und mich hat wiederum Klaus, der ein Jahr älter ist als ich, aufgeklärt, ja, nicht nur aufgeklärt, sondern auch gleich in die Praxis eingeführt. Eines Nachts kriecht er einfach ungefragt zu mir ins Bett, drückt sich schweigend an mich und versucht, mir seinen steifen Pimmel in die Poritze zu schieben. Trotz aller Verrenkungen ist sein Pillemann aber noch zu klein um mir wirklich weh zu tun. Schon klar, daß man so unter keinen Umständen schwanger wird.

Mechthild hingegen hat nichts Besseres zu tun, als mit ihrem neuen Wissen gleich bei Vadder hausieren zu gehen. Damals war sie noch Papas Liebling. Doch diesmal hört er ihr Geplapper erst gar nicht bis zu Ende an, sondern versohlt mir nach Strich und Faden den nackten Hintern und brüllt, wir hätten die Aufklärung seiner Blagen gefälligst ihm zu überlassen! Als hätten Vadder oder Mudder in unserer Gegenwart je ein Wort über Sex verloren!

Auch die Anatomielehrbücher, die Mudder aus ihrer Schwesternausbildung aufbewahrt hat, dicke, teure Schwarten, helfen uns nicht gerade weiter. Glied und Hoden ohne Haut zu sehen, ist zwar irgendwie aufregend, es gibt in der Mitte des Lehrbuchs diese Folien, die übereinander gelegt einen nackten Mann ergeben, dem man dann mit jedem Umblättern zunächst seine Haut, dann sein Fett, seine Sehnen und Muskeln, sein Nerven- und Adernnetz abziehen kann, bis nur noch die Knochen bleiben und wir uns gruselnd fragen: Das ist also der Mensch? – bis Klaus die erste *Bravo* ins Haus bringt und die, wie sich nun herausstellt, doch ziemlich beträchtlichen Wissenslücken hinsichtlich des Gebrauchs unserer Geschlechtsorgane endlich von Doktor Sommer gefüllt werden.

Andererseits bin ich mir, acht Jahre später und um einige Erfahrungen reicher, noch immer nicht ganz sicher, alles über den Sex begriffen zu haben, von der Liebe ganz zu schweigen. Das, was meine Alten zusammenbleiben läßt, kann ja wohl keine Liebe sein. Und wie sie uns Gören fabriziert haben, will ich mir erst gar nicht ausmalen. Der *Bravo*-Pillekasten läßt da doch noch viel, vielleicht sogar das Ausschlaggebende offen. Und die Eltern selbst kann man zu diesem Punkt ja schlecht befragen.

Was soll's, das liegt nun alles hinter mir. Es ist Montag, der 3. Juli, die Sonne scheint, mir ist es fast schon zu warm für Kreuzspanne und Wallmusch, dabei ist es noch nicht mal zehn. Aber was ich anhab, muß ich nicht tragen. Und der Rest, Unterwäsche zum Wechseln, eine Zahnbürste, Schuhputzzeug, mein Wanderbuch, eine Landkarte, meinen Zimmermannshammer und Wegzehrung für den ersten Tag, paßt locker in meinen Charlie. Wenn es gegen Mittag zu heiß werden sollte, hau ich mich einfach unter den nächsten Baum. Noch kommt mir diese Freiheit ganz ungewohnt vor, und ich muß mich zwingen, mir allein schon den Gedanken daran zu erlauben: Ich bin frei frei frei! schrei ich hinaus, noch ganz ohne wirkliche Überzeugung: Ich kann gehen, wohin ich will! (Nur nicht zurück nach Wertherbruch in den nächsten drei Jahren. Aber was hätte ich dort auch verloren!) Ich kann rasten, wann und wo ich will! Ich kann mir Arbeit suchen, kann es aber auch lassen und herumvagabundieren, bis der Schmacht oder Väterchen Frost mich dazu zwingen! Kann mir einen Tippelbruder suchen, aber auch alleine wandern, kann mich von Wildfremden auflesen und mitnehmen lassen, solange ich nur nicht dafür bezahlen muß, kann unterwegs laut schallern, vor mich hinbrabbeln oder auch tagelang das Maul halten, wenn mir danach ist!

In den letzten Monaten hab ich oft versucht, mir vorzustellen, wie das ist, auf der Walz sein, doch waberte vor allem Nebel in der Rübe. Aber selbst dieser trübe Dunst reichte, es bis heute, bis zum Tag meines Aufbruchs, daheim auszuhalten und nicht noch eine Dummheit zu begehen. Wenn Vadder es mir am Ende dann doch nicht erlaubt hätte, weiß ich nicht, was passiert wär.

Es hätte wohl Tote gegeben. Aber was hätte er schon einwenden können? Ohne Walz kein Meister, hieß es doch immer. Ohne Walz kein Meister! war einer von Vadders Standardsprüchen, auch wenn er damit nur sagen wollte, ohne Fleiß kein Preis, oder so. Und selbst so ein unberechenbarer Knacker wie Vadder kann sein alltägliches Gebrabbel nicht von heute auf morgen einfach ins Gegenteil verkehren.

Der Kirchturm von St. Gudula in Rhede taucht auf. Das Land ist flach oder, wie man hier sagt, platt, platt wie ein Pavianarsch, platt wie die Sprache, die uns hier aus dem Maul fällt, platt wie ich und meine Kumpel am letzten Tag der Kirmes oder die Schläuche meiner Fietse mit Heike auf der Stange und Christian auf dem Gepäckträger. Meer und Eis wechseln sich ab. Immer wieder konnte man ja, ohne sich die Käsequanten naß zu machen, bis nach England rüberspazieren. Und wäre die Erde nicht rund, könnte man selbst nach zig Tagesmärschen noch den Kirchturm von St. Gudula sehen.

Die ersten sechs Kilometer habe ich hinter mich gebracht, die ersten Blasen bilden sich, die neuen Schuhe sind natürlich noch nicht eingelatscht. Früher mußte ich einfach die Klamotten und die Treter von Klaus nachtragen, sobald er herausgewachsen war, der typische Nachkriegsgeiz jener Generation, die ihre Kindheit im Krieg verbracht hat, das Sammeln-, Hortenmüssen, das Nichtwegwerfenkönnen ist ihnen in Fleisch und Blut übergegangen. Nur an Angebereien wie die chromglänzende Familienkarre hat Vadder nie gespart. Aber fettarme Milch mußte es sein, weil sie zehn Pfennig billiger war als Vollmilch und wir drei unersättlichen Bälger unseren armen Alten ja ohnehin schon die Haare vom Kopf gefressen haben.

Ich bin nie gerne zu Fuß gegangen. Aber trotz der Blasen will ich noch keine Rast machen und erst recht nicht den Daumen rausstrecken und ein Auto anhalten. Mehr noch als das lange

Latschen habe ich das Autofahren gehaßt. Außerdem will ich mir von niemandem dieses Gefühl der Freiheit totlabern lassen.

Aber meine Fietse vermisse ich bereits jetzt. Bin quasi mit ihr auf die Welt gekommen. Konnte, wie alle hier an der Grenze, ja eher Radfahren als Laufen. Es ist fast wie fliegen, wie schwerelos sein. Meine Fietse war mir ein so unersetzlicher Kumpan wie einem Cowboy sein Pferd.

Vermiß ich sonst noch was von dem Zeug, das ich zurücklassen mußte? Mir fällt nichts Wichtiges ein. Aber nun bin ich auch gerade mal erst einen halben Tag unterwegs. Werde ja sehen, wie es mir in einem halben Jahr geht, im Januar, bei minus sieben Grad und Schnee und Eis auf der Piste.

Ist mir bisher noch gar nicht aufgefallen, wie ungastlich diese Gegend ist. Bis Gemen findet sich keine einzige Herberge. Und selbst dort werde ich eher mit Zurückhaltung aufgenommen.

Die Wasserburg muß man wohl eher ein Schloß nennen. Irgendwann im Lauf ihrer Geschichte sind die Wehranlagen durch Prunkräume ersetzt worden. Hier ist der Schloßkaplan der Chef, ich sage mein Sprüchlein auf, auch wenn meine Kluft ihm nicht fremd ist, zögert er, mir für die Nacht ein Quartier anzubieten.

Ich will es nicht umsonst, komme ich dem abweisenden Mann Gottes entgegen. Falls es was auszubessern gibt, arbeite ich Kost und Logis natürlich ab!

Wir stehen im Schloßhof, sein Blick wandert über die uns einschließenden Fassaden der Ringburg. Dachdecker, sagst du? Du könntest die Dachrinnen reinigen. Das ist meines Wissens seit Jahrzehnten nicht mehr geschehen. – Meine Augen folgen seinem Blick, vierstöckiges Herrenhaus, Bergfried mit Barockhaube, Kapellen- und Batterieturm mit steilen Runddächern, die auf der hofabgewandten Seite mit ihren Füßen direkt im

Wassergraben stehen, eine halsbrecherische Arbeit, für die ein Mann allein, wenn er sie denn gründlich und vollständig macht, mindestens eine Woche braucht.

Wer weiß, was sich dort so alles im Lauf der Zeit angesammelt und eingenistet hat, brabbelt der Kaplan vor sich hin. Schon bei leichten Regenfällen laufen die Rinnen über. Und an Regen läßt es der liebe Gott uns wirklich nicht mangeln. Aber wem sag ich das, du kommst ja aus der Gegend.

Eigentlich sollte ich so schnell wie möglich den Bannkreis hinter mir lassen. Trotzdem sage ich zu, die Vielfalt der Dächer und das Halsbrecherische des Auftrags scheinen mir ein guter Anfang meiner Walz. Und wenn über allem gar der Segen Gottes hängt …

Heute nacht hast du den Schlafsaal noch für dich. Doch morgen erwarten wir eine Gruppe von Meßdienern aus Soest, die zu unseren Tagen der inneren Einkehr hier zu Gast sein werden. Dann ist das Haus voll!

Der gesunde Menschenverstand rät mir, in dem noch leeren Schlafraum mit seinen acht Doppelstockbetten eine Koje in der abgelegensten Ecke zu wählen und in dieser Nacht schon mal eine Runde vorzupennen.

Gibt es sonst noch einen Beruf, wo man so ungestört träumen kann? Auf dem Dach bin ich allein, niemand beobachtet mich, kommandiert mich herum oder kontrolliert, was ich tue. Wenn ich also nicht gerade den Schnodder der Jahre aufs Hofpflaster oder in den Wassergraben klatschen lasse, kann ich stundenlang auf den warmen Schindeln liegen und in den Himmel starren, bis mich die Langeweile, der Hunger oder ein zu spät bemerkter Sonnenbrand wieder zurück auf den festen Boden treiben. Ach, wie man hier doch überhaupt immerzu mit beiden Beinen auf dem festen Boden der Behauptung steht: Ich weiß Bescheid!

Mir kann keiner! Man muß wohl in einem Erdbebengebiet aufgewachsen sein, um zu wissen, daß es diesen festen Boden gar nicht gibt.

Auf die Türme gelange ich leider nicht, weil die Leitern zu kurz sind und es keine Dachluken gibt. Selbst ein Schornsteinfeger gelangt dort nicht hinauf, aber er muß es auch nicht, da es keine Kamine gibt. Jahrhundertelang wurde hier nicht geheizt. Der eine war der Pulverturm, da versteht es sich von selbst, daß man dort nicht unbedingt Feuer machen will. Im anderen befindet sich die Burgkapelle, und gehört für uns Katholiken die kalte, unbeheizte Kirche nicht von jeher zum Gottesdienst?

Mit der Ankunft der Meßdiener ist es um meine Ruhe geschehen. Die Tage innerer Einkehr münden schon in der ersten Nacht in einer heidnischen Orgie, deren unbeteiligter Zeuge ich werde, weil sie wohl glauben, ich penne bereits. Vielleicht ist es ihnen auch egal. Es fängt so harmlos an, wie ich es auch von Klassenfahrten und Pfadfinderlagern kenne. Sobald der Gruppenleiter das Licht ausgemacht und sich auf sein Einzelzimmer verdrückt hat, werden die billigen Rotweinflaschen und Sixpacks, die man in den Schlafsaal geschmuggelt hat, aus den Sporttaschen geholt, und schon beginnt die unheilige Messe, in der sich tatsächlich der Wein in etwas Leibliches verwandelt. Die ersten Opfer sind die Jüngsten, die sich mit den Tricks und den gezinkten Karten der Älteren beim Bubenlegen noch nicht auskennen und so schon bald ihrer Pyjamas ledig sind. Alle sind sie jünger als ich, diese Meßdiener aus Soest, aber wesentlich abgebrühter, als ich in ihrem Alter war. Ja, der einzige Unschuldige in diesem mitternächtlichen Offertorium bin ich. Mag sein, daß ich in dieser Hinsicht meinen Altersgenossen immer schon ziemlich nachgehinkt bin. Aber das nicht aus

Unreife, sondern schlicht aus mangelnder Gelegenheit, wie es sie in einem Kaff wie Wertherbruch einfach nicht gibt. Dazu muß man sich erst in dieser katholischen Jugendburg einnisten. Sind endlich alle Kleidungsstücke und jeder Rest an Zurückhaltung abgelegt, wird es handgreiflich. In der Realschule haben wir es unfein, aber treffend Eiercatchen genannt. Wichtig bei diesen Übergriffen ist, daß sich weder der Angreifer noch sein Opfer auch nur die geringste Lust anmerken läßt. Stattdessen Flüche, Schmerzensschreie, Racheschwüre. Und je länger ich dem Besäufnis und den plumpen Handgreiflichkeiten lausche, desto mehr zieht es mich runter. All dieses Verstecken und Vortäuschen, all diese Lügen, mit denen wir aufwachsen, und diese verkorksten ersten Erfahrungen, die nur im Suff möglich sind und die man eigentlich nicht Sex nennen kann, aber unser ganzes weiteres Liebesleben irgendwie prägen, Berührungen, die nur möglich sind, wenn sie als Prügel daherkommen – am nächsten Morgen will man nichts mehr davon wissen, oder hat es tatsächlich vergessen. Klar, der Suff ist schuld.

Trotzdem bleibe selbst ich in meiner Trübsinnsecke von den Erregungswellen, die durch den Schlafsaal branden, nicht unberührt. Es stimmt ja, am besten lernt man seinen Körper wohl bei einer zünftigen Keilerei kennen. Wie besoffene Teufelchen sehe ich die nackten, geröteten Leiber durch das Flackerlicht der Taschenlampen huschen oder von Doppelbett zu Doppelbett springen, der erste brutale Absturz scheint mir bloß eine Frage der Zeit. Allein die beiden Ältesten sind noch mit einer Unterhose bekleidet, das hinterhältige Spiel mit den Jüngeren scheint sie bereits zu langweilen, aber sich nun mit einem ebenbürtigen Partner zu vergnügen, trauen sie sich nicht. Klar, sie wollen richtigen Sex statt dieser Kindereien, ich verstehe das, spüre ja selbst ihre gegenseitige Neugier aufeinander, aber nun dem Kumpel an den Sack zu gehen und ihm die Eier zu quetschen, ist doch eine andere Liga als den Jüngeren zu zeigen, wer hier bereits ein echter Kerl ist. Statt noch den letzten Schritt zu wagen, prahlen die beiden sechzehn- oder siebzehnjährigen Rädelsführer nun mit ihrer Halbstarkenmucke, führen uns zwischen den Doppelbetten ihre Angeberübungen vor, so daß endlich mal jemand ihre stahlharten Brust- und Rückenmuskeln zu sehen bekommt, die während der Sonntagsmessen ja stets von diesen lächerlichen Rüschengewändern verdeckt bleiben, als sei man ein geschlechtsloses Wesen. Athleten haben am Altar nichts zu suchen. Und was ist mit Michelangelos Engeln in der Sixtinischen Kapelle? Weiß die Kirche überhaupt, was sie will? Uns ist immerhin klar, daß sich in diesem Alter alles nur um Sex dreht. Nicht das Wichsen und Spannen zehrt uns aus, sondern das schlechte Gewissen.

Seit meiner Gesellenprüfung in diesem Sommer bin ich zwar freigesprochen, aber ich kann's mir noch so oft vorsagen und einreden, wirklich frei fühle ich mich noch nicht. Es scheint, als schleppte ich in meinem Charlie einen ganzen eichenen Beichtstuhl mit. Eigentlich heißt Freisprechung ja, von seinem Meister und seiner Familie und nicht zuletzt der ganzen Gemeinde losgesprochen zu werden. Aber man muß wohl mehr tun als nur abhauen und sich entfernen. Vielleicht sah Lots Weib – wie hieß sie noch mal? – gar nicht aus Neugier, sondern aus Brast zurück, aus Brast auf Lot, den Wüstling, Suffkopp, Vergewaltiger ihrer Töchter, aus Brast auf Gott, dieser beleidigten Leberwurst, der sich gleich mit einem Massenmord revanchiert. Lieber zur Salzsäule erstarren als unter der Pranke dieser beiden Pißnelken leben, hat sie sich gedacht.

Haltern am See. Weiter habe ich es heute nicht geschafft. Aber viel weiter muß ich ja auch nicht gehen. Nun bin ich wohl endlich außerhalb der Bannmeile, wenigstens fünfzig Kilometer von daheim entfernt. Fluglinie oder Straßenkilometer? Ich habe nicht gefragt, und ich werde es auch nicht nachmessen. Drei Jahre und ein Tag. Diese Bannzeit aber werde ich mit aller Gewissenhaftigkeit einhalten. Wüßte auch nicht, was ich auch nur einen Tag früher in Wertherbruch zu suchen hätte. Wahrscheinlich würde ich sofort zum Barras eingezogen. Bin für die Zeit der Walz ja nur freigestellt, ansonsten aber T1, voll verwendungsfähig, gemustert: Kampfschwimmer, Bomberpilot, vielleicht gar keine so schlechte Alternative. Vadder und Klaus haben es mir ja vorgemacht.

Andererseits hätte ich auch einmal im Leben ehrlich sein und, als sie mich nach meinem Berufswunsch fragten, antworten sollen, der erste, an den ich mich erinnern könne, sei AVON-Beraterin gewesen.

Ich schau erst mal im Rathaus vorbei und laß mir einen Stempel ins Gesellenbuch drücken: Bin hier gewesen! Sag mein Sprüchlein auf, aber es seien gerade Sommerferien, entschuldigt sich der Kämmerer und schickt mich zur Jugendherberge, sehr schön am Stausee gelegen. Würde heute gern hier übernachten, bin ja fast dreißig Kilometer getippelt, das reicht für einen Tag, die Socken qualmen, die Blasen sind blutgefüllt, doch der Herbergsvater besteht auf ein Übernachtungsgeld und will von der eisernen Regel nichts wissen, daß wir wandernden Gesellen für Essen und Unterkunft nicht mit Geld, sondern nur mit Arbeitskraft bezahlen dürfen. Was zu schaniegeln hat er allerdings nicht für mich, denkt nicht mal darüber nach, ob es nicht doch das eine oder andere auszubessern gibt. Würde mich für ein anständiges Abendessen sogar an den Spültisch stellen. Aber nichts da, liege mit knurrendem Magen am Seeufer und hoffe nur, daß es heute nacht nicht regnet. Warm genug ist es jedenfalls, um im Freien zu übernachten. Fast zu warm. Könnte heute nacht noch ein Gewitter geben. Das Münsterland hat ja nicht umsonst den Ruf, das Regenloch der Nation zu sein. Doch noch sehe ich den Sternenhimmel und verspüre, kaum eine Woche unterwegs, einen ersten Anflug von Verlorenheit und Heimweh. Ein kühles Bier, denk ich, würde dagegen ja schon helfen.

Hat wenigstens das Universum ein Zentrum, frage ich mich, eine Mitte, von der einmal alles ausging? Und wo befinden wir uns dann in diesem Universum? Nahe der Mitte oder doch eher am Rand? Und wenn diese irre Idee vom Urknall stimmt und das Universum seither unaufhörlich auseinanderfliegt, wo fliegt es dann hin? Welchen Raum gibt es denn da noch außerhalb des Universums? – Sieh mal einer an, man kann auch ganz ohne Alk besoffen sein.

So eine Walz ist ja immer eine Wanderung ins Ungewisse. Aber es gibt schon einige Möglichkeiten, erwartbaren Malessen aus dem Weg zu gehen. So sollte ich mich im Herbst zum Beispiel rechtzeitig Richtung Süden aufmachen, um die kalten Monate an der Adria oder der Côte d'Azur abzuhängen. Auf vereisten Dächern schaniegelt es sich einfach nicht gut, wenn es überhaupt was zu malochen gibt. Und wenn man es nicht rechtzeitig über die Alpen schafft, sollte man zumindest einen verläßlichen Meister gefunden haben, der einen nicht beim ersten Schneefall vor die Tür setzt.

Jetzt fängt es Choddvadomme doch wirklich noch an zu regnen. Ich verzieh mich unter ein Freidach, das man hier für Picknicker ans Seeufer geknallt hat, nun aber einfach nur nach Pisse stinkt. Ich mach es meinen Vorgängern nach, pule meinen Pillemann aus dem Hosenlatz und leiste meinen Beitrag zum Mißbrauch dieses Unterstandes. Hingehauen hätte ich mich hier ohnehin nicht, auch wenn der Boden außerhalb meines Sprengkreises im Augenblick noch trocken ist.

Ich bleibe, auch wenn ich hundemüde bin, an der Dröppelkante stehen, nicht mal ordentliche Rinnen haben sie dem Flachdach verpaßt! und starre einfach in den tristen münsterländischen Dauerregen. Wenn es wenigstens ein fetter Wolkenbruch mit Blitz und Donner wäre, damit man am Ende nicht noch wie das letzte Schwein um einen Platz auf der Arche betteln muß, sondern einigermaßen menschlich ersäuft!

Ich halte meinen Pillemann noch immer in der Flosse, es schaut ja niemand zu, denke ich, hier am einsamen Strand des Haltener Stausees, kein Mensch, kein Gott, nirgends, während das Wasser langsam, aber unaufhaltsam über die Ufer tritt, dieses warme Würmchen in der Hand hat etwas Tröstliches, als wäre es gar kein Teil von mir, sondern ein fremdes Wesen, eine Art Haustier. Warum fallen mir überhaupt diese Kindheitswörter wieder ein, wer sagt denn noch Pillemann? Dabei ist es doch ein vollkommen unschuldiges Wort. In allen, die wir danach in den Mund nehmen, Schwanz, Latte, Pimmel, Schwengel, Bolzen, hört man ja schon die erweiterten Verwendungszwecke heraus. Selbst die Pisse ist noch nicht Pisse, sondern reines Pipi, das jeder Pilzkranke anstandslos gurgeln kann. Der Pillemann ist noch nicht Privateigentum, sondern Allgemeingut, alle spielen mit dem kleinen Piephahn, Mütter, Onkel

Tanten, Brüder, Schwestern, nur für die Väter ist er tabu. Ist das von Bedeutung? Ich stopf mir das Zipfelchen zwischen die Beine, drücke und reibe es; daß es dabei steif wird, findet noch keine weitere Beachtung, es fühlt sich einfach gut an und hilft beim Einschlafen.

Wann wird uns dieses Stehaufmännchen fremd? Fängt es mit dem veränderten Geruch an, mit der sich verändernden Größe? Wir haben bereits entdeckt, daß einige Kumpel und Vereinskameraden schon keinen Pillemann mehr, sondern einen Schwanz haben, und hoffen und befürchten, daß es uns bald auch so gehen wird, ohne schon genau zu wissen, was da eigentlich mit uns passiert.

Was hat überhaupt der Mann schon im Pillemann zu suchen? In Wertherbruch nennt man in vollem Ernst auch den Patenonkel Pillemann, und wir Kinder spielen ganz arglos mit einem Ding, das wir Pillemann nennen, einem an beiden Enden zugespitzten Stöckchen, das wir aus einer kleinen Grube oder Mulde mit einem größeren Holzstück herausschlagen.

Oder habe ich mir das bloß ausgedacht? Müßte Klaus fragen, von ihm habe ich immerhin die meisten dieser Wörter gelernt. Kann mich nicht erinnern, daß Mudder je ein Wort wie Dödel oder Klöten in den Mund genommen hätte. (Vadder ist da ein ganz anderes Kaliber.) Pillemann, ja, das ging gerade noch, aber als examinierte Krankenschwester sagte sie meistens einfach Gliedchen. Was ihr wohl jetzt dazu einfiele? Während ihrer vielen Dienstjahre hat sie fraglos unzählige Dödel in der Hand gehabt, und sei es auch nur, um die schlaffen Pimmel mal zu waschen.

Mudder hat sich immer geweigert, das Wertherbrucher Platt zu sprechen oder auch nur zu verstehen. Genauso wenig mochte sie es, wenn man sie Mudder, Mutti oder Mama nannte. Aber selbst wenn Vadder sich bemühte, Mutter zu sagen, klang es doch immer nur wie Mudder. Und wir haben es ihm einfach nachgemacht. Sprachen sie untereinander kein Platt, so palaverten Oma und Opa oben im Haus nichts anderes und wollten Mudder nicht verstehen, wenn sie ihr Sauerländer Hochdeutsch sprach. Mag sein, daß sie im Sauerland mit Gott und Religion nichts am Hut hatte, Wertherbruch jedenfalls hat sie zur Protestantin gemacht. Sie achtete auf die Sprache, kümmerte sich um die Finanzen, beglich die Rechnungen, sorgte dafür, daß die Schulden, die Vadder anhäufte, nicht Überhand nahmen, ließ sich nicht anmerken, was sie wirklich dachte oder empfand, da blieb natürlich auch kein Raum für viel Zärtlichkeit. Mich hat sie wegen einer Brustentzündung bereits nach vier Wochen abgestillt. Das war's dann auch für die kommenden Jahre.

Doch wenn man in der Teutonenstraße aufwächst, lernt man ein gewisses Maß an protestantischer Nüchternheit zu schätzen.

Ich bin zwölf Jahre alt, Mechthild ist elf, als wir gemeinsam in ein Sommerlager der Arbeiterwohlfahrt nach Südtirol verfrachtet werden. Schon auf der Hinfahrt entdecke ich Alex, einen Mitschüler aus der Parallelklasse, genauso alt wie ich, sogar im selben Monat geboren. Wir werden beide noch in diesem Sommer dreizehn. Dreizehn! das heißt: Teenager! Ich sorge dafür, daß wir dieselbe Bude beziehen, ein Zweibettzimmer. Alex hat nichts dagegen, auch er findet es cool, unter den sechzig Lagerteilnehmern eine vertraute Visage entdeckt zu haben.

Unsere Bude ist spartanisch eingerichtet, zwei schlichte Holzbetten, ein blauer Metallspind, kein Tisch und kein Stuhl. Ich hätte unsere Fallen gerne zusammengeschoben, ich bin sicher, Alex hätte das auch geil gefunden. Aber unsere Stubentür läßt sich nicht verriegeln, und wir sind beide bereits abgebrüht genug, um zu ahnen, in welchen Verdacht wir geraten, wenn wir einfach den Spint vor die Tür schieben. Also richtet sich jeder in seiner einsamen Ecke ein.

Alex hat vergessen, einen Schlafanzug einzupacken; behauptet er zumindest. Natürlich könnte man selbst in den Tiroler Bergen im August auch ohne Pyjama pennen, aber ich schmeiß ihm großzügig meinen zweiten Schlafanzug rüber, auch wenn ich nun in den drei Lagerwochen keinen mehr zum Wechseln hab. Was soll's, mit dem Wäschewechseln ist es ohne Mudder ohnehin nicht weit her. Eine gute Vorübung für die Walz, wo man ja auch mit derlei Luxus geizen muß. Noch hat man ja gar keinen Sinn dafür, wie man in den Nasen der anderen ankommt. Nicht mal unsere Bude hin und wieder zu lüften fällt uns ein. Die frische Bergluft könnte ihr ja den vertrauten, nesthaften Mief rauben!

Mechthild ist im Mädchenhaus gleich gegenüber untergebracht. Wenn sie sich weit genug aus ihrem Barackenfenster lehnt, kann sie sogar in unsere Hütte blicken. Ansonsten haben wir nichts miteinander zu schaffen, ja, wenn wir uns doch mal über den Weg laufen, tun wir so, als kennten wir uns gar nicht. Wer fährt schon gern mit seiner jüngeren Schwester ins Sommerlager!

Die anderen Burschen nennen mich Gabi. Spitznamen sind ja nichts Ungewöhnliches und selten schmeichelhaft. Aber bei den älteren Typen mischt sich ein dreckiger Unterton in die Art und Weise, wie sie mich anreden. Vielleicht haben sie die Zweideutigkeit nicht mal bemerkt, sie sind sicher stärker, brutaler, aber nicht unbedingt auch klüger, und viel Spielraum zu Abkürzungen und Verballhornungen bietet der Name Gabriel nun mal nicht, trotzdem verwirrt und nervt mich dieser Spitzname. Wissen diese Typen mit ihren pubertären Instinkten bereits mehr über mich als ich selbst? Nur Alex bleibt bei Gabriel, und es braucht ziemlich lange, bis ich mich mit Gabi abfinde und ihn irgendwann sogar als Ehrenname umwerte. Und ganz ohne eigenes Zutun ist dieser Spitzname bis heute an mir hängen geblieben.

Aber jetzt, im Rückblick, denke ich, daß dieser Spitzname mitverantwortlich dafür ist, daß Alex und ich den Sommer nicht genutzt haben, unserer gegenseitigen Neugier nachzugeben. Auch wenn wir auf unserer Bude alleine waren, haben wir uns irgendwie beobachtet gefühlt. Und was die täglichen Raufereien anging, haben wir den älteren Blödmännern in Brutalität und Rücksichtslosigkeit in nichts nachgestanden. Und gleich an einem der ersten Tanzabende suchte sich jeder von uns eine von den Keulen aus der Weiberhälfte zum Schwofen. Obgleich kaum älter als wir, hatten die schon Brüste und geschwollene Lippen und eine gewisse Verachtung für unseren fast Dreizehnjährigenflaum, irgendwie monströse Paare, die sich da zusammengefunden hatten und sich bei *Tie a Yellow Ribbon Round the Ole Oak Tree* oder *Flying through the Air* fast panisch und zugleich angewidert aneinanderpreßten. Und obwohl wir das alles längst durchschaut hatten, quatschten wir die halbe Nacht dann nur über unsere Keulen und ob wir auch noch nach dem Lager miteinander gehen würden.

Meine Kriemhild heißt Beatrix, ist einen Kopf größer und doppelt so schwer wie ich. Wenn sie nachts in meinen Träumen ihre Rüstung ablegt, ist es doch immer nur Alex in meinem Schlafanzug, den sie enthüllt. Da liegt er, kaum eine Armlänge entfernt, und täuscht wie ich den Schlaf der Unschuldigen nur vor, flüstert hin und wieder den Namen seiner Angebeteten vor sich hin, damit ich ihn auch ja nur höre und nicht auf dumme Gedanken komme, Marianne oder Anne, was weiß ich. Jedenfalls nicht Gabi.

Warum schleich ich mich nicht einfach rüber, kriech zu ihm unter die Decke, was kann denn schon passieren, wir tun immer so cool, so mutig, doch wenn's drauf ankommt, ziehen wir den Schwanz ein. Dabei bin ich mir sicher, Alex hätte mich wohl nicht gleich aus dem Bett geschmissen. Aber vielleicht bestand genau darin das Problem.

Auf den Stuben der Älteren wird Nacht für Nacht zünftig gesoffen, klar, eigentlich fühlen sie sich schon viel zu alt für so ein Sommerlager, und natürlich haben wir Welpen bei ihnen auf der Bude nichts zu suchen, es sei denn, man wollte sich mit uns mal einen billigen Spaß erlauben. Es gibt ja sonst nichts zu tun. Nach zwei Pappbechern Rotwein bin ich bereits breit und kotze das Zimmer von Gerhard und Paul voll. Muß die Dielen mit meinem Pyjama aufwischen und merke schon gar nicht mehr, daß ich zum Gaudi der anderen nackt bin, bis Alex dem Spuk ein Ende bereitet und mich in unsere Höhle zurückschleppt. Wie ich in die Falle gekommen bin und was sonst alles noch passiert ist, weiß ich am nächsten Morgen nicht mehr. Alex, munter wie eh und je, sagt nur: Nichts, nichts ist passiert. Zumindest nichts, wofür du dich schämen mußt. Hast dir einfach nur den Deetz wegschießen lassen.

Allerdings sind es nun auch Gerhard und Paul, die sich in meine Träume pirschen, ohne daß ich wirklich zu fassen bekomme, was sie dort eigentlich zu suchen haben, zwei großmäulige Macker, denen ich überall sonst aus dem Weg gehen würde. Mag sein, daß die Mädchen das anders sehen, jeden Tanzabend haben die beiden mit einer anderen Keule rumgemacht und offenbar freie Wahl.

Der Geburtstag kommt, und trotz ständiger Kontrolle finde ich nichts an meinem Körper, was mit diesem entscheidenden neuen Lebensjahr mitgehalten hätte. Alexanders Beine und Achseln sind bereits so dicht behaart wie Gerhards und Pauls, und mit den mir verborgenen Teilen, stelle ich mir vor, wird es nicht anders sein. Während die nächtlichen Gelage der Großen am nächsten Morgen eine gewisse Fortsetzung in den Duschräumen finden, meiden Alex und ich diese Orgien und waschen uns nur, wenn wir dort ungestört sind.

Soweit ich zurückdenken kann, fand ich nie, daß Sex irgendwie dreckig oder sündhaft sein könnte. Aber vielleicht merkt man einfach nur nicht, wie dann doch was von den Predigten und dem Gerede hängenbleibt und langsam die eigenen Ansichten vergiftet. Zehn Jahre Meßdiener können nicht ohne Folgen bleiben, und achtzehn Jahre Teutonenstraße, da soll einer noch wissen, wer er wirklich ist. Dabei bin ich mir sicher, daß uns nichts so glücklich macht wie erfüllter Sex. Hätte man uns nicht ein Leben lang eingetrichtert, Sex ohne Liebe sei des Teufels und Sex in der Liebe zumindest etwas die Liebe Beschmutzendes, würde ich in der unergründlichen Weisheit meiner achtzehn Jahre behaupten: Sex ist Lebenssinn. Wer geilen Sex hat, muß sich jedenfalls gar keine weiteren Fragen stellen, er freut sich einfach seines Daseins.

Einmal weckt mich Alex mitten in der Nacht auf, ich erschrecke zutiefst vor seiner unerwarteten Berührung. Was ist los? stammle ich. Du hast im Schlaf geweint, antwortet er verlegen.

Geweint? Echt jetzt?

Vielleicht Liebeskummer?

Wegen Beatrix? Mach keine Witze.

Immerhin hat sie gestern abend fast nur mit Gerhard getanzt.

Der Typ hat sie halt alle durch.

Tu nicht so, als pißt es dich nicht an.

Glaub mir, diese untreuen Weiber sind mir scheißegal!

Kaum hab ich die Augen wieder geschlossen, sehe ich nach dem Abschlußschwof Gerhard und Beatrix gemeinsam den Speisesaal verlassen und in Richtung Geräteschuppen verschwinden. Gerhard bricht brutal die Tür auf und wirft Beatrix auf die rauhen Turnmatten. Er küßt sie mit offenem Mund, zwingt sie, auch ihren Mund zu öffnen, seine Zunge schmeckt nach billigem Rotwein und Zigaretten, Beatrix ekelt sich ein wenig, aber denkt, so müssen richtige Kerle schmecken. Gerhard ergreift ihre Walkürenpranken und schiebt sie unter seinen Hosenbund, sein steifer Schwanz kommt ihren Fingerspitzen bereits entgegen, sie berühren die pralle, glitschige Eichel – oder sind es meine eigenen Wichsgriffel? Das Laken ist feucht, als ich erwache. Alex tut so, als hätte er nichts bemerkt. Dabei gäb es nun ja wirklich mal was zu feiern: meinen ersten Spunk. Endlich. Endlich kein Kind mehr.

Niemand holt uns vom Bus ab, und auch zu Hause fragt keiner, wie's war. Doch kaum sind die Koffer ausgepackt, fragt Mudder, wo die beiden Schlafanzüge geblieben seien, die sie mir extra für die kalten Nächte im Gebirge gekauft und eingepackt hatte (echtes Frottee!). Ich zucke gleichgültig die Achseln, könne mich an keine Schlafanzüge erinnern. Hätte sie auch gar nicht gebraucht, auf den Zimmern sei es immer warm gewesen.

Da mischt sich Mechthild ein und sagt mit bösem Grinsen: Vollgekotzt hat er sie und in den Müll geworfen!

Ist das wahr, Gabriel! Das waren die letzten Schlafanzüge, die ich dir gekauft habe!

Du blöde Petze! schreie ich die Zippelzunze an. Als hättest du gar nichts angestellt!

Was hab ich denn angestellt? Und wenn schon, ich bin ja nicht so bedeppert wie du und laß mich dabei erwischen.

Ich hau ihr eine runter und hätte ihr gleich noch eine geklatscht, wäre Mudder nicht dazwischengegangen: Schluß jetzt! Ich will gar nicht wissen, was ihr beide alles angestellt habt.

Aber meine Ohrfeige hat mein Schwesterchen jetzt erst richtig in Rage gebracht. Angestellt? faucht sie, Geschämt hab ich mich für Gabriel. Ich habe allen meinen Freundinnen gesagt, daß wir nur zufällig denselben Nachnamen tragen, aber sonst nichts miteinander zu tun haben. Schwuli haben sie ihn genannt!

Ich habe keine Ahnung, ob Mechthild mit ihren zwölf Jahren überhaupt schon genau weiß, wovon sie spricht, abgesehen davon, daß sie lügt, als wäre mein tatsächlicher Spitzname, Gabi, noch nicht schlimm genug. Aber wer weiß, worüber sie im Weiberhaus nicht alles gelästert haben. Und nun ist es Mudder, die ihr die nächste Backpfeife verpaßt. Solche Wörter will ich in diesem Haus nicht hören! schimpft sie. Außerdem ist das in seinem Alter ganz normal.

Hätte sie mir das doch nur vor unserem Aufbruch ins Sommerlager gesagt!

Ich steh an der Weseler Straße, nicht weit von der Auffahrt zur A 43, mitten im Regen. Der Fettwanst an der Aral-Tankstelle hat sich meinetwegen extra aus seinem trockenen Kassenhäuschen bemüht und mich angeschnauzt, ich solle mich schleunigst verpissen, seine Tanke sei keine Wartehalle für Tippelbrüder.

Wir mögen es gar nicht, wenn man uns Tippelbrüder nennt, ein Wort für Speckjäger und Landstreicher, während wir doch ehrbar und arbeitsam unterwegs sind. Nur wir selbst dürfen uns Tippelbrüder nennen. Normalerweise aber nennen wir uns Fremde. Oh, du ungastliches Haltern!

Der erste, der hält und mich pudelnassen Gesellen aufliest, soll die Richtung bestimmen, Recklinghausen oder Münster. Das Ruhrgebiet wäre mir lieber, die Menschen dort sind offener und warmherziger als die Westfalen. Münster hingegen ist im Grunde nichts anderes als eine T-Rex-Version von Wertherbruch: ein einziger katholischer Dinosaurierköttel. Andererseits läßt sich in Münster wahrscheinlich eher Arbeit finden als in Recklinghausen oder Castrop-Rauxel. Es gibt dort eine Dachdeckerinnung und ein Kolpinghaus, und nach dem Halterndesaster brauch ich erst mal wieder ein festes Dach über dem Kopf und eine anständige Achelei im Magen, bevor ich mich auf weitere Abenteuer einlasse.

Selbst wenn ich in Münster keine Arbeit finde, die Innung drückt mir ein wenig Zehrgeld in die Hand. Und wenn das

Kolpinghaus mich nach einer Nacht und einem Tag vor die Tür setzt, bleiben immer noch unzählige Pfarrhäuser, die einen Wandergesellen nur höchst selten abweisen. Habe keinen blassen Schimmer, was die Priester oder ihre Haushälterinnen nur an unsereinem gefressen haben. Vielleicht reicht es ja, daß wir jung und ledig sind.

Hier am Straßenrand reicht es definitiv nicht. Ich zähle die Wagen schon gar nicht mehr, die an diesem Morgen achtlos an mir vorbeirauschen. Wahrscheinlich ist die Angst, meine nässetriefenden Klamotten könnten ihre Polster versauen, größer als die allgemeine Angst vor jungen Männern in merkwürdiger Kluft.

Schließlich ist es ein LKW, ein Viehtransporter mit einem ganzen Schweinestall auf der Pritsche, der anhält. Wieso wundert mich das nicht? Ohne erst zu fragen, in welches Schlachthaus die Reise geht, sitze ich schon im wohligwarmen Führerhaus. Es geht nach Münster.

Der Fahrer mag zehn Jahre älter sein als ich, unrasiert, schon ein wenig schmerbäuchig, mit einem Ehering am Finger und einer Kippe im Mundwinkel. Man sucht sich seine Engel ja nicht aus. Er reicht mir seine speckige Thermoskanne mit irgendeinem dampfenden Gesöff, ich nehme dankbar einen Schluck, übersüßter schwarzer Tee, der gleich ins Hirn schießt. Dann bietet er mir eine Fluppe an, alles recht maulfaul und vertraut westfälisch. Ich selbst gehör ja auch nicht gerade zu den Redseligen. Vielleicht wird sich das auf der Walz noch ändern, ändern müssen.

Und während ich noch angestrengt nach dem Anfang eines Gesprächsfadens suche, beginnt der Fahrer, die Glupscher stur geradeaus auf den regennassen Asphalt gerichtet, mit seiner rechten Hand, die eigentlich am Steuer oder Schaltknüppel kleben sollte, mit seinen Klöten zu spielen. Nicht, daß mich das wirklich schockiert. Aber es macht mich ein wenig nervös. Soll ich so tun, als würde ich es gar nicht bemerken? Soll ich einen Witz darüber reißen? Hier mitten auf der Autobahn auszusteigen, kommt ja wohl nicht in die Tüte. Nun öffnet er seinen Hosenschlitz und schiebt seine Klaue hinein. Mein Stenz liegt hinterm Sitz. Aber für was sollte er hilfreich sein? Ihm damit was auf die Pfoten zu geben, wenn er sich an meinen Klöten vergreift? Er wirft einen kurzen Blick zu mir herüber, und nun bin ich es, der wie blöd in das Dauerregengrau vor uns starrt.

Dann denke ich plötzlich, was für eine bescheuerte Komödie von uns beiden. Sackratten? frage ich meinen Schutzengel.

Was? murmelt er erschrocken.

Sackratten? Oder einfach nur dicke Eier?

Sekundenlang blickt er mich wie ein Irrer an, so daß ich bereits Angst bekomme, wir landen gleich in den Leitplanken. Dann grinst er plötzlich und erwidert knapp: Nur dicke Eier! nimmt seine Flosse aus der Hose und widmet sich wieder dem Lenkrad seines Brummis.

War das wirklich nötig, denke ich. Hättest du nicht noch so lange warten können, bis er seinen verschwitzten Sack ein wenig gelüftet hätte?

Eva Wevering, die Sekretärin der Dachdeckerinnung, das Haar zinkblond gefärbt und fluffig toupiert, als komme sie gerade aus dem Gard-Haarstudio oder aus dem Bett mit Rock Hudson, telefoniert ein wenig herum und schickt mich schließlich zur Firma Winkelhorst. Zusätzlich zur Firmenadresse notiert sie eine Telefonnummer und bemerkt, ganz ohne zu erröten: Für den Fall, daß sie nicht wissen, wo Sie heute abend unterkommen. Ich bedanke mich artig. Doch bevor ich mich auf den Weg zum Dachdecker mache, schau ich noch im Kolpinghaus in der Aegidiistraße vorbei und sichere mir zumindest für diese erste Nacht schon mal ein Bett auf der Gesellenbude.

Bei Firma Winkelhorst handelt es sich um einen kleinen Betrieb, was mir für den Anfang nur recht ist. Auch Vadder hatte nie mehr als zwei Gesellen und einen Lehrling unter seinen Fittichen. Friedhelm Winkelhorst erwartet mich bereits. Trotzdem sage ich mein Sprüchlein auf: Mit Gunst und Erlaubnis, Meister. Ein fremder Dachdeckergeselle spricht um Arbeit.

Der Meister blickt mich ernst an, vielleicht um ein heimliches Lächeln zu verstecken: Sie sind Dachdecker, junger Mann?

Ja, natürlich, hab ich doch gerade gesagt! könnte ich jetzt entgegnen. Aber diese ganze Prozedur der Umschau folgt uralten Regeln. Also erwidere ich respektvoll: Ein Stück weit. Sonst müßte der Meister mich für einen Angeber halten, der bereits alles kann und nichts mehr zu lernen hat. Warum ist der Kerl dann überhaupt auf der Walz? Wer so auftritt, darf sich nicht wundern, wenn der Krauter ihn abweist. Er kennt den Fremden vor seiner Tür ja nicht und kann ihn nur nach diesem ersten Eindruck beurteilen. Das mag oberflächlich scheinen, aber es hat sich bewährt. Ich jedenfalls schätze diese althergebrachten Rituale, bei denen jeder seine Rolle spielt. Sie sind ja das einzige, was dem Wandergesellen bei allem Unvorhersehbaren ein wenig Sicherheit gibt.

Nun, dann geh erst mal rüber zu Muttern und setz dich an den Abendbrottisch, brummt mein Krauter gutmütig. Für heute ist es wohl schon zu spät, dich noch auf die Baustelle zu schicken.

Klöten. Das Wort will mir nicht aus dem Kopf. Ich finde, man hört ihm bereits an, für was es steht: Klumpen, Klötze. Im Wörterbuch kommt es gleich nach der Klosterschule und den Klosterschülern (findet man es überhaupt im Duden?). Und wie schön es sich reimt: Es klötet und schlötet der Piephahn vor Stolz! Hört man nicht selbst aus den Cojones noch die Klöten heraus? Im Grenzplatt ist der Kloot ein abgesägter Klotz, aber auch der Bremsschuh. Und ich muß zugeben, es ist nun wirklich ein Begriff, der jeder Zartheit und Unschuld entbehrt, ein Macker-, ein Metzgerwort. Ein Wort, das sowohl abstößt wie erregt; das geradezu nach dem riecht, was es benennt; das so nölig klingt, als würde man auf eben diesen gerade herumkauen.

Was soll das werden? Ein Gossenwörterbuch? Es scheint, als hätte ich mir eine gehörige Portion kindlicher Lust an schmutzigen Wörtern bewahrt. Muß am katholischen Teil meiner Erziehung liegen, den augenzwinkernden Verboten, dem pornographischen Theater der Beichte. Vadder und Mudder waren Pastöre und Kirchen im Grunde egal, trotzdem schickten sie uns regelmäßig zur Messe, sonst hätte es Krach mit Oma gegeben. Nee, Vadder war dieses ganze katholische Brimborium wohl nicht egal, ich glaube, er hat es eher gehaßt. Wie oft hab ich ihn Jesus und seine Jünger als eine Horde von warmen Brüdern beschimpfen gehört. Und was muß das für ein Skandal gewesen sein, als er diese protestantische Schickse angeschleppt und ins erzkatholische Heim der Dunkers gebracht hat. Aber es gab ja kein Zurück mehr. Klaus war unterwegs, und schon bald würde die Schande für alle sichtbar und eine kirchliche Trauung unmöglich sein. Mudder mußte konvertieren, auch wenn ihr den Glaubenswechsel natürlich niemand abgenommen hat. Um so besessener bestehen ihre Schwiegereltern nun auf unsere katholische Erziehung, und da wir mit Oma und Opa im selben Haus wohnen, fällt ihnen die Überwachung nicht schwer. Oma und Altgeselle Manfred sind es, die mit Klaus, Mechthild und mir jeden Sonntag zum Hochamt in St. Josef stiefeln; die dafür sorgen, daß wir alle zur Erstkommunion und zur Firmung gehen und wenigstens einer von uns zu Pastors Wohlgefallen Meßdiener wird; daß wir einen katholischen Kindergarten (St. Josef) und eine katholische Grundschule (natürlich St. Josef) besuchen, bis mich selbst, oh Wunder! der religiöse Irrsinn packt und es keiner großelterlichen Ermahnungen und Drohungen mehr bedarf.

Falls auch Opa zu Lebzeiten je eine Heilige Messe besucht haben sollte, dann muß es zu Zeiten gewesen sein, in denen wir Enkel noch oder bereits in unseren Kojen schlummerten. Doch selbst den Drückebergern und Schwänzern wär es im Traum nicht eingefallen, aus der Kirche auszutreten. Undenkbar, am Ende ohne Sterbesakrament und Totenmesse unter die Erde gebracht zu werden.

Jetzt kommt es mir komisch vor, aber es gab eine Zeit, da konnte ich mir eine Welt ohne Gott nicht vorstellen. Und sie ist noch gar nicht so lange her. Es war für mich keine Frage des Glaubens, sondern größter Gewißheit. Wie hätte ich sonst all die Rätsel unseres Daseins aushalten können, für die allein Gott die Lösung ist? Natürlich war es nie der Kirchen- und Pastorengott und womöglich nicht einmal der Bibelgott, mit dem ich in einem gewissen Alter in engem, wenn auch einseitigem Austausch stand. Da mit der Zunahme der Fragen das Ausbleiben der Antworten aber immer unverzeihlicher wurde, haben wir dann, ich denke mal in beiderseitigem Einvernehmen, unser enges Verhältnis gelöst und sind jetzt nur noch gute Kumpel.

Im Kolpinghaus treffe ich auf zwei Zimmerer, ebenfalls in voller Kluft. Zum ersten Mal sehe ich, wie merkwürdig wir auf andere wirken müssen, wie Angehörige einer Sekte, irgendwie aus der Zeit gefallen; spüre aber auch, wie sehr uns diese Auffälligkeit verbindet. Und wenn man genauer hinschaut, ist es gar keine Einheitskluft. Der eine, Kalle ohne Schnalle, trägt statt eines

Gürtels so eine Art Kuhkopphosenträger, und Uli der Schnulli hat in seiner Zollstocktasche eine Blockflöte stecken. Das sagt schon was über die Kameraden; dann natürlich, wie sie sprechen, sich bewegen, der eine halt wie ein harter Kerl, John Wayne auf der Walz, und der andere eben sanftmütig wie James Dean jenseits von Eden.

Wir bechern für so ein Verbrüderungstreffen fast ehrlos wenig, aber wir alle drei müssen morgen irre früh raus zu unseren Baustellen, sie zu ihrem Schwesternheim und ich zu meinem Kloster, wofür ich mir allerhand Spott gefallen lassen muß.

Aber dann ist es doch ganz anders: Das Kloster der Canisianer ist ein modernes Gebäude in einem schönen Park, nahe am Aasee, ohne irgendeine Mauer, irgendeinen Zaun, und die Mönche dort laufen ohne Käppchen und Kutten wie ganz normale Menschen herum. Der einzige in Kutte bin ich.

Wäre ich auch auf die Walz gegangen, wenn ich mich mit Vadder besser verstanden hätte? Keine Ahnung. Ich hätte gern die Schule weitergemacht, mein Abi und dann studiert. Spätestens dann wär ich ja ohnehin abgehauen, aber im Frieden und nicht gleich für drei Jahre.

Wo führt das eigentlich hin, was ich hier tue? Bringt es mich irgendeinem Ziel näher? Welchem Ziel? Gefällt mir wenigstens der Weg dahin? Kann man jetzt wahrscheinlich noch nicht sagen.

Bisher hab ich nie woanders als in Wertherbruch gewohnt, bin nicht einmal in meiner Kindheit umgezogen. Wie kommt es dann, daß es mir am Ende gar nicht schnell genug gehen konnte, dieses Kuhkaff hinter mir zu lassen? Ohne Walz hätte ich sicher früher oder später irgendeine Dummheit begangen, mich in der Osterstraße in Brand gesteckt oder Karstadt in die Luft gejagt.

Eigentlich hat es nur Manfred, der Altgeselle, gespürt, über dessen Bekloppttheit wir uns fast jeden Tag lustig gemacht haben. Vielleicht, weil er selbst den Absprung nie geschafft hat und sich von Vadder, obwohl doch im selben Alter, wie ein kleiner Junge herumschubsen läßt. Er hat mir von der Walz erzählt, auch wenn ich am Anfang nur gedacht habe, hey, wie schräg ist das denn, nur mit einem Bündel Unterwäsche und Socken drei Jahre auf der Straße leben, und es hat eine Weile und viel ungebetener Nachhilfe von Vadders Seite gebraucht, bis mir klar war: Ja, das ist es, das mach ich auch! Das ist meine Rettung!

Kalle und Uli sind gemeinsam auf der Walz. Wie kann so etwas gutgehen, bei so gegensätzlichen Naturen? Es ist ja fast so, als wäre man verheiratet, ja schlimmer noch, nicht nur Tag und Nacht zusammen, sondern auch noch während der Maloche. Reden sie über alles, oder verschweigen sie das, was sie wirklich denken, lieber, damit sie sich nicht irgendwann satt bekommen? Und was machen sie, wenn der andere tatsächlich mal tierisch nervt? Trennen sie sich dann für eine Weile, oder reicht es schon, sich bloß mal saumäßig zu holzen? Nicht immer passiert auf so einer Tippelei ja was Interessantes, was einen auf andere Gedanken bringt oder wenigstens neuen Stoff zur Unterhaltung. Das eine oder andere hätte ich sie gerne gefragt, aber ich spüre, daß da doch eine Menge Knatsch zwischen ihnen herrscht, und will besser nichts zum Überkochen bringen. Kann man nicht auch Knatsch mit sich selbst haben? Bin mir nicht mehr sicher, ob das Alleinwalzen wirklich friedlicher verläuft. Auch das eigene Geschwätz kann einem irgendwann ja mal auf den Keks gehen.

Die Mönche oder, wie sie sich selber nennen, Brüder bieten mir an, während der Dacharbeiten bei ihnen im Kloster zu wohnen. Ich hab ein mulmiges Gefühl bei dem Gedanken an die Stille und Abgeschiedenheit, keine Kneipe weit und breit, aber der Meister hat nichts dagegen, dann bin ich wenigstens immer pünktlich auf der Baustelle, und ich könnte das Geld, das ich für meine Penne im Kolpinghaus spare, für zukünftige Durststrecken zurücklegen. Und die Brüder in diesem merkwürdigen Orden sind unerwartet jung, manche kaum älter als ich. Ist das der Grund dafür, daß sie keine Kutte tragen müssen und ordentlichen Berufen nachgehen können? Hier wird zwar auch gebetet, aber sonst läuft der Alltag eher wie in einer linken Kommune ab, keiner fährt ein dickes Auto, alles gehört allen und wird miteinander geteilt.

Okay, dann zieh ich hier mal für ein paar Tage ein. So sehr brauch ich mein Bierchen dann doch nicht, daß ich nicht ohne einschlafen könnte.

Ein Dachdecker braucht beides, Muckis und Fingerspitzengefühl. Das Dach ist nicht das Fundament, es ist etwas Schwebendes, ein Ersatzhimmel sozusagen, oder sollte es zumindest sein. Die Kunst besteht darin, das Gleichgewicht zu halten zwischen Kraft und Zärtlichkeit, ein bißchen wie in der Liebe, und natürlich das Gleichgewicht überhaupt.

Choddvadomme, jetzt fang ich auch noch an, Vadders bekloppte Sprüche nachzuplappern, an die er selbst nicht mal glaubt. Dabei hab ich diesen Scheiß doch von Anfang an gehaßt. Und ich bin sicher, Vadder liebt ihn ebensowenig. Opa hat ihm damals ja gar keine Wahl gelassen. Es war klar, daß er das Geschäft übernehmen mußte, egal ob er nicht schwindelfrei oder gegen Teerpappe allergisch ist.

Am Anfang meiner Lehrzeit kam Vadder mir so fremd vor, daß ich ihn fast gesiezt hätte. Er war ja jetzt mein Krauter, nie zuvor hatten wir so eng aufeinandergehockt, kein Mensch hätte mir fremder sein können. Vor lauter Angst stellte ich mich noch dümmer an, als ich in Vadders Augen ohnehin schon war, brachte das falsche Werkzeug oder benutzte es falsch, weil Vadder mir nie was erklärte. Entweder hat er geglaubt, die handwerklichen Fähigkeiten müßten schon mit seinem Samen in mich hineingepflanzt worden sein, oder es machte ihm einfach Spaß, mich jeden Tag vor den Gesellen bloßzustellen. Wollte er wirklich, daß dieser Trottel mit den zwei linken Händen mal das Geschäft übernimmt?

Mag sein, daß auch ich mich ein wenig blöder angestellt habe, als nötig gewesen wäre. Aber das nur, damit er endlich in seinen Pröttelkopp kriegt, was für ein großer Fehler es war, mich in die Lehre zu zwingen.

Jetzt bin ich fast drei Wochen im Kloster. Wir decken auch das Dach des kleinen, ganz für sich stehenden Glockenturms neu ein, obwohl es von dem Dachstuhlbrand im Hauptgebäude gar nicht betroffen war. Aber da wir schon mal dabei sind, die alten, bemoosten Schindeln heben sich einfach zu sehr von den neuen schwarzen Dachpfannen ab.

Mir gefällt diese junge wilde Mönchsmeute; mir gefällt die Art, wie sie miteinander umgehen und einander zuhören; mir gefällt sogar das frühe Aufstehen, um an ihrer Laudes teilzunehmen, auch wenn mir inzwischen nichts ferner sein könnte als der Gott, den sie fünf Mal am Tag in ihrer Kapelle anrufen und besingen.

Anstatt zum Gnadenbild in Kevelaer zu pilgern, chartern sie einen Bus und preschen ins benachbarte Kalkar, um gegen den Schnellen Brüter zu demonstrieren. Ich opfere mein freies Wochenende und schließe mich ihrer Wallfahrt an. Trotz des eher gottlosen Ziels werden auch im Bus Psalmen und Taizé-Lieder gesungen. Seltsamerweise passen sie zum platten Land mit seinen triefschwarzen Äckern und rühren mich an. Ich glaube, man kann die Lieder, die einem gefallen, getrost mitgrölen, ohne ihren Inhalt allzu ernst nehmen zu müssen. Das machen wir mit den Songs von AC/DC oder Alice Cooper doch genauso, ohne auch nur ein Wort von dem englischen Gekreische zu verstehen.

Bruder Christopher, der Novizenmeister, zeigt sich besonders offen und zugewandt. Vielleicht hofft er bereits auf klösterlichen Nachwuchs. Und ich muß zugeben, selbst mit dem Pastor von Sankt Josef habe ich nicht so tiefschürfende Gespräche geführt wie mit Bruder Christopher, so daß ich an manchen Abenden im Canisiushaus mehr als ein Bier bräuchte, um wieder einigermaßen nüchtern denken zu können. Vielleicht wird es doch langsam Zeit, mich zu verabschieden, bevor die nächste Familie jene ersetzt, aus deren Klauen ich gerade erst entkommen bin.

Als wir noch klein sind, nennen wir den Altgesellen Onkel Manfred, bis die Oma es uns verbietet. Von ihm lerne ich die Uhr lesen. Doch schon ab der zweiten oder dritten Klasse sind wir es, die das Neuerlernte jeden Tag an ihn weitergeben. Im Rechnen und Schreiben ist er schlecht. Oma sagt, es läge daran, daß er mit einer Zange auf die Welt gebracht wurde und dabei zu lange keine Luft bekommen hat. Wir stellen uns den Kreißsaal wie eine Schlosserei vor oder wie einen düsteren Werkzeugkeller aus einem Edgar-Wallace-Film und bekommen ein wenig Angst vor Manfred, auch wenn wir uns eine Weile noch weiter um seine Schreib- und Lesefähigkeiten kümmern. Und irgendwann fragen wir uns, woher weiß Oma das mit der Zange überhaupt? War sie dabei?

Wenn wir alle nebeneinander auf der harten Kirchenbank sitzen, links die Oma, neben ihr ich, neben mir Mechthild, neben ihr Klaus und ganz außen Manfred, bricht der Altgeselle, vor allem, wenn die Predigt kein Ende findet und uns die Arschbacken bereits eingeschlafen sind, ganz plötzlich in ein lautes und irres Gelächter aus. Der Pastor predigt weiter, als sei nichts geschehen, und die Gemeinde schaut nicht mal herüber. Doch Mechthild und ich müssen uns tierisch zusammenreißen, nicht auch herauszuplatzen, und je mehr wir das heraufdrängende Gelächter zurückzuhalten versuchen, desto heftiger droht die Explosion zu werden, bis Oma die sich zusammenballende Gefahr bemerkt und uns vorsorglich mit einer ihrer Haarklammern in den Oberarm oder in den Nacken sticht. Manchmal kratzt sich Onkel Manfred auch gedankenlos am Sack, das passiert ihm hin und wieder auch bei der Arbeit, doch Oma und alle anderen Erwachsenen tun so, als bemerkten sie gar nicht, wie er sich die Eier massiert.

Oma liebt uns Enkel abgöttisch, kein Zweifel, aber wie sehr sie ihre Schwiegertochter abgelehnt hat, zumindest in den ersten Jahren, fasse ich erst, als ich von der Geschichte mit der Waschmaschine höre. Ich kann sie zunächst gar nicht glauben.

Klaus, Mechthild und ich haben uns ja nicht großartig Zeit gelassen, uns auch noch in die ohnehin schon überfüllte Welt zu quetschen, im Abstand von gerade mal einem Jahr hängen wir uns an Mudders Brüste, die natürlich nicht reichen, und machen ihr das Leben schwer. Sie ist gerade mal so alt, wie ich jetzt bin, achtzehn, als die Chose losgeht und sie auf Vadder trifft (oder er auf sie), und kaum neunzehn, als Klaus allen ihren Träumen ein Ende macht, zwanzig, als sie mit mir schwanger ist, und einundzwanzig, als Mechthild es nicht abwarten kann, ihre beiden älteren Brüder von Mudders Brüsten zu verdrängen, obwohl sie uns Hosenscheißer längst satt haben. Und Hosenscheißer meine ich buchstäblich. So viele Windeln paßten gar nicht in die Wickelkommode, wie wir drei Bälger jeden Tag vollgeschissen haben. Als hätte eine Mutter von drei kleinen Gören nicht schon genug zu tun, mußte dieser Windelhaufen jeden Morgen in einem großen Bottich auf dem Kohleherd ausgekocht und auf einer Leine durch die ganze Küche getrocknet werden.

Dann geschah eine Art Wunder. Glaubte Mudder zumindest. Oma kaufte sich eine Waschmaschine, Bauknecht weiß, was Frauen wünschen. Es war die erste Waschmaschine im Dunkerschen Haus überhaupt. Oma war allen technischen Neuerungen gegenüber zutiefst mißtrauisch und schwor auf die gute alte Handarbeit. Welche Maschine wird je in der Lage sein, die Sorgfalt einer guten Hausfrau ersetzen zu können? Die Waschmaschine war einfach ihrem fortgeschrittenen Alter geschuldet, Sorgfalt hin oder her. Waschen war echte Knochenarbeit.

Da stand sie nun im ehemaligen Kartoffelkeller, der fortan nur noch Waschkeller hieß, durfte aber unter keinen Umständen von Mudder auch nur angerührt werden. Diese Berge vollgeschissener Babywindeln seien keinem Waschautomaten, und sei es auch ein echter deutscher Bauknecht, zuzumuten. So sehr sie uns Enkel auch liebte, allein die Vorstellung, daß Opas Sonntagshemden oder ihre Geschirrtücher in derselben Trommel durchgewalkt werden sollten, in der zuvor unsere Hinterlassenschaften herausgeschleudert wurden, ließ sie vor Abscheu unerbittlich werden, so daß Mudder bis zu unserer Stubenreinheit weiterhin Windeln auf dem Küchenherd auskochen mußte.

Vadder teilte offenbar den Ekel seiner Mutter und kaufte seiner jungen Frau erst eine eigene Waschmaschine, als seine drei Sprößlinge – so sagt man diesmal wohl treffend – aus dem Gröbsten heraus waren. Verständlich, daß Mudder mit einer gewissen Rigidität dafür sorgte, daß unsere unkontrollierte Scheißerei so schnell wie möglich ein Ende fand. Zum Glück erinnert sich niemand von uns noch an dieses frühe Schließmuskeltraining.

Ich gehe auch weiterhin zur Messe, als es längst keinen mehr kümmert, ja allmählich sogar Mißtrauen erregt. Welcher Vierzehnjährige mutet sich freiwillig den strunzlangweiligen Sermon von rußgeschwärzten, wurmstichigen Kanzeln zu? Doch ich bleibe Meßdiener, werde Lektor, ein junger, frühreifer Freund und Begleiter des Pastors auf seinen Sonntagnachmittagspaziergängen in den Konstantinforst oder ins Vardingholter Venn. Nicht, daß auf diesen pastoralen Wanderungen irgendetwas Anstößiges geschehen wäre. Der geistliche Vater versucht den jungen Adepten mit seiner Liebe zur Gottesmutter anzustecken, während der eigenwillige Schüler seine Zuneigung doch eher ihrem unehelichen Sohn entgegenbringt. Während seine Altersgenossen in ihren Buden *Bravo*-Poster von Suzi Quatro oder Blondie an die Wände pinnen, klebt in seiner Raffaels *Verklärung* und Rembrandts *Christus nach dem Leben* an der vergilbten Tapete. In einer Zimmerecke errichtet er einen kleinen Hausaltar, vor dem er nach dem Aufwachen und vor dem Schlafengehen ein stilles Gebet verrichtet. Im Zentrum seiner Anbetung ein grünlasiertes Keramikkreuz, von mexikanischen Ureinwohnern geformt und gebrannt, das er bei den Steyler Missionaren in Sankt Augustin ersteht, mit einem jungen nackten Indianer als Gekreuzigten. In einer Kladde sammelt er selbstgedichtete Psalmen, die er für wert hält, aufgeschrieben zu werden, sein ganz persönliches Hohelied an den Gottessohn sozusagen. Bevorzugter Ort seiner Inspiration ist das stille Örtchen, an dem wir alle ja einen Moment zur Ruhe und Besinnung finden. Womöglich gibt es sogar einen direkten Zusammenhang zwischen dem kleinen oder großen Geschäft und dem einen oder anderen kleinen oder großen Gedanken.

Aber dieser stille Ort der Muße und Kontemplation hat mich am Ende auch zu einer unverzeihlichen Schlampigkeit verführt, so daß ich eines Morgens meine Hymnenkladde dort liegenlasse und nach mir leider Vadder den Lokus besucht. Am Abendmahlstisch dann das von ihm gar nicht mal schlecht aufgeführte Passionsspiel vor der versammelten Familie: Willst du nicht das Tischgebet sprechen, Gabriel? – Ich ahne bereits das Schlimmste. Schon seit Jahren ist es unten nicht mehr üblich, daß wir vor oder nach den Mahlzeiten beten.

Nun, dann will ich das übernehmen! – Vadder schlägt mein Büchlein auf und trägt mit zuckersüßer Fistelstimme meine innigsten Anrufungen vor, bis es selbst Mudder zu viel wird und sie dem Herrn des Hauses mein Andachtsbuch aus der Hand nehmen will. Er schlägt ihr auf die Pfoten und brüllt sie an: Hast du nicht zugehört, Hilde?

Ich habe zugehört, Hermann. Aber ich finde, das geht nur Gabriel etwas an!

Sprachlos starrt Vadder in Mudders ruhiges Gesicht. Dann schiebt er das Büchlein mit spitzen Fingern zu mir und brummt: Man könnte fast glauben, du wolltest unserem Herrn Jesus an die Klöten!

Jetzt erst wagt Mechthild ein leises Kichern, das mit einer saftigen Ohrfeige von Vadder sofort sein verdientes Ende findet.

Hier ist erst mal alles getan. Und ich sollte nun wirklich machen, daß ich so schnell wie möglich aus dem vermaledeiten Münsterland herauskomme. Überall stinkt es noch nach Gülle und Weihrauch, also nach Wertherbruch.

Jetzt steh ich wieder an der Straße, und es macht mir gar nichts mehr aus, in den Augen der anderen mit meinem schwarzen Schlapphut und der viel zu warmen Kluft wie ein Räuber Hotzenplotz auszusehen. Dann denke ich, so muß es einem Inder oder Afrikaner gehen oder auch einer toll aussehenden Frau, der alle hinterherstarren, die aber niemand anzuquatschen wagt. Manchmal nervt's. Andererseits bin ich ja darauf angewiesen, daß man mich sieht, mich mitnimmt, mir was zu schaniegeln gibt. Also muß man es halt aushalten, immer mit denselben Fragen zugeballert zu werden und immer dieselben Antworten raushauen zu müssen. Würde ja gern mal was Verrücktes ablassen, ein bißchen herumspinnen und die Leute schockieren, aber damit würde ich wohl meinen Kameraden und Nachfolgern einen ziemlich üblen Dienst erweisen. Deshalb legt unsereins ja soviel Wert auf die Ehre: Es geht niemals nur um uns selbst, sondern immer auch um den guten Ruf aller wandernden Gesellen.

Ich hätte mir ein Schild malen sollen, dann würde nicht jeder Bauer aus dem nächsten Kaff, Roxel, Altenberge, Ostbevern, anhalten, um mich zu seinem Hof oder seiner Schweinemast mitzunehmen, weil es dort ein bißchen Teerpappe zu verschweißen oder einen Taubenschlag zu bedachen gibt. Aber was hätte ich auf das Schild kritzeln sollen? Hamburg? Hannover? Köln? Wenn einem die ganze Welt offensteht, fällt es nicht leicht, sich zu entscheiden. Schöner und aufregender ist ja immer jener Ort, an den es einen gerade nicht verschlagen hat. Da sollte man doch besser dem Zufall die Schuld dafür geben können, eben dort gelandet zu sein, wo nun wirklich tote Hose ist. Der Arsch der Welt ist immer da, wo man selbst gerade ist.

Nachdem ich den ganzen Nachmittag vergeblich durch das kleine Bentheim gestiefelt bin, um eine billige Unterkunft oder einen Krauter aufzutun und es bereits auf den Abend zugeht, nehme ich schließlich die Burg in Angriff, die unübersehbar aus der Mitte des Örtchens aufragt und die ich in den letzten Stunden wie eine läufige Hündin umkreist habe. Zwar gibt es in Bentheim auch eine Jugendherberge, aber es ist August, es sind Sommerferien, und nicht einmal ein Notbett im Speisesaal war noch zu haben. Auf der Burg hingegen scheint mir Platz für ein ganzes Geschwader obdachloser Tippelbrüder. Also klingle ich forsch bei der Familie Bentheim-Steinfurt. Fürstin Eva Luise öffnet persönlich, und ich sage zünftig mein Sprüchlein auf, von wegen wandernder Geselle und Arbeit für Nachtlager und Achelei. Dächer gibt es hier ja mehr als genug, auch wenn der alte Kasten gut in Schuß scheint.

Die Fürstin schaut eher verdutzt als verängstigt. Wäre es bereits finstere Nacht, sähe das vielleicht anders aus.

Sie sind allein?

Ja, nur ich und mein Schutzengel.

Das muß für Sie hier alles größer scheinen, als es ist. Die meisten Räume der Burg sind Museumssäle und Büros. Wir selbst bewohnen nur eine kleine Wohnung hier im obersten Stockwerk des Batterieturms. Sie müßten in einem Zimmer der Jungs übernachten.

Kein Problem. Hab schon schlimmer Platte gerissen.

Sie bittet mich tatsächlich herein, wir steigen die steilen Steinstufen hinauf, sie hat recht, dies sind nicht die herrschaftlichen Räume, die ich erwartet habe, dies ist eine normale Etagenwohnung, soweit sie in den dicken, mittelalterlichen Mauern Platz findet.

Einen Kaffee? Mein Mann muß jeden Augenblick nach Hause kommen.

Ich nicke. Nach einem Bierchen wage ich nicht zu fragen.

Normalerweise machen wir das nicht, fremde Leute bei uns aufnehmen. Dafür ist unsere Wohnung einfach zu klein. Es gibt nicht einmal ein Gästezimmer. Aber Sie haben Glück, Rudolf und Nikolaus, unsere Söhne, sind gerade von einer Reise durchs schottische Hochland zurück und haben dort soviel unerwartete Hilfe und Gastfreundschaft erlebt, daß ich mich nun erkenntlich zeigen kann. Rudolf ist ungefähr in ihrem Alter, ich schätze mal, Sie sind achtzehn oder neunzehn Jahre alt, oder?

Ich werde morgen neunzehn.

Das ist ja ein schöner Zufall. Vielleicht haben Rudolf und

Nikolaus ja Lust, heute abend noch mit Ihnen loszuziehen und in Ihren Geburtstag hineinzufeiern.

Sie müssen mich nicht siezen, Fürstin. Ich heiße Gabriel. Gabriel Dunker.

Und ich heiße Frau Bentheim. Das mit den Fürsten und Prinzen lassen wir doch lieber.

Fürst Hubertus ist nicht wenig überrascht, als er an seinem Küchentisch diesen fremden, finsteren Räuberhauptmann in seiner teuflischen Kluft entdeckt. Meinen Obermann habe ich immerhin abgenommen, wie wir das nur in Küchen und Kirchen tun, aus Respekt vor dem Essen und dem Allerhöchsten. Aber er scheint mit dem ungewöhnlichen Großmut seiner Frau ganz und gar einverstanden und erzählt, während wir auf die Heimkehr der jungen Prinzen warten, von seinen eigenen Trips, direkt nach dem Krieg, durchs zerbombte Europa. Ohne sich gegenseitig zu unterstützen, sagt er, wäre man nicht weit gekommen.

Gerade als ich mit den Prinzen aufbrechen will, hören wir in den Rundfunknachrichten, der Papst sei gestorben. Ich kenne nur diesen einen Papst, Paul VI. Die Fürstin sagt, dies sei wohl doch nicht der richtige Zeitpunkt, feiern zu gehen. Wahrscheinlich würden alle Gaststätten und Tanzdielen in Bentheim nun ohnehin schließen. (Tanzdielen? Wahrscheinlich meint sie Diskotheken, oder?) Wir sollten besser zu Hause bleiben.

Doch auch daheim in der Burg beraubt uns der Tod des Bischofs von Rom jedes Vergnügens. Im Ersten hätte um viertel nach acht *Der Glöckner von Notre Dame* laufen sollen, stattdessen zeigt der Sender nun eine Dokumentation über das Leben des Verstorbenen, und im Zweiten läuft irgendeine Trauermusik.

Wir ziehen uns auf Rudolfs Zimmer zurück, wo die Jungs mir eine Luftmatratze ausgerollt und aufgeblasen haben. Nikolaus ist zwei Jahre jünger als sein Bruder, gerade mal sechzehn. Es wundert mich, daß seine Eltern ihn so früh schon allein mit seinem Bruder ins Ausland reisen lassen, wo sie wie zünftige Gesellen durch die Gegend getrampt und nicht selten irgendwo im Freien gepennt haben. Ich dachte, diese Art von Gleichgültigkeit fände sich nur bei den Dunkers. Oder ist es Vertrauen?

Nun spielen wir Doppelkopp und schickern unser Bierchen hier. Bin schon schlechter ins neue Lebensjahr gewechselt als auf dieser Burg.

Geburtstage wurden bei uns in der Teutonenstraße nicht gefeiert. Natürlich kommt man da schon mal auf den Gedanken, daß sich keiner so richtig freut, daß unsereins auf der Welt ist. Aber dann denke ich, das ist zu tief gedacht, oder zu oberflächlich, wie man's nimmt. Man muß das Feiern gelernt haben, wie alles andere auch. Und in den Zeiten, in denen Vadder und Mudder aufgewachsen sind, war den meisten wohl einfach nicht nach Feiern zumute. Und wenn sie dann in den dunklen Kellern hockten und es ganz dicke kam, hat sich der eine oder andere vielleicht sogar gefragt, ob es nicht überhaupt eine blöde Idee war, auf die Welt gekommen zu sein.

Ich habe ohnehin nie gerne Kumpel zu mir nach Hause eingeladen. Man wußte nie, wie Vadder gerade drauf war. Es hätte gut sein können, daß er sie mir nichts, dir nichts vor die Tür setzt. Wer will sich vor seinen Freunden schon so blamieren! Also habe ich vor allem bei den anderen abgehangen, Regina, August, Gregor. Deren Eltern hatten ihren eigenen Schaden, so ganz ohne Blessuren ist in dieser Generation wohl keiner durch den Krieg gekommen, aber sie sind nicht ganz so jung, schon keine Kinder mehr gewesen, und haben auch nicht so jung geheiratet wie meine Alten. Die waren ja noch Teenager, als der erste Balg unterwegs war. Statt Disco und Milchbar Stillen und Windelnwechseln.

Selbst meinen Achtzehnten habe ich nicht gefeiert, aber zur Feier des Tages dem einzigen Sexshop in Wertherbruch einen legalen Besuch abgestattet. Ich weiß nicht, woher der verruchte Ruf so einer Klitsche rührt. Nicht nur, daß dem Angestellten mein Alter scheißegal war, er schaute nicht mal auf oder kontrollierte meinen Ausweis, im Laden fand sich auch nicht mehr Perverses als in der *Bravo*. Ich fühlte mich wie ein Feinschmecker in der Pommesbude: Alles ein bißchen zu fettig, zu pappig, zu abgestanden. Andererseits, gibt es einen lehrreicheren Ort für den Sprung ins Erwachsenenalter als diese erotische Resterampe in der Münsterstraße? Am Ende war ich sogar dankbar für die Ernüchterung.

Ich sollte vorsichtig sein, mit wem ich das Zimmer teile, von wegen gebranntes Kind. Und nicht immer stellt sich der Nachtgefährte bei Licht besehen als Märchenprinz heraus.

Meine Realschulklasse war, der damaligen Mode entsprechend, voller Erzengel: vier Michaels, drei Rafaels, ein Gabriel, nur Uriel kam zu kurz, wahrscheinlich weil dieser stets Unterschlagene dann doch zu sehr nach Urinal klingt. Mithalten konnten nur noch die Apostel Andreas (drei), Thomas (zwei) und Johannes (zwei). Michael K. ist bereits von der Grundschule (St. Josef) mit mir auf die Realschule (St. Georg) gewechselt. Ich weiß nicht mehr genau, wann ich mich in diesen Klassenkameraden und in was genau an oder in ihm ich mich verguckt hatte. Wir waren nie besonders eng befreundet, und ein Außenstehender hätte womöglich gar nichts besonders Anziehendes an ihm entdeckt. Vielleicht reichte es schon, daß er der beste Fußballer des Jahrgangs war und seines schwarzen

Haares wegen bereits in der fünften Klasse den Anflug eines dunklen Flaums auf der Oberlippe zeigte. Diese ganze Vernarrtheit war eigentlich nur eine in meinem Kopf und führte vor allem dazu, daß ich mich nun erst recht von ihm fernhielt. Mit allen anderen ging ich ziemlich locker um. Doch war K. in der Nähe, fühlte ich mich gleich befangen, und alle Schlagfertigkeit war wie weggeblasen. In meinen Träumen jedoch spukte er ständig herum, aber dagegen kann man ja schlecht etwas tun.

Es gab andere Typen, die ich wesentlich geiler fand, aber von denen man tatsächlich nicht mehr wollte, als sich auf dem Schulklo zusammen einen herunterzuholen. Bei K. hingegen gab es so etwas wie eine heilige Scheu, selbst in den Träumen, da wurden mir gleich die Knie weich. Das ist natürlich ein gefundenes Fressen für jeden Teufel (um auch dem fünften Erzengel noch die ihm gebührende Ehre zu erweisen).

Meine Chance ergibt sich auf einer Klassenfahrt in die Eifel, die ohne ihn wahrscheinlich als ein einziges großes Besäufnis in Erinnerung geblieben wäre, hätte die Liebe (oder das, was Luzifer einem Fünfzehnjährigen als solche vorgaukelt) mich nicht die Dummheit begehen lassen, im Schlafsaal des Schullandheims das Nachbarbett von K. zu wählen. Diese Woche in Monschau war dann verdientermaßen die Hölle.

Gegen Ende unserer Monschautour, als selbst wir Schüler schon begannen, die uns begleitenden Lehrer zu bedauern, jetzt, da mit uns verkaterten Halbwüchsigen wirklich nichts mehr anzufangen war, ja manche ihren Arsch nicht mal zum Mittagessen aus der vollgekotzten Koje bekamen, passierte es dann. Natürlich soff auch ich munter mit, aber je länger ich neben K. wach lag, desto nüchterner wurde ich. Am frühen Morgen, als ich schließlich doch in einen leichten Schlummer gefallen sein muß, spüre ich plötzlich einen warmen, nackten Körper in meinem Rücken. Eine fremde Hand liegt auf meinem Bauch und streichelt ihn, ohne sich tiefer, unter das ausgeleierte Bündchen zu schieben. Für einen Augenblick bin ich hin- und hergerissen zwischen den angenehmen Gefühlen und der Angst, daß irgendwer hier im Schlafsaal was bemerkt. Ohne weiter nachzudenken, brülle ich K. an: Nimm die Pfoten weg, du schwule Sau! – Eigentlich müßten jetzt alle wach sein, aber bis auf einen einzigen Zwischenruf aus der Pofe von Peter Nitz: Halt die Schnauze, Gabi! Hier wollen Leute pennen! interessiert sich kein Schwein für meine Panik, bis auf K. natürlich, zu dem ich mich bisher nicht mal umzudrehen wagte. Tschuldigung, Gabi, murmelt er, noch halb betrunken, steigt aus meinem Bett und kriecht ins eigene zurück.

Weder am nächsten Tag noch sonst irgendwann haben wir je ein Wort über diese Sache verloren. Wir spielten weiter die guten Kumpel, aber klar, daß wir nach dieser Geschichte keine Freunde mehr geworden sind. Blöd nur, daß ich mich bis heute vor allem über mich selbst ärgere. Hab mich wie das letzte Arschloch benommen. Aber wer hätte auch ahnen können, daß K. auf Jungs steht. Er spielte besser Fußball als alle anderen, rauchte früher als der Rest der Klasse, soff mehr als wir alle zusammen, ließ sich die Haare schon bis über die Ohren wachsen, als Vadder mich noch immer zu Friseur Adam schickte, damit er mir einen Fassonschnitt verpaßt, und kam bereits mit seiner Ciao zur Penne geknattert, da war er noch nicht mal fünfzehn. Er hatte schon mit zwölf seine erste Freundin und wechselte die Keulen öfter als die Socken, und natürlich hatte er auch als erster richtigen Sex und brachte sogar den gefüllten Pariser mit. Alle schnüffelten daran, um mal den Geruch einer Muschi zu riechen; behaupteten sie zumindest. Ich glaubte K. auch so, denn wie er davon erzählt hat, ganz ohne Angeberei, mußte es einfach wahr sein.

Hin und wieder taucht er noch in meinen Träumen auf,

obwohl ich ihn nach der Schulzeit nur noch selten getroffen habe. Dann bin ich es, der sich schämt. Vielleicht war er in der Nacht ja wirklich besoffen. Manchmal denke ich, er ist nur wegen diesem Vorfall sitzengeblieben. Denn eigentlich war er nicht dümmer oder fauler als wir. Aber Hartmut Kunte konnte ihn nicht ausstehen und hat ihm in Geschichte und Deutsch ein Mangelhaft verpaßt. Da war die Fünf in Mathe, na klar, eine zuviel.

Auch gegen mich schien er was zu haben, aber ich war einfach zu gut in Deutsch und Geschichte, als daß er mich so leicht hätte fertigmachen können. Versucht hat er es immerhin.

Wie auch immer, ein Lehrer darf einfach nicht Kunte heißen. Wen wundert es da noch, daß er ständig durchdreht und alle Schüler für seine ganz persönlichen Feinde hält. Kunte, das war bei uns eher ein Oma- und Opawort, während wir unten, wenn wir es gut mit einander meinten, sagten: Hast du dir den Hintern auch ordentlich abgewischt? und sonst eher mit Arsch, Arschloch oder Arschgesicht um uns schmissen. Bei Mudder hieß es natürlich vornehm Po oder Popo.

Kunte klingt auf jeden Fall harmloser als Arsch, ja es klingt doch fast gemütlich, oder? Bliew met de Kunte in't Huus! oder Maak de Döre achter de Kunte to! Man hört die Alte daheim schon von weitem schättern: De kick uh met de Kunte nich mähr an! und He häff'n gudden in de Kunte, was nicht heißt, der Wonnegatte hat einen Riesendödel in der Buchse, sondern der Saukerl ist huckevoll.

Ob das Wort was mit dem englischen *cunt* zu tun hat? Sollte Hartmut Kunte mal fragen. Zu Omas Zeiten gab es noch den Kuntenkieker, so hieß das Gluttöpfchen im Fußwärmer, und manchmal beschimpft Vadder die Konkurrenten vom Bau, wenn sie sein Angebot unterboten haben, noch als Kuntenkrüüper, als Arschkriecher.

In jedem Schuljahr sammelte Hartmut Kunte in allen seinen Klassen für ein Waisenhaus irgendwo in Afrika, das ein Neffe oder Cousin von ihm dort aufgebaut hatte. Am Anfang der Woche kündigte er seine Kollekte an, am Samstag zog er dann eigenhändig die unbeschrifteten Umschläge mit unseren Spenden ein, er werde, so versprach er uns, noch mal dieselbe Summe aus eigener Tasche dazulegen. Und wir könnten sicher sein, daß dieses Geld auch wirklich in Afrika ankäme. Wer glaubt, wird selig. Mudder hätte ich mit diesem Blödsinn nicht kommen dürfen, also habe ich zu Hause nie ein Wort über diese halbjährliche Abzocke verloren, sondern nur einen Umschlag mit zwei, drei Papierschnipseln in Geldscheingröße abgegeben. Da ich damals nur zwei Mark Taschengeld in der Woche bekam, hatte ich für diesen Kack natürlich genausowenig übrig wie Mudder.

Kunte machte aus dem Einsammeln der Umschläge immer ein Mordstheater, bei dem öfter mal die halbe Geschichtsstunde draufging. Bei jedem Schüler blieb er stehen, betastete den zugeklebten Umschlag und gab eine Vermutung ab: Mhhhm, das knistert wie ein Zwanziger, oder: Klimperklimper, ich hoffe, das ist nicht nur Kupfer, Elsinghaus! und wenn er sich nicht sicher war, ob sich überhaupt etwas in dem Umschlag befand, hielt er ihn gegen das Licht oder roch daran.

Danach begann das echte Spektakel, das Öffnen der Umschläge und das Zählen des Geldes. Dazu wählte er aus der Schar seiner Lieblingsschüler einen Assistenten (einen Kuntenkrüüper), der ihm ein Couvert nach dem anderen reichen und nach der Entleerung selbiges in den Abfalleimer befördern mußte. Bei größeren Scheinen leuchtete Kuntes Visage geradezu auf, und seine Glupscher suchten die Bänke ab, wessen Eltern sich wohl als so generös erwiesen haben könnten. War ein Umschlag tatsächlich einmal leer, erlosch er mit einem

Schlag, stand langsam auf, knüllte das Couvert so verächtlich zusammen, als stecke der anonyme Spender noch darin, und knallte ihn eigenhändig in den Papierkorb. Dann glotzte er lange in die Klasse, diesen Ausdruck tiefer Enttäuschung muß er lange vor dem Spiegel geübt haben, und lispelte: Niemand hier im reichen Deutschland ist so arm, daß er nicht wenigstens eine Mark für ein armes Waisenkind in Uganda erübrigen kann. Wenigstens eine Mark! Dann blieb sein Blick auf mir haften.

In der Sammelwoche ließ er immer Photos von afrikanischen Kindern herumgehen, die angeblich sein Missionscousin geschossen hatte, ernstblickende Jungen in einem Klassenraum aus nacktem Beton. Nur Jungen, in kurzen Hosen und barfuß. Die Schule sei von unserem Geld gebaut worden! erklärte er lächelnd. Keiner aus der Klasse fragte ihn je nach den Mädchen. Wahrscheinlich glaubte ihm ohnehin niemand seine Geschichten.

Vielleicht geht es ja allen so in der Schule, jeder fühlt sich wie der letzte Arsch, selbst jene, von denen wir glauben, sie werden doch von allen geliebt und bewundert. Gibt es überhaupt eine glückliche Schulzeit? Jeden Tag bleut man uns aufs neue ein: Du kannst nichts! Du bist nichts! Du siehst scheiße aus! Du wirst es niemals zu was bringen! Du bist ein Dummkopf, eine Schafsnase, ein Idiot, ein Versager, raubst uns Lehrern nur den letzten Nerv, wärst auf der Hilfsschule besser aufgehoben, wann gehst du endlich ab!

Wir wehren uns gegen dieses Paukergestänker, aber ein bißchen was bleibt trotzdem hängen, und sie führen ihre Spielchen ja vor der ganzen Klasse auf, wie sollen die Kameraden es da besser wissen, wenn man gerade seiner Begriffsstutzigkeit wegen vorgeführt und lächerlich gemacht wird? Ausgenommen von diesen alltäglichen Demütigungen sind allein die Beamten-

und Arztsöhne in der Klasse. Die Lehrer wissen genau, welche Alte am nächsten Tag auf der Matte stünde, wenn sie einen von diesen verwöhnten Muttersöhnchen fertiggemacht hätten. Vadder würde es nie wagen, einen Pauker zur Rede zu stellen, weil eine seiner Blagen sich von ihm ungerecht behandelt fühlt. Diese Hartmut Kuntes hätten an die Front gehört, aber nee, gerade sie haben im bequemen Schuldienst den Krieg unbeschadet überstanden und sich nicht ändern müssen. Warum auch, lief doch gut für sie.

Die schlimmste Demütigung aber hat er mir auf ganz andere Art verpaßt, indem er mir bei einer Klassenarbeit als einzigem eine Eins gab. Wenn es wenigstens für ein Diktat gewesen wäre, aber es mußte ja eine Gedichtanalyse sein, Rilkes *Herbsttag*. Gibt es einen parfümierteren Dichter, rührseligere Verse? Damit war ich mein mühsam erkämpftes Image als der coolste und abgebrühteste Kotzbrocken der Klasse erst mal für eine Ewigkeit los.

Als hätte er mit seinem vergifteten Lob nicht schon genug Schaden angerichtet, taucht er eines Tages auch noch in der Teutonenstraße auf, um Vadder dazu zu überreden, mich nach der Mittleren Reife aufs Gymnasium wechseln zu lassen. Ich hätte das Zeug dazu. Mag sein. Aber Vadder ist niemand, der sich zu irgendwas überreden läßt, und von einem Hartmut Kunte schon gar nicht. So, wie er sich nicht ins Pädagogenhandwerk einmischt, sollen die Lehrer sich gefälligst aus Familienangelegenheiten heraushalten. Mudder hätte ihn vielleicht noch umstimmen können. Sie wollte ja selbst noch ihr Abi machen und studieren, bevor Klaus ihr einen Strich durch die Rechnung machte. Medizin. Sie hatte bereits mehrere Briefe an Albert Schweitzer geschickt, und seine beiden Antwortbriefe aus Lambarene hütet sie wie der Kölner Dom die Knochen der Heiligen Drei Könige.

Ich hab mich immer schwer getan mit dem Auswendiglernen, dieses Rilkegedicht jedoch, das ich nicht mal auswendig lernen mußte, habe ich nie wieder vergessen. *Herr: es ist Zeit. Der Sommer war sehr groß* und so weiter. Keine Ahnung, was Kunte an meiner Deutung so bemerkenswert fand. Wie gesagt, wahrscheinlich wollte er mir nur einen reinwürgen. Ich hab mir einfach einen jungen Ausreißer vorgestellt, der sich plötzlich, vielleicht weil gerade ein Gewitter aufzieht, allein in einer Kirche wiederfindet und ganz gedankenlos zu beten anfängt, obwohl er doch schon ewig nicht mehr gebetet hat und auch jetzt nicht weiß, zu wem er da überhaupt spricht.

Vielleicht ist es ja ganz gut, wenn Eltern und Pauker uns nicht allzu sehr mit ihrer Zuneigung belästigen. Denn wenn sie einen wirklich liebten, würden sie einen fürs ganze zukünftige Leben verderben. Sie machten einem ein leichtfertiges Versprechen, das keine Zukunft je einlösen kann.

Jeden Tag öffnet sich ein neues Wort, und jedes Wort öffnet einen neuen Tag. Ratzefummel. Der Ratz im Fummel. Was hat er nicht alles ausradiert! Nicht nur Fehler, ganze Landschaften, Städte, Gesichter. So ein Ratzefummel macht ganz schön einsam.

In den höheren Klassen gab es dann bereits den Tintenkiller. Das ist nun wirklich der Tod jeder Beständigkeit.

Fürst Hubertus, oder, wie ich ihn nennen soll, Herr Bentheim, hat mir einen königlichen Lohn gezahlt für ein bißchen Schaniegeln hier und ein bißchen Schaniegeln da. Vielleicht hätte ich hier sogar überwintern können, auf so einer Burg findet man ja immer etwas auszubessern. Aber das ist wohl nicht der Sinn der Walz. Außerdem hat Prinz Rudolf längst wieder Schule und kann nicht mehr jeden Abend mit mir losziehen, seine Mutter wird schon langsam sauer, im nächsten Frühjahr stehen seine Abiprüfungen an.

Rudolf bringt mich noch bis zum Aldi an der Rheiner Straße, diesmal stehe ich mit einem Schild da, *HANNOVER*, wenn ich Glück habe, schaffe ich es heute noch bis zu Tante Mia und Onkel Otto in Suderburg.

Sicher ist es ganz normal, daß einem immer wieder mal ehemalige Schulkameraden oder Pauker in den Sinn kommen. Die ganze Kindheit über ist die Schule ja der Ort, der einem am meisten Alpträume bereitet, außer dem Elternhaus natürlich.

Aber was Hartmut Kunte an mir nicht mochte, habe ich bis heute nicht begriffen. Immer wenn ich bei einer Haus- oder Klassenarbeit ein gutes Gefühl hatte, kriegte ich unter Garantie ein Mangelhaft hereingewürgt. Wenn ich aber dachte, das hast du nun wirklich vergeigt, bekam ich plötzlich eine Eins. Selbst im Sport, wo man doch denkt, Maßband und Stoppuhr bringen eindeutige Ergebnisse, nutzt der blöde Hund Petting vor allem die Mannschaftsspiele, um mich zur Sau zu machen. Nicht, daß ich das Tor oder den Korb nicht traf, vor allem warf er mir mangelnden Einsatz vor. Wie will er das beurteilen? Ja, ich bin eine faule Socke, und manchmal hatte ich natürlich wirklich keinen Bock auf Sport, aber ich hätte meine eigene Mannschaft nie hängen gelassen. Aber Pettings Sticheleien waren wie ein heimliches Gift, bis ich am Ende selbst fast glaubte, die anderen wären ohne mich besser dran, mit mir würden sie doch nur verlieren.

Das ist vielleicht das Schlimmste an der Schulzeit, die Verunsicherung, wer man wirklich ist. Am Ende weiß man gar nicht mehr, worin man wirklich gut ist und wovon man besser die Finger läßt. Ist doch blöd, wenn die ganze Zukunft allein von den Launen der Pauker abhängt.

Der junge holländische Fahrer ist so maulfaul wie ich. Er stammt aus Winterswijk, wo man dasselbe Platt spricht wie in Wertherbruch. Wenn man denn spricht. Ein stures, gedankenträges Volk, dieses Grenzpack!

Normalerweise bezahlt man die Mitfahrgelegenheit mit einem Schnack oder mit klaglosem Zuhören, bis einem die Ohren abfallen. Stattdessen pafft er eine Roth-Händle nach der anderen, und ich bin ganz froh, nicht zum zigsten Mal Gott und der Welt erklären zu müssen, wer ich bin, woher ich komme und warum ich in dieser auffälligen Kluft unterwegs bin. Nur den Kippengestank krieg ich so schnell nicht mehr aus den Klamotten raus.

Ich wundere mich immer, wie sie einem fremden Kerl wie mir einfach vertrauen. Aber jene, die mich für ein Schlitzohr halten, fahren natürlich einfach weiter, und das sind ja die meisten. Wahrscheinlich sind sie noch nie einem Wandergesellen begegnet. Und viele sind wir nun tatsächlich nicht mehr.

Langsam bekomme ich Schmacht. Als der Chauffeur mich an der Raststätte Gütersloh rauslassen will, lade ich ihn großzügig zum Essen ein, ich hab's ja, dank meinem Fürsten Hubertus.

Schmacht hatte ich den ganzen Tag, as wenn ik vertien Daage nicks mähr hat ääten. Ik kann voor Schmacht nich uut de Oogen kieken, Schmacht bes under de Arme, nicht nur Heißhunger und Sehnsüchte nach Werweißwas, Schmächte, und später, mit zwölf, dreizehn, natürlich Lungenschmacht, um auf dem Pausenhof nicht abseits zu stehen. Die Raucherecke bei den Klos war eben das coolste Örtchen.

Eigentlich habe ich das Rauchen gehaßt, genauso wie das ständige Coolsein. Kam mir wie ein Betrüger vor, mit diesen fast schon erwachsenen Typen abzuhängen, die mit ihren Sexgeschichten prahlten. Hab ich ihnen ihre Stories geglaubt? Wahrscheinlich waren sie auch nur Angeber und Betrüger, doch was weiß man schon in diesem Alter? Vielleicht haben ihnen die Kippen genausowenig geschmeckt. Wir pafften doch nur, um überhaupt mal das Maul aufzukriegen, im Grunde hatten wir uns aber nichts zu sagen. Nie hat einer je ein Wort darüber verloren, was bei ihm zu Hause los ist. Ich denk mal, daß es bei den meisten meiner Kumpel auch nicht anders zuging als in der Teutonenstraße.

Wahrscheinlich haben sich schon im Mittelalter Ritter und Herzensdame angeschmachtet, wie heute Toni seine Maria.

Auch wenn es kein plattdeutsches Wort ist, gehört es zu meiner Kindheit wie die wöchentliche Tracht Prügel. Schmacht hat mich begleitet wie Friedrich den Großen, als er noch ein kleiner Prinz war und in seiner Kindheit nie richtig satt geworden ist. Um den Schmacht zu einem Mittel der Erziehung zu machen, muß man kein Preuße oder Protestant sein, es reicht, daß man im Krieg aufgewachsen ist. Auch wenn er inzwischen lange vorbei ist und unser Wirtschaftswunderland im Überfluß schwelgt, wird, wenn im Haushalt der Dunkers gespart wird, vor allem am Essen gespart. Bis ich mir ein eigenes Bild von der Lage machen konnte, habe ich unsere Familie für eine Sippschaft armer Schlucker gehalten, ständig vom Bankrott, von Verelendung und Obdachlosigkeit bedroht. Mag sein, daß Vadders Geschäfte mal nicht gut gehen, Mudder bringt als Krankenschwester auf jeden Fall regelmäßig Geld nach Hause, und den Großeltern gehört das Haus, wovor also hatten sie Angst?

Hier trifft das Wort vom schmächtigen Bürschlein mal ins Schwarze: Ich war sechs, kurz vor der Einschulung, als unser Hausarzt mich zur vierwöchigen Kur auf die Insel Langeoog schickte, allein in ein Erholungsheim mit hundert anderen heimwehkranken Schmächtlingen. Ich dachte, ich sehe Vadder und Mudder, Klaus und Mechthild nie wieder. Ich weiß nicht, warum keiner von ihnen mich je besuchen kam. Vielleicht wurde es den Eltern verboten. Damals dachte man ja noch, das Beste sei, die Gören sich einfach müde weinen zu lassen. Ein Besuch hätte da nur neue Unruhe geschaffen.

Ein Schmachtlappen war ich, nie reichte die Milch für uns drei, und oftmals war die Brotklappe am Nachmittag schon leer. Der Milchtopf war aus weißer Emaille und faßte zweieinhalb Liter. Jeden Morgen, bis auf den Sonntag, kam der Milchmann mit seinem Kastenwagen in die Teutonenstraße, läutete seine Glocke, die größer war und tiefer klang als die des Eierbauern oder Eismannes, so daß die Hausfrauen sich nicht irren konnten, und füllte aus einem großen silbernen Tank die leeren Töpfe und Kannen.

War der Topf zu klein, war unser Durst zu groß?

Das Brot gab es im Konsum an der Ecke. Es wurde in einem Fach des Küchenschranks aufbewahrt, dessen Verschlußklappe ein kleines Fenster aus geflochtenem Bast hatte, das ein wenig Luft ins Fach ließ. Im Familiensprech hieß dieser Verwahrungsort deshalb einfach die Brotklappe. Meist war sie leer, und keiner war's gewesen.

Statt guter Butter gab es Margarine, statt Nutella Rübenkraut (Grafschafter Goldsaft).

Mein ewiger Schmacht begann bereits, als Mudder mich wegen ihrer Brustentzündung schon nach vier Wochen abstillte. Aber auch bei den anderen, die länger das Vergnügen hatten, war der ständige Schmacht zu spüren. Dabei ging Mudder streng hierarchisch vor: Vadder bekam die größte Portion (wenn er auch nicht am meisten schuftete – das war Mudder –, war er doch der Herr im Haus), dann kam Klaus, dann ich und schließlich Mechthild. Mudder selbst aß kaum etwas zu den Mahlzeiten, auch wenn sie immer mit am Tisch saß, war entweder schon vom Kochen und Abschmecken satt, wie sie immer behauptete, ohne daß ihr jemand glaubte, oder naschte zwischendurch, wenn wir nicht daheim waren oder schliefen. Immer war sie inmitten einer Diät, zu der sie die *Hörzu* genötigt hatte (was uns die *Bravo*, war ihr die *Hörzu*: Organ der Aufklärung und der Minderwertigkeitsgefühle).

Auch Vadder hatte ständig Schmacht. Niemand schlang das Essen so herunter wie er. Obgleich sein Teller doch der vollste war, hatte er alles schneller in sich hineingeschlungen als Mudder, deren ganze Mahlzeit nur aus einem halben Kartöffelchen mit Soße bestand. Doch Vadders eigentliche Gier betraf sein

Auto: immer das größte und neueste Modell. Und immer gab es deswegen tierischen Krach, weil Mudder eisern die Haushaltskasse hütete.

Es begann damit, daß wie zufällig in der ganzen Wohnung verstreut die Prospekte des Autohändlers herumlagen. Für uns Blagen hieß das, in Deckung gehen und so wenig wie möglich zu Hause sein. Denn gegen Mudders Sparsamkeit half nur Gewalt. Vadder brauchte ja Mudders Unterschrift für den Kreditvertrag, am Ende prügelte er ihre Zustimmung herbei. Wenn dann der nigelnagelneue Schlitten vor der Tür stand, spielte er den Zerknirschten, entschuldigte sich unter Tränen und hatte wohl Schiß, Mudder könne das irgendwann mal alles satt haben und einfach abhauen. Sie wäre sicher gut allein zurechtgekommen, während Vadder wieder hoch zu Oma hätte ziehen müssen, damit ihm irgendwer was Warmes kocht und die Klamotten wäscht. Ich war immer eifersüchtig auf jene Mitschüler, deren Eltern geschieden waren, auch wenn bei uns zu Hause über geschiedene Frauen geredet wurde, als seien sie Flittchen oder, noch schlimmer, arme, sitzengelassene Mauerblümchen, die nun den Rest ihres Lebens in Einsamkeit und Schande verbringen müßten. Und nie ein Wort über die geschiedenen Ehemänner.

Sind sie beide abends weg, Mudder beim Nachtdienst, Vadder auf Sauftour, schieben sie einen Sessel vor die Schlafzimmertür, damit wir in ihrer Abwesenheit nicht die Küche plündern. Die Tür einfach abzuschließen, wagen sie nicht, es könnte ja mal brennen. Aber wenn der Sessel fortgeschoben ist, kriegen sie auch so mit, daß wir nicht in unseren Betten geblieben sind.

Als könnte ein Sessel uns einschüchtern! Wir rufen nach Oma, die uns oben natürlich hört, aber immer eine Weile zögert, sich in die Angelegenheiten von unten einzumischen. Oben, unten, vorne, hinten, das sind in unserem Familiensprech nicht einfach gewöhnliche Umstandswörter, ja nicht mal nur Ortsangaben, sondern eigene Welten. Oben wohnen Oma und Opa, oben wohnt das Zuhören, das Trösten, das Naschen und Petzen.

Unten leben wir.

Vorne befindet sich die Haustür zur Teutonenstraße. Wer dort klingelt, ist kein Nachbar oder Freund, sondern bestenfalls der Postbote oder ein Vertreter. Hinten liegen der Hof und der Hintereingang von der Kaiser-Wilhelm-Straße aus. Hier gehen wir ein und aus, diese Tür ist nie abgeschlossen, ja in all den achtzehn Jahren in Wertherbruch habe ich nie einen eigenen Haustürschlüssel besessen. Hinten stehen der Werkzeugschuppen, der Hundezwinger, die Wäschespinne, der Apfelbaum, der Bollerwagen, der Kaninchenstall. Hinten ist unser erster Spiellatz. Hinten ist aus aufgeschürften Knien das erste Blut geflossen.

Wie auch immer, nach einer Weile schlufft Oma doch die Treppe herunter, diesmal könnte ja wirklich mal was Schlimmes passiert sein. Aber nein, es sind wieder mal nur Pipi oder Kacke, die sich nicht länger zurückhalten lassen. Und auf dem Weg zum Scheißhaus legt jeder von uns natürlich einen Zwischenstop am Kühlschrank oder an der Brotklappe ein. Oma steht dieser plündernden Meute vollkommen hilflos gegenüber, schättert und pröttelt noch eine Weile vor sich hin, was soll sie sonst auch machen? Wie Vadder zur Hundeleine greifen?

Wenn alle Bedürfnisse befriedigt und wir Ausbrecher wieder in unsere Betten zurückgekehrt sind, schiebt Oma unter mürrischem Gebrabbel wieder den Sessel vor die Schlafzimmertür. Vielleicht macht es ihr sogar ein wenig Spaß, Mudders und Vadders verdutzte Gesichter vor sich zu sehen, wenn sie heimkommen und sich wundern, wer wohl in ihrer Abwesenheit durch die Wohnung getapert sein mag.

Ich weiß nicht, ob sie im Krieg oder in den ersten Jahren danach wirklich gehungert haben. Sie reden nicht darüber. Vadder war zwei, als der Krieg ausbrach, und zehn, als ein ausgezehrter, völlig unbekannter Mann plötzlich vor der Tür stand und behauptete, der Mann seiner Mutter zu sein. Bisher war Vadder doch ganz allein der Herr im Haus gewesen.

Mudder hat Verwandte in der Lüneburger Heide, Bauern, Tante Mia und Onkel Otto in Suderburg, da konnte es mit dem Hunger nicht allzu wild gewesen sein. Tante Mia und Onkel Otto hat der Krieg jedenfalls reich gemacht.

Mein Fahrer hat, obwohl er doch eingeladen ist, nicht gleich die ganze Raststätte leergefressen, sondern dasselbe bestellt wie ich, Fritten, zwei Frikadellen und ein Bier. Bevor es weitergeht nach Hannover, will ich noch schnell austreten und lasse meinen Charlie, Stenz und Wallmusch auf der Sitzbank liegen. Was soll ich mit ihnen auch auf dem Klo. Nur meinen Obermann behalte ich natürlich auf. Manche legen ihn ja nicht mal beim Pofen ab. Pinkeln mit Hut macht auf jeden Fall weniger Umstände als Pennen mit Hut.

Als ich zurückkomme, ist mein Fahrer schon vorgegangen. Ich will noch eben unsere Zeche bezahlen, da bemerke ich, daß der Patjacker mich doch tatsächlich beklaut hat. Natürlich ist der Parkplatz leer, als man mir endlich den Diebstahl meiner Padde glaubt oder zumindest die Nase voll hat von meinem Gesülze und mich ziehen läßt.

Ich habe meinen Besuch bei Tante Mia und Onkel Otto nicht angekündigt. Das Großartige bei ihnen ist, man kann einfach unangemeldet vor der Tür stehen, und sie freuen sich wie Bolle über das Wiedersehen. Dabei machen sie kein großes Brimborium, sondern setzen einen einfach in die Küche, und schon ist es, als wäre man nie weg gewesen. Sowas gibt es bei uns in der Teutonenstraße nicht.

Während Tante Mia noch die Kühe zu Ende melkt und Onkel Otto die restliche Jauche ausbringt, leisten mir meine beiden Vettern (eigentlich Großvettern, denn Tante Mia ist die Schwester unserer Sauerländer Oma) Werner und Jung-Otto Gesellschaft. Sie sind nur wenige Jahre älter. Werner arbeitet auf dem Suderburger Katasteramt, hat eine eigene Wohnung im Ort und ist allein meinetwegen mal eben rübergekommen, und Jung-Otto, der Ältere, wird irgendwann mal den Hof übernehmen und wohnt natürlich hier. Er hat schon ganz und gar das Auftreten seines Vaters angenommen. Sieht man sie nur von hinten, kann man Jung-Otto nicht von Onkel Otto unterscheiden.

Von Uelzen bis Suderburg bin ich zu Fuß gegangen. Das sind knapp zehn Kilometer, also nicht mal ein zweistündiger Fußmarsch. Ich weiß ja, wieviel sie tagsüber zu tun haben, und wollte nicht zu früh auf der Matte stehen. Außerdem, gibt es was Friedvolleres als diese Heidelandschaft? Selbst Vadder ist hier immer zur Ruhe gekommen. Endlich mal eine Weile weg von dem fetten schwarzen Mutterboden im Münsterland! Heidschnucken, Heidekraut, Hermann Löns, ich erinnere mich, wie wir bei einem der ersten Besuche vor dem Löns-Denkmal sitzen und wir alle drei, Klaus, Mechthild und ich, uns auf Vadders Schoß drängeln, kleine Vorschulkröten noch, und Vadder lächelt. Mudder hat dieses Photo geschossen. Und gäbe es dieses Photo nicht, hätte ich dieses seltene Familienidyll wohl längst vergessen oder einfach nicht geglaubt.

Was für ein herzlicher Empfang! Sie haben mich natürlich noch gar nicht in meiner Gesellenkluft gesehen und erkennen mich erst auf den zweiten Blick. Und ich denke, sie sind immer so herzlich, ganz egal, wer da gerade an ihre Tür klopft.

Als Kind waren mir die Gerüche auf dem Hof immer zuviel. Die Küche roch nach kaltem Fett und saurer Milch, überall roch es nach Dinosaurierkotze, am schlimmsten war der gekochte Schweinefraß aus verfaulten Kartoffeln, Runkelrüben und Schlachtabfällen. Dieser dichte viehische Dunst setzte sich in den Klamotten und in den Haaren fest, und nach dieser ersten Nacht auf dem gastfreundlichen Hof werde ich wohl wie alle hier nach Jauchegrube und geronnenem Blut stinken.

Dazu der ständige tierische Lärm vom frühen Morgen bis in die Nacht, die Kühe mit ihren platzenden Eutern, die Kannibalenschweine, die vergewaltigten Hennen, und wenn man hofft, daß endlich alle zur Ruhe gekommen sind, legen die Katzen los, Schreie, als würden Babys geschlachtet. Wenn dann auch noch die Hoftölen ihren Sound dazugeben, fühle ich mich wie in einem Comic.

Maloche gibt es hier natürlich in Hülle und Fülle, und wenn ich wollte, könnte ich glatt bis zum Frühjahr bleiben. Aber ich kann es mir hier nicht einfach bequem machen und Onkel Otto dann nach Penunze fragen. So, wie es für sie selbstverständlich ist, mich zu beherbergen, erwarten sie, daß alle, die sich an ihren Tisch fläzen, auch auf dem Hof mit anpacken.

Verrückt, nun bin ich hier und merke erst jetzt, daß ich dieses ganze Viehzeug eigentlich nicht ausstehen kann. Wir hatten ja selbst immer Tiere im Haus oder Hof. Die Kaninchenställe befanden sich hinten neben dem Geräteschuppen, gegenüber vom Hundezwinger. Ställe ist vielleicht übertrieben, es waren nicht mehr als zwei aufgebockte, obstkistengroße Verschläge aus Sperrholz und Maschendraht. Klaus kümmerte sich um sie, gab ihnen Küchenabfälle zu fressen und machte ihren Mist weg. Seit Klaus nicht mehr da ist, haben wir auch keine Kaninchen mehr.

Beim Schlachten mußten wir Jungs immer dabei sein, damit wir lernen, wie man so einem Tier das Genick bricht und ihm das Fell über die Ohren zieht, oder damit wir harte Kerle werden und für den nächsten Krieg gerüstet sind, oder was auch immer. Vadder hat das alles ja auch schon als Kind lernen müssen, wie man zur Not auch Ratten jagt und frißt.

Mir braucht man das gar nicht erst beibringen, natürlich würde ich auch Ratten fressen, bevor der Schmacht mich umbringt. Ich schau dem Schlachten unserer Kaninchen sogar mit einer gewissen Neugier zu, finde sie auch nicht hübscher als eine Kanalratte, im Gegenteil, fette, gefräßige Biester ohne jeden sozialen Sinn, wie Ratten ihn haben. Ich weiß nicht, wie man sie süß finden kann. Klaus hingegen nennt jedes Karnickel beim Namen, und jedesmal, wenn Vadder eines der Viecher im Waschkeller killt und aufschlitzt, heult Klaus sich die Augen aus, was Vadder ganz und gar nicht ausstehen kann. Also muß Klaus erst recht zuschauen. Er ißt kein Stück von dem Kaninchenbraten, und als Vadder ihn irgendwann mal reinlegt und sagt, das Fleisch auf seinem Teller sei Kalb, und erst, als Klaus alles aufgegessen hat, damit herausrückt, es sei Bonny gewesen, göbelt Klaus sich die Seele aus dem Leib. Ich dachte immer, irgendwann wird er mal Zoowärter oder Tierarzt, aber nun ist er zu den Bullen gegangen.

Meinetwegen könnten wir auch Hunde fressen, dann wären sie wenigstens zu etwas nütze. Ich habe sie immer gehaßt, die Straßenköter in unserem Zwinger. War die eine Töle verreckt, holte Vadder sich das nächste verwilderte Biest aus dem Tierheim und richtete es zunächst erst mal zu. Seine Erziehung bestand, wie bei uns, weniger aus guten Worten, sondern vor allem aus Prügel und Gebrüll. Wahrscheinlich war ich auf die Bestien nur eifersüchtig, kriegten sie von Vadder doch soviel Zuwendung wie sonst nur seine neuen Karren.

Einer dieser Köter hieß Treff, ein Schäferhund-Boxer-Bastard oder irgendwas in diese Richtung. Die meiste Zeit verbrachte er mürrisch in seinem Zwinger. Er kläffte nicht nur Freunde an, die sich schon Vadders wegen nur selten bis an unsere Hintertür wagten, sondern auch Mudder, Mechthild und mich, wenn wir seinem vollgeschissenen Revier zu nahe kamen. Nur vor Vadder und Klaus kuschte er, das feige Mistvieh.

Jede Woche mußte ein anderer von uns Blagen die Hundescheiße aus Treffs Zwinger holen. Ich hatte nicht weniger Muffe als Mechthild, aber Muffensausen war für Vadder keine Entschuldigung, sondern nur ein anderes Wort für Drückebergerei. Trotzdem war es purer Zufall, daß an jenem Mittag, als mal wieder an mir die Reihe war, Treffs Scheiße wegzuschaufeln, nicht nur die Zwingertür, sondern auch das Hoftor offenstand und Treff, so ausgebufft ein Straßenköter nun mal ist, sich ohne zu fragen einfach auf und davon machte.

Nach einem – wirklich nur sehr kurzen – Moment der Schadenfreude packt mich plötzlich die Panik, wie Vadder wohl reagieren wird. Natürlich wird er mir die Schuld geben, bestenfalls wird er mich statt Treff in den Zwinger sperren, das Schlimmstenfalls will ich mir gar nicht ausmalen.

Klaus ist noch in der Schule. Er geht ebenfalls auf die St. Georg, ist aber eine Klasse höher. Er ist der einzige, der mich jetzt noch retten kann. Obwohl die Stunde noch lange nicht zu Ende ist, stolpere ich einfach in den Klassenraum und stammle etwas von einem schrecklichen Unglück daheim, Klaus müsse sofort mitkommen. Obwohl Petting nichts weiter erfährt, spürt er doch, daß tatsächlich etwas Schreckliches passiert sein muß. Er fragt, ob er die Polizei oder einen Krankenwagen rufen oder ob uns jemand begleiten solle, ich schüttle nur den Kopf.

Zunächst ist Klaus stinksauer, daß ich ihn wegen so einer Lappalie aus dem Unterricht hole, aber dann versteht er allmählich den Ernst der Lage. Wir laufen alle Straßen des Germanenviertels ab, die Sachsen-, Kimbern-, Ubierstraße, von Treff keine Spur. Wenn ich es erst mal in die Freiheit geschafft hätte, wäre auch ich nicht so blöd, mich von zwei Halbwüchsigen wieder einfangen und wegsperren zu lassen.

Du hältst den Mund, wenn wir nach Hause kommen, Gabriel! mahnt Klaus. Ich sag Vadder, Treff sei mir beim Füttern entwischt.

Ich weiß genau, was Klaus blüht, und ich hasse es wie die Pest, wenn er für Mechthild oder mich den Arsch hinhält, als könne ich nicht für mich selber geradestehen. Aber ich sage kein Wort, als Vadder die Hundeleine nimmt und Klaus damit grün und blau schlägt und erst aufhört, als Oma runterkommt und sich zwischen Sohn und Enkel stellt: Komm, Klaus, gehen wir nach oben, bis Hermann sich wieder beruhigt hat!

Tante Mia mästet mich. Ich werde mein Lebtag kein Schweineschmalz mehr anrühren, keine Blutwurst und keine euterwarme Milch.

Jung-Otto läßt mich mit dem Trecker fahren. Alt-Otto ist von der Geradlinigkeit meiner Furchen wenig begeistert, sagt aber nichts.

Ich installiere Blitzableiter auf dem Scheunendach und dem Silo, die einzigen Gebäude auf dem Hof, die noch keinen haben, dabei überragen sie doch die Ställe, das Haupthaus und die Gesindewohnungen bei weitem. Aber hier herrscht noch Gottvertrauen. Oder man ist gut versichert.

Jung-Otto hat vor, die Schweinemast auszuweiten, und zeigt mir die Pläne für die Anbauten. Die Dächer der neuen Ställe sind eine Nummer zu groß für mich, ich würde mindestens ein halbes Jahr in Suderburg festsitzen. Ich rate ihm, den Bau von einer ordentlichen Firma hochziehen zu lassen. Immerhin soll die Erweiterung tausend Tiere umfassen. Wer soll die alle essen? Die Chinesen liebten Schweinefleisch, witzelt Jung-Otto. Aber ich seh ihm an, er meint es ernst. Mit Milch sei kein Geld mehr zu verdienen. Nur seiner Mutter wegen hätten sie noch zwei Dutzend Kühe im Stall, doch für jeden Liter müsse er zwanzig Pfennig draufzahlen. Aber Tante Mia liebe nun mal ihre Kühe, also müsse man halt abwarten, bis sie zu alt zum Melken sei.

Ich bin unschlüssig, ob ich noch vor dem Winter gehen soll, und wohin überhaupt, als mich ein göttlicher Wink aus der Verhocktheit reißt. Der neue Stellvertreter Gottes ist kaum vier Wochen im Amt, da hat der Allmächtige auch den schon wieder zu sich gerufen. Ich verstehe es als ganz persönliche Aufforderung, meine begrenzte Zeit zu nutzen und der Suderburger Behaglichkeit Tschüß zu sagen.

Werner bringt mich bis zur Raststätte Garbsen. Tante Mia hat mir noch ein Holstentor zugesteckt, aber mit einem Fuffi kommt man nicht weit. Diesmal stehe ich ohne Schild an der Auffahrt. Ich überlasse es der göttlichen Vorsehung, wer zuerst hält und wohin er mich bringt.

Je weiter es nach Osten geht, desto mehr Schnee liegt herum. Aber hier stört er offenbar keinen, nirgendwo jenseits der Transitstrecke ist er fortgeräumt.

Die einzigen Tiere, die ich wirklich mag, sind Pferde, aber die gab es auf dem Suderburger Hof leider nicht. Sie wurden schon vor Jahren als nutzlose Fresser abgeschafft.

Und Delphine vielleicht. Zumindest haben sie mich als Kind immer fasziniert. (Wen wundert's, wenn man mit Flipper groß wird). Als die Welt noch in Ordnung war und ich davon ausgegangen bin, nach der Mittleren Reife aufs Gymnasium zu wechseln, wollte ich lange Zeit Biologie studieren. Der Bio-Unterricht hat mir immer Spaß gemacht, vor allem Neurobiologie und Verhaltensforschung. Das Gehirn eines Delphins ist so groß und schwer wie das eines Menschen, weist aber mehr Gehirnwindungen auf, so daß man davon ausgehen muß, daß dieser Meeressäuger womöglich intelligenter ist als der Mensch. Auch ist inzwischen bekannt, daß Delphine über eine eigene Sprache verfügen. Bis jetzt ist es noch niemandem gelungen, sie zu entschlüsseln. Aber genau das war lange mein Traum: als erster die Sprache der Delphine zu verstehen und mich mit ihnen unterhalten zu können. Worüber reden sie den ganzen Tag? Da sie sich ja nicht mit so einem Stumpfsinn wie Hausbau, Kanalisation und Verkehrsinfarkten herumschlagen müssen, haben sie den Deetz frei für die wirklich wichtigen Dinge im Leben: Sex, Jagden, Spiele, Spekulationen über die Welt und die merkwürdigen Wesen jenseits des Wassers. Vielleicht lachen sie deshalb so viel. Ich bin sicher, wir hätten eine Menge zu bequatschen.

Die ganze Zone scheint fast unbewohnt. Außer den Raststätten kaum je ein Haus, geschweige denn eine Stadt. Ich habe das Land der Laubbäume verlassen und durchquere jetzt das Land der Nadelbäume. Weiß nicht, ob das was zu bedeuten hat.

Von Helmstedt bis Dreilinden geht es praktischerweise ja in einem Rutsch durch. Der Grenzer kann sich ein Grinsen nicht verkneifen, als er meine Montur sieht. Auch wenn ich seinen Arbeiter- und Bauernstaat nur durchfahre und mir allenfalls in Michendorf eine Soljanka für dreiundneunzig Pfennig Ost reinpfeife, gehöre ich doch ebenfalls zu den Proleten, nicht wahr? Und wie vertraut mir bereits alles scheint: ein Land wie auf den Schwarzweißphotos im Kindheitsalbum. Ist nur der Schnee schuld? Oder ist die Grenze in Wahrheit eine Zeitmaschine und die Fahrt durch die Zone eine Reise in die Vergangenheit? Wie weit zurück? Ist mir jedenfalls ganz neu, daß wir, selbst Nachbarn, in ganz unterschiedlichen Gegenwarten leben können. Bis gestern war's mir vielleicht auch nur egal.

Die Industrie- und Handelskammer ist schon geschlossen, als ich mich endlich bis zur Hardenbergstraße durchgefragt habe. Mann, das sind ja Entfernungen, da kannste das ganze Münsterland in dieser Stadt verstecken. Also zurück zur Jugendherberge in der Lützowstraße. Obwohl sie gleich im benachbarten Bezirk liegt, latsche ich über eine Stunde und muß zig Mal nach dem Weg fragen, um mich bei dieser Eiseskälte nicht auch noch zu verlaufen. Was für ein mißmutiges Volk, diese Berliner! Und kennen sich in ihrer eigenen Stadt nicht aus. Oder es macht ihnen einfach Spaß, die Fremden irgendwohin ins Niemandsland zu schicken. Nun geht die Hälfte der Tantenpinke schon für eine Nacht im Achtbettzimmer drauf. Morgen muß ich auf jeden Fall Arbeit anschieben und mir eine billigere Platte besorgen. Denn soviel ist mir selbst als Provinzpomeranze schon klar: Dies ist kein Kaff, wo sich unsereins durchklopfen will! In Bentheim oder Steinfurt kommen die Leute von sich aus auf einen zu und fragen, ob sie einem helfen können. Hier brüllen mir die Gören nach: Hey, Cowboy, haben sie dir deinen Gaul geklaut? und lachen sich scheckig.

Es ist schier aussichtslos, auf dieser Bude ein Auge zuzubekommen. Allein deswegen werde ich hier keinen Tag länger bleiben. Bis weit nach Mitternacht ein ständiges Kommen und Gehen. Gibt es in dieser gottverdammten Stadt denn keine Sperrstunde? Und selbst wenn sie es endlich in ihre Kojen geschafft haben, geben sie keine Ruhe. Dabei gehören das Schnarchen, Schneuzen und Schnaufen noch zu den harmloseren Geräuschen. Können sie ihre Wichsgriffel nicht wenigstens hier mal über der Bettdecke lassen? Nein, sie sind so unverschämt, als gäbe es die anderen gar nicht, oder, im Gegenteil, als würde das unfreiwillige Publikum sie erst recht aufgeilen. Man darf einfach nicht acht junge Männer auf so engem Raum zusammenpferchen. Allein schon der Gestank dieser vergnügungssüchtigen Reisenden, die hier noch ganz im Schweiß ihrer Frustration nach Ersatzbefriedigung suchen, kann einen anständigen katholischen Landburschen bereits um den Verstand bringen.

Wichsgriffel, nie war ein Begriff passender. Mit Wichse war vielleicht mal eine Ausgehuniform oder Schuhfett gemeint, aber das ist lange her. Und mag Vadder auch noch gelegentlich eine Abreibung, eine Tracht Prügel oder eine Schulhofkeilerei Wichse nennen, so kommt das unserem Schulhofgebrauch zwar schon näher, trifft aber noch nicht den eigentlichen Mißbrauch der Griffel, Pratzen oder Pranken.

Was bin ich eigentlich? Ein Wortstolperer? Ein Begriffsstutziger? Muß ich immer an diesen Begriffspickeln herumknibbeln, bis sie eitern oder bluten? Okay, auf jeden Fall besser als Schäfchenzählen!

Aber nein, es ist wie eine Sucht! Ich kann diese Wortkrusten einfach nicht in Ruhe lassen. Auch wenn das Prockeln und Popeln es nur noch schlimmer macht. Was am Anfang nur ein Mitesser, ein Talgbalg, eine oberflächliche Abschürfung war, wird vom scharfen ungewaschenen Nagel zum Fleischkrater ausgekratzt. Wie haben wir diese Klugscheißer auf der Penne genannt? Wortwichser.

Aber vielleicht bin ich das ja, war ich das von dem Moment an, als ich meine ersten Laute gebrabbelt habe. Gestammel statt Muttermilch. Gerade diese verpönten Wörter haben es mir angetan. Allein sie schon zu denken, ist aufregend. Um wieviel mehr dann, sie in den Mund zu nehmen, auf der Zunge zergehen zu lassen, sie laut auszusprechen, ja herauszuschreien! Ach, wie gut sie schmecken, gerade die versauten Wörter, scharf und würzig wie die körperlichen Absonderungen, die man sich heimlich und ohne jeden Ekel ins Maul schiebt: Wortrotz, Lautpopel, Begriffslülle, Ausdruckswichse.

Eine Frage an Doktor Sommer: Kann einen der Verzehr des eigenen Samens krank machen? Und welche Symptome sind zu befürchten?

Doktor Sommer: In Maßen genossen sind keine schwerwiegenden Folgen zu erwarten. Aber man sollte sein Glied immer reinlich halten und vor allem die Partien unter der Vorhaut beim Baden oder Duschen gründlich schrubben!

Frage an Doktor Sommer: Darf ich denn meine Vorhaut einfach so vor- und zurückstreifen, wenn es der Hygiene dient? Was ist, wenn ich plötzlich eine Erektion bekomme?

Doktor Sommer: Nun, in der Regel macht es dem Glied

nichts aus, sich gelegentlich zu versteifen, ja es tut ihm sogar ganz gut. Denn neben dem Urinieren kommen irgendwann ja ganz neue Herausforderungen auf es zu, denen es sich schon beizeiten gewachsen zeigen sollte.

Am nächsten Morgen bin ich gleich der erste in der Handwerkskammer. Werde von Büro zu Büro geschickt, müde, graue Gesichter, vielleicht ist auch nur das graue Berliner Novemberlicht schuld, aber nein, sie seien ja keine Jobvermittlung, im übrigen gäb es ja nicht mal für die Eingeborenen genug zu tun, warum ich überhaupt rübergemacht hätte, andere Leute in meinem Alter, die wirklich anpacken wollten, hauten doch ab aus Berlin, wer hier bleibt, habe keinen Bock auf Maloche, und von einem Zehrgeld haben die Sesselpupser hier auch noch nichts gehört. Schicken mich einfach zurück in die Prärie, ich solle mir am Bahnhof Zoo am besten eine Fahrkarte nach Helmstedt kaufen. Aber ich pfeif auf ihr Gesülze, kauf mir am Bahnhof Zoo von meinen letzten Penunzen erst mal zünftig eine Boulette und ein Schultheiß (beides, das ist gleich beim ersten Zungenkontakt klar, nicht mit einer Frikadelle und einem Kölsch zu verwechseln), und probier, die Birne von all dem abweisenden Gelaber wieder frei zu bekommen.

Was mir beim Streunen durch die Straßen gleich auffällt, sind die vielen Bombenlöcher und Trümmergrundstücke, die es hier noch gibt. Und an den Fassaden mancher Vorkriegsbauten erkennt man noch die Narben der Einschüsse und Granatsplitter. Man könnte glauben, daß der Krieg gerade erst zu Ende gegangen ist und man die Straßen noch gar nicht vom Schutt freigeräumt hat.

Auch Wertherbruch hatte es in den letzten Kriegstagen ziemlich böse erwischt, vielleicht war das Eisenwerk schuld oder auch nur die Grenzlage. Achtzig Prozent aller Häuser wurden zerstört. Aber davon habe ich nichts mehr zu sehen bekommen. Auch wenn man sich manche häßliche Lückenfüllung besser gespart hätte, hat man alles so rasch aufgeräumt, als sei gar nichts gewesen.

Hier hingegen hält man die ausgestellte Versehrtheit fast nicht aus. Klar, daß alle, die es sich leisten konnten, so schnell wie möglich von hier abgehauen sind, in Städte mit hübschen Vorgärten und ohne diesen ganzen Seelenschutt.

Herbst in Berlin. Absturzwetter. Wer hier keinen Moralischen kriegt, ist kein Mensch. Wie überlebt man hier? Wie hält man es hier aus? Befürchte, das wird ein langer Winter. Ich Volltrottel hätte doch genauso gut schon in Rom sein können. Gibt es das überhaupt, eine Schönheit im Häßlichen?

Obwohl es hier doch soviel aufzubauen gäbe, sehe ich kaum eine Baustelle. Fehlt das Geld? Fehlt der Elan? Hab gehört, daß einige Spekulanten ihre Häuser mutwillig leerstehen lassen, bis sie verrottet sind und man sie getrost abreißen kann. Also haben Studenten, Obdachlose und politische Aktivisten einige hundert von diesen Bruchbuden besetzt. Die müßten doch ziemlich froh sein, wenn sich für eine Weile mal ein zünftiger Dachdeckergeselle bei ihnen einquartiert und richtig mit anfaßt.

Echte Kumpel hatte ich eigentlich erst kurz vor der Mittleren Reife gefunden, ehe ich von der Schule abgehen mußte. Ich denke, bis zu einem gewissen Alter waren wir alle ziemlich einsam. Keiner weiß doch mit zwölf, dreizehn, wer er wirklich ist. Wir wissen nur, wir sind nicht mehr die, die wir vor kurzem noch waren. Also spielen wir uns und den anderen etwas vor. Sogar die Kameradschaft ist nur vorgetäuscht, wir tragen unsere Masken der coolen Typen und kennen unsere Freunde im Grunde gar nicht, so wenig wie sie uns kennen, weil sie sich ebenfalls hinter ihren Masken verstecken. In Wahrheit waren wir doch nur unsichere, aus der Traurigkeit der Kindheit gerissene Gespenster.

Also, was heißt schon «echte Kumpel»? August erweckte vor allem wegen seinem Jahrmarkstsnamen Neugier. Er war der Grübler in der Klasse, sprach wenig, war aber immer hellwach. Obwohl, alles an ihm war dunkel, die Augen, das Haar, dazu trug er ständig schwarze Klamotten. Die Lehrer hatten Angst vor ihm. Vielleicht war ja sein Name schuld, daß er diesen finsteren Ernst ausstrahlte.

Er hatte eine nervtötende Art, mit seinem Haar zu spielen und es zu kleinen Löckchen zu zwirbeln. Das sollte nachdenklich wirken, und eine Weile habe ich es nachgeahmt, bis er es bemerkt und sich eine andere Marotte zugelegt hat. Solche Typen wie er haben eigentlich keine Freunde. Man kann mit ihnen keinen Spaß haben, kann sich in ihrer Gegenwart nicht gehenlassen. August trinkt nicht, raucht nicht, reißt keine schmutzigen Witze. In manchen Stunden, in Reli, in Deutsch und Geschichte sitzen wir nebeneinander, er wohnt eine Straße weiter, und gelegentlich radeln wir nach der Schule gemeinsam heim. Aber wir quatschen wenig. Bevor ich ihm gegenüber irgendwas Dummes von mir gebe, halte ich lieber die Klappe. Und er hält wahrscheinlich den Mund, weil ich ihn im Grunde nicht interessiere. Denk ich mir zumindest. Keine Ahnung, warum ich trotzdem immer wieder seine Nähe suche.

Im Sommer sind wir mehrmals zusammen im Freibad. Jedesmal behauptet er, seine Knete vergessen zu haben oder pleite zu sein und fragt dreist, ob ich ihm nicht ein Eis oder eine Pommes spendieren wolle. Hin und wieder ist das ja in Ordnung, aber dann revanchiert man sich beim nächsten Mal. Nicht so August. Für ihn scheint es eine Art Spiel zu sein:

Wie weit kann er gehen, wie lange lasse ich es mir gefallen, bis ich ihn satt habe?

In der Schule ist es nicht anders. Natürlich darf er bei mir abschreiben. Doch wenn ich mal nicht weiterweiß, scheint er, dem doch sonst nichts entgeht, es gar nicht zu bemerken, ja zieht sein Heft noch weiter weg oder verdeckt mit seinem Arm meine Sicht. Doch anstatt das Kameradenschwein in den Wind zu schießen oder ihn mal gehörig zusammenzuscheißen: Hey, Kumpel, wenn es dir an meiner Seite nicht paßt, dann pflanz dich doch woanders hin! kriech ich ihm fast in den Arsch und erledige sogar manchmal die Hausaufgaben für ihn.

Bin mir nicht sicher, ob ich August überhaupt mag. Aber irgendwie fühle ich mich in seiner Gegenwart wichtig, während alle anderen ihm eher aus dem Weg gehen. Meinetwegen ist es auch gar nicht nötig, dauernd irgendeinen Blödsinn über das zu verzapfen, was gestern abend in der Glotze lief, oder sich gemeinsam am Wochenende die Birne wegzuschießen. Und sicher hätte ich noch eine ganze Weile irgendeine Ausrede gefunden, das Ganze romantisch zu sehen: zwei junge, melancholische Freunde, Schiller und Goethe, oder Hegel und Hölderlin, bis er mir eines Tages an den Kopf knallt: Weißt du was, Dunker, ich habe über uns nachgedacht und bin zu dem Ergebnis gekommen, daß du mir im Grunde nichts zu sagen hast. Besser, du läufst mir nicht länger nach und suchst dir einen anderen Kumpel.

Hier am Mariannenplatz habe ich fast zuviel Auswahl, mehr als zwei Dutzend Häuser sind in dieser Gegend besetzt. Wo soll ich nachfragen? Fühl mich hier im Berliner Grenzgebiet tatsächlich wie ein einsamer Cowboy. Nur daß die Indianer hier auch in schwarzer Kluft unterwegs sind. Das Beste ist wohl, ich orientiere mich am Zustand der Dächer. Wenn die Besetzer einigermaßen bei Verstand sind, werden sie gleich schnallen, daß sie mit mir das große Los gezogen haben. Aber sicher sein kann man sich da nicht, wenn ich mir die Sprüche auf den Bettlaken angucke, die sie aus den Fenstern gehängt haben.

Der Punk in der Tordurchfahrt nuschelt: Frag nach Pille, der hat hier das Sagen!

Das fängt ja gut an. Hätte nun wirklich gedacht, daß es solche Sager in einem besetzten Haus nicht mehr gibt. Dann stehe ich vor Pille und denke, na ja, es hätte auch schlimmer kommen können: Der Bursche ist so alt wie ich, mustert mich aber so unverschämt wie ein Bulle, bis sein Mund sich endlich zu einem breiten Grinsen verzieht: Was bist denn du für einer?

Mit Gunst und Verlaub, Dachdeckergeselle, Kumpel!

Nun bricht der Heini in schallendes Gelächter aus: Das hat uns wirklich noch gefehlt!

Mit Gunst und Verlaub, hab bereits einen Blick auf euer Dach geworfen. Winterfest sieht anders aus!

Da wirst du wohl recht haben. Aber das Haus ist voll. Und du willst uns ja nicht aufs Dach steigen, um anschließend im Freien zu pennen, oder?

Na, Kost und Logis muß schon sein. Ansonsten bin ich nicht anspruchsvoll. Ich such bei euch ja keine Wohnung. Vielleicht zieh ich schon in ein paar Tagen weiter.

Wenn es dir nichts ausmacht, kannst du in meiner Hütte ein Zimmer haben, mußt aber Küche und Klo mit mir teilen. Das Klo ist übrigens halbe Treppe.

Nun, das hört sich doch fast nach Kempinski an.

Okay. Dann schauen wir mal, ob das mit uns beiden gutgeht.

Seine Wohnung hat drei Zimmer, darunter ein Duchgangs- oder, wie man hier sagt, ein Berliner Zimmer. Die Dielenböden sind frisch abgezogen, die Fensterrahmen innen neu lackiert, doch die Einrichtung besteht überwiegend aus Sperrmüll. Die

Bude, die er mir anbietet, hat ein Fenster zum Hof. Außer einem Kleiderständer, so ein langer, schulterhoher Chrombügel auf Rollen, wie man ihn bei Peek & Cloppenburg findet, einer wichsfleckigen Sprungfedermatratze und einem kleiderschrankgroßen Kachelofen ist das Zimmer leer. Ach ja, eine nackte Hundertwattbirne an der Decke wirft ihr kaltes Licht auf den weißgetünchten Putz. Tapeten gelten in diesen Kreisen wahrscheinlich als zu spießig. Aber es ist immerhin ein eigenes Zimmer, auch wenn ich es nicht abschließen kann. Der Schlüssel fehlt.

Übrigens, ich bin Said.

Said? Ich dachte, du heißt Pille.

Said Pilischewski, ja. Und du?

Gabriel Dunker. Doch Freunde nennen mich einfach Gabi.

Du hast deine weibliche Seite aber ziemlich gut versteckt, Gabi.

Zeig mir mal lieber, wo ich meinen Charlie abladen kann. Und hilft mir wer auf dem Dach?

Ich glaube, ein Großteil unserer dauerbekifften Mitbewohner ist nicht schwindelfrei, und die Restfraktion, mich eingeschlossen, hat zwei linke Hände. Aber wenn dir weder das eine noch das andere was ausmacht, klettre ich mit dir aufs Dach und schau dir bei der Arbeit zu. Ist ohnehin mein Lieblingsort in diesem Saustall. Der Blick von dort oben über Kreuzberg und über die Mauer bis zum Alex ist gigantisch.

So sitze ich denn an meinem ersten Abend als Hausbesetzer statt zu malochen mit einer Pulle Kindl, einer fetten Tüte und Pille auf dem Dach der Muskauer 19 und habe ein merkwürdiges Kribbeln im Bauch. Bin mir nicht sicher, ob das ungewohnte Kiffen schuld ist. Aber nun bin ich erst mal hier, was soll schon passieren, was sich nicht meistern läßt. Dafür geht ein Geselle ja auf die Walz.

Pille ist ein wenig kleiner als ich (zumindest, wenn ich meinen Obermann aufgesetzt habe). Er hat schwarzes, lockiges Haar, das er mit Henna gefärbt hat, so daß es, je nach Lichtverhältnissen, mal in einem rötlichen Bronzeton, mal in einem rostigen Orange schimmert. Seine Haut ist ein wenig dunkler als meine, fast haarlos und ohne irgendeine Schwiele. Na ja, er arbeitet ja auch nicht, nicht körperlich, sondern studiert, wenn er nicht gerade Ordnung in die Besetzeranarchie zu bringen versucht, Psychologie, behauptet er, aber das paßt auch irgendwie.

Er ist fast zu schön für einen Mann. Sein Vater sei Ägypter, sagt er, habe seine Mutter aber sitzenlassen und sich zu seiner jüngeren Zweitfrau nach Alexandria verdrückt. Daher der ungewöhnliche Name und das Aussehen. Man kann ihn nicht wirklich fassen. Wenn er einen anschaut, sieht er einfach nicht weg, sobald es aufdringlich wird, sondern starrt und starrt, und man weiß nicht, ob er einem gleich eine ballert oder um den Hals fällt. Ist das der Psychologe in ihm, oder der Ägypter? Und als mir dann der Kragen platzt und ich ihn anmache: Hey, was guckste so, Pille? Ist was mit mir nicht in Ordnung? entgegnet er seelenruhig: Alles knorke, Kumpel. Gefällt dir die Aussicht? um am Ende dann doch noch einen blöden Spruch dranzuhängen: Übrigens, gehst du mit deinem Cowboyhut eigentlich auch pennen?

Trotzdem entschuldige ich mich für meinen Ausraster. Will es mir ja nicht schon am ersten Abend mit meinem Wohnungsgenossen verderben und gleich wieder auf die Straße fliegen. Diese Berliner Novembernacht ist dazu einfach schon zu kalt.

Da ich hier der einzige zu sein scheine, der wirklich malocht, bediene ich mich dementsprechend unverschämt am Gemeinschaftskühlschrank. An echten Lohn ist unter diesen Habenichtsen ja nicht zu denken. Allerdings gibt es hier auch keinen

Krauter, der mich herumkommandiert. Im Gegenteil, wenn jemand kommandiert, dann bin ich es, hol mir den einen oder anderen Penner aufs Dach oder schicke ihn zu Besorgungen los. Ist mir egal, wo er die Teerpappe klaut, doch von nichts kommt nichts. Und wenn sie mir dann irgendeinen Scheiß anschleppen, brüll ich auch schon mal herum, ganz wie Vadder. Ansonsten gefällt mir dieses Gammlerdasein ziemlich gut. Abends kochen wir gemeinsam, Pille, ein paar Nachbarkids und ich, schickern um die Wette und paffen eine Tüte nach der anderen, bis wir glauben, was sind wir doch für eine nette Familie!

Am nächsten Morgen aber sag ich mir wieder, vergiß nicht, Gabi, daß das alles hier illegal ist: Jeden Augenblick kann eine Hundertschaft Bullen vor der Tür stehen und der ganzen Anarchie ein Ende machen. Und was bleibt von meiner Ehrbarkeit, wenn sie mich erst mal eingelocht haben? Dann ist es mit der Walz vorbei!

Steh ich im Braunkohlensmog auf dem Dach, löst sich die Sorge allmählich auf, und am Abend am Küchentisch ist sie fast schon wieder vergessen. Dabei sind solche gewaltsamen Räumungen hier ja an der Tagesordnung, samt anschließenden Straßenschlachten, von denen ich mich bisher allerdings ferngehalten hab. Weiß noch nicht, was ich von soviel Gewalt und Widerstand halten soll, von der Angst vor einem Polizeistempel in meinem Gesellenbuch mal abgesehen. Gewisse Regeln müssen ja gelten. Andererseits, irgendwo müssen die Menschen doch wohnen, und hier kann man sich nicht mal eine billigere Bleibe im Umland suchen. Und wenn ich sehe, wie Spekulanten hier in Kreuzberg erst ihre Häuser entmieten und dann Schlägertrupps losschicken, die Türen und Fenster einschlagen, damit es mit dem Verfall noch ein bißchen schneller geht, dann kommt auch mir die Galle hoch und ich versteh die Wut.

Man müßte vielleicht mal einen Schacht gründen, der nicht so streng traditionell ausgerichtet ist, sondern auch offen für andere Handwerker als nur Zimmerer, Steinmetze oder Dachdecker. Vielleicht möchten ja auch Automechaniker oder Bäcker gern mal auf die Walz gehen und andere Arbeitsweisen als die von Zuhause kennenlernen. Und was ist mit den Handwerkerinnen? Obwohl es sie immer schon gegeben hat, wollte kein Schacht bisher auch Gesellinnen wandern lassen. Und wie steht's mit der Politik? Müssen wir uns aus allem raushalten, müssen wir alles hinnehmen, dürfen wir auch weiterhin nirgendwo anecken oder mitmischen, auch wenn die Ungerechtigkeit zum Himmel stinkt? Wir kriegen unterwegs doch eine Menge Scheiße mit. Muß man dann nicht auch mal die Wasserwaage weglegen und zum Hammer greifen? Ich denke, die alten Schächte waren doch ein bißchen zu sehr mit sich selbst und ihrer Geheimniskrämerei beschäftigt.

Hier würde ich sicher Gleichgesinnte für einen neuen Schacht finden, auch wenn die Alten mich dafür schlachten würden. Man kann nicht so einfach mir nichts, dir nichts austreten und einen neuen Laden aufmachen. Auch so eine Sache, die man ändern müßte.

Ich muß sagen, mir gefällt's inzwischen ziemlich gut in dieser grauen Stadt. Aber wo ist der Winter nördlich der Alpen schon behaglich? Vor allem für Obdachlose. Ich muß nur aufpassen, daß ich unter diesen Studis und Anarchos nicht noch mehr verschlampe und verludre, als es ohnehin schon in meiner Natur liegt, lange pennen, jede Nacht im SO 36 oder in der Oranienbar abhängen und mich durchschnorren, auf dem Rückweg noch kurz an die Mauer pissen und am nächsten Morgen bis in die Puppen pofen. Wäre Said nicht, käme ich gar nicht aus den Federn. Verstehe, warum er hier der Anführer ist.

Er hat von allen hier noch die größte Disziplin, auch wenn man dadurch schnell zum Oberarschloch wird.

Said – bisher habe ich noch keinen Said gekannt. Die Nachbarkinder hießen Wolfgang, Jochen, Edgar, Jutta, Cecilia, Sieglinde. Die Klassenkameraden Andreas oder Michael. Doch Said ist der erste, der einzige, ist nur Said. Wenn er mit einem Handtuch um die Hüften aus dem Bad kommt, kann ich jede seiner Rippen zählen. Er ist drahtig, sehnig, er strahlt ständig eine große Hitze aus, als käme er gerade aus der Sonne. Ich halte Abstand, so gut das in einer gemeinsamen Wohnung geht. Außerdem kann man sich gegen zu große Kälte immer besser wehren als gegen zu große Hitze. Alle Männer in unserer Sippschaft sind große Schwitzer. Ich hasse es, verschwitzt zu sein. Ich kann mich dann selbst nicht riechen.

Ich besorge mir die Zweite Hand, stöbere in der Rubrik *Zu Verschenken* nach brauchbarem Holz für unseren maroden Dachstuhl und finde da doch tatsächlich die Anzeige: Gebrauchten Sarg abzugeben, Zustand wie neu, nur an den Ecken etwas abgestoßen. Macht da jemand Witze? Oder hat es sich da einer noch mal anders überlegt und das teurere Modell oder gleich einen Zinksarg gewählt? Warum überhaupt diese Verschwendung von nützlichem Material, nur um in der Erde mit uns zu verrotten? Würde ein Leinentuch nicht vollauf genügen? Aber nein, es muß gleich ein eigenes Häuschen sein. Bin schon auf dem Weg zur nächsten Telefonzelle, so schnell kriegt man ja nicht wieder einen Sarg geschenkt, und anstatt ihn gleich auseinanderzukloppen und zu verbauen, könnte ich ihn ja eine Weile in mein leeres Zimmer stellen, penn immer noch auf der nackten Matratze. Ich versuch es länger als eine Stunde, durchzukommen, doch hör ständig nur das Besetztzeichen. Bin wohl nicht der einzige, der Verwendung für so eine Kiste aus Vollholz hat.

Man kann sich nicht so richtig vorstellen, daß es mal eine letzte Nacht, einen letzten Atemzug gibt. Und wenn es dann so weit ist, wird es wahrscheinlich immer viel zu früh sein. Das Leben hat doch gerade erst angefangen, und ich hatte doch noch so viel vor, was für ein Skandal, dieser Tod, und was sollen all die Götter und Religionen, wenn sie einen doch nicht vor dem Tod bewahren!

Manchmal, wenn mir auf dem Dach doch mal schwindlig wird, weil ich mir am Abend zuvor die Birne weggeblasen habe, sag ich mir, hey, Gabi, du stirbst nicht, du kannst doch fliegen.

Und wenn du dann doch mal danebentrittst und abstürzt und plötzlich merkst, du kannst ja doch nicht fliegen, erinnere dich: Im Grunde bist du Musik, bist du ein einzelner Ton nur, der fällt.

Ach, solange man sich noch über Gott und die Welt ärgern kann, stirbt man nicht. Sind es nicht überall die Priester und Pröttelköppe, bei denen der Tod am längsten auf sich warten läßt?

Ich würde gern mal auf einem Bahnhofsdach schaniegeln, wo Züge aus fernen Ländern für einen Augenblick anhalten und die unterschiedlichsten Menschen aus- und einsteigen und für eine Weile gemeinsam reisen. Man könnte die Augen zusammenkneifen und sich vorstellen, man würde gerade die ganze Welt überdachen. Ich hämmere hier oben, ein Typ im Blaumann hämmert dort unten, läuft die Räder ab, schlägt dagegen und hört an dem Klang, ob sie in Ordnung sind oder irgendeinen noch nicht sichtbaren Sprung haben. Es klingt wie ein verstimmtes Xylophon.

Auf dem U-Bahnhof Hallesches Tor prügeln sich Spontis und Kontrollettis. Zwei grauhaarige, schmerbäuchige Blaujacken haben einer Punkfrau die Arme auf den Rücken gedreht. Die Frau kreischt, heult, spuckt, tritt um sich, andere versuchen, sie zu befreien. Irgendwas in mir will sich ins Getümmel stürzen und da mitmischen, dabei bin ich gar nicht der Schlägertyp. Halte mich normalerweise von Kloppereien fern, mir fehlt einfach das Gefühl für die eigene Stärke. Weiß nicht, ob ich einem anderen Menschen einfach so in die Fresse schlagen könnte. Vielleicht will ich auch einfach nicht so werden wie Vadder.

Der Plattenladen am Moritzplatz heißt tatsächlich *Scheißladen.* Dementsprechende Mucke wummert bis auf die Straße, Punk, Neue Deutsche Welle, Einstürzende Neubauten und was die Eingeborenen hier sonst noch geil finden.

Viktoria, aschblond gefärbtes Haar, schwarze Netzstrümpfe, kackbrauner Lederrock, trotz ihres bescheuerten Outfits eine schöne Frau. Ich hätte sie von mir aus niemals angesprochen. Was will sie von mir? Ist es meine nicht weniger beknackte Kluft, die ihr Interesse weckt? Ich sage ihr gleich, daß ich nichts Festes will. Sie lächelt nur. Pille wär wahrscheinlich sauer, wenn ich sie in unsere Bude bringe.

Sie schleppt mich ins Café Central ab, knutschen ein wenig in der Knautschledererecke rum, liebe mich im Chevrolet, liebe mich im Strandcafé, im Autokino Rigoletto, yes, she said so, aus der Jukebox *In the Ghetto.*

Jeden Morgen, pünktlich wie beim Barras, scheppert in voller Dröhnung der Rauch-Haus-Song durch alle Höfe und Stockwerke, eine Art anarcho-paramilitärischer Weckruf sozusagen: *Ihr kriegt uns hier nicht raus! Das ist unser Haus, schmeißt doch endlich Schmidt und Press und Mosch aus Kreuzberg raus!* Und ich krieg den Song nicht mehr aus meinem Deetz. Zunächst denke ich, ja, Kanzler Schmidt aus Kreuzberg raus, doch hat der hier seine Berliner Zweitwohnung? Und wer sind Press und Mosch? Pille klärt mich auf: Schmidt und Press sind die beiden Immobilienhaie, denen wir das KZ am Kottbusser Tor zu verdanken haben, und Mosch ist ein stadtbekannter Bauunternehmer.

Willst du Rio mal kennenlernen?

Rio?

Rio Reiser, den Sänger von Ton Steine Scherben.

Wieso? Kennst du ihn?

Natürlich kenn ich ihn. Hängt regelmäßig in der O-Bar ab.

Ist er auch einer von euch?

Einer von uns? Du meinst, halb Alexandriner, halb Ostpreuße?

Ich meine, ist er auch schwul?

Keine Ahnung. Kannst ihn ja fragen, wenn du ihn triffst. Vielleicht steht er auf dich.

Laß das, Said, wenn ich was an dir nicht ausstehen kann, dann sind es diese ständigen Anspielungen.

Anspielungen?

Ja, dein schwuler Blick auf alles, als gäbe es keine anderen Probleme auf der Welt.

Und wie schaust du auf die Welt? Mit den Augen eines Dachdeckers? Ich hier oben, ihr da unten? Warte, bis du mal daneben trittst, da oben auf deinem hohen First! Dann wirst du froh sein, wenn da unten jemand steht und dich auffängt. Das wird mit Sicherheit niemand sein, der sich vor Angst in die Hose scheißt, plötzlich einen anderen Mann in den Armen zu halten. *Mark my words*, Gabi!

Ich dachte, diese gegenseitige Anmache hätten wir ein für alle Male hinter uns, aber Said kann's nicht lassen. Dabei kann ich mir nicht vorstellen, daß er wirklich was von mir will. Allerdings habe ich auch keinen blassen Schimmer, auf welche Arten von Typen er steht. Bis jetzt hat er noch keinen auf unsere Bude gebracht. Seinem ständigen Gerede nach aber müßte man doch glauben, er habe schon die halbe Stadt gefickt. Oder sich von ihr ficken lassen. Was weiß ich, wie es Schwule miteinander treiben. Selbst Doktor Sommer ist in dieser Frage nie ins Detail gegangen.

Wissen deine Eltern davon?

Daß ich schwul bin? Natürlich wissen sie das!

Selbst dein Vater?

Hör mal, werde endlich erwachsen! Wovor hast du Angst?

Müßt ihr Psychologiestudenten einen immer gleich auf die Couch legen?

Ich seh hier keine Couch, ich sehe nur eine vollgewichste Matratze!

Die war schon vollgewichst, als ich ankam.

Ich möchte nicht leben wie irgendeiner. Aber ich möchte auch nicht leben wie ein Besonderer. Es klang immer wie ein Vorwurf, wenn Mudder sagte: Ach, Junge, du wolltest schon immer was Besonderes sein! Ihr einziger Lebenssinn besteht darin, nur nicht aufzufallen. Was wäre das für eine Zumutung, eine Schande für sie, käme ich als Schwuler von meiner Walz zurück. Dann hätte ich besser fortbleiben oder unterwegs verunglücken sollen. Denn sowas gibt es in Wertherbruch nicht. Und wenn doch etwas durchsickert, verzeiht man es nicht. Wertherbruch ist eine saubere Stadt. Bis heute juden- und schwulenfrei. Wenigstens das hat sie aus den Jahren des Schreckens in die Gegenwart retten können. Anstand und Reinlichkeit.

Außerdem ist Wichsen das beste Einschlafmittel, füge ich noch blöde hinzu.

Klar, nickt Pille, die Pharmaindustrie versucht schon seit Jahrzehnten, die chemische Formel dafür zu finden.

Das einzige, was mir Angst macht, sind Schulden. Habe mir geschworen, mir nie in meinem Leben Geld zu leihen, mein Konto zu überziehen oder einen Kredit aufzunehmen. Jeder zweite Wortwechsel zwischen Vadder und Mudder betrifft irgendwelche Raten, jeder Streit zwischen ihnen endet irgendwann bei den Schulden, die sich bereits angehäuft haben. Warum haben sie überhaupt angefangen, mehr Knete auszugeben als reinkommt? Welche Anschaffung ist es wert, daß man sich deswegen über Wochen in den Haaren liegt?

Gespart wird dafür da, wo es am meisten wehtut, am Essen, am Taschengeld, am Kinobesuch, an den Süßigkeiten, als müsse man sich für die Sünde des Schuldenmachens bestrafen.

An Vadder seh ich, wie Ärger, Wut und Streitsucht einen Menschen häßlich machen. Wenn ich die Augen schließe, seh ich nur dieses häßliche Gesicht. Keine Ahnung, wie andere ihn sehen, wie er wirklich aussieht. Als Kind habe ich mir nicht vorstellen können, wie man sich in diesen abstoßenden Menschen verlieben kann.

Das Schlimmste ist, daß ich von allen meinen Geschwistern gerade ihm am ähnlichsten sehe.

Wenn man zusammenwohnt, vor allem auf Kosten des anderen, kann man einen Streit nicht gewinnen. Denn wenn man gewinnt, verliert der andere, und der ist nicht gerade glücklich darüber, also ist der nächste Krach schon vorprogrammiert. Natürlich könnte ich Pille gewinnen lassen, aber er ist ja nicht blöd. Am Ende hält er mich noch für einen Schmarotzer. Also fängt man am besten gar keinen Streit an. Ich weiß doch, wie das zu Hause immer läuft. Vadder legt mit irgendeinem Scheiß los, Mudder steigt ein, obwohl sie doch weiß, daß es hier nichts zu gewinnen gibt. Und tritt Vadder den Rückzug an, läuft sie ihm noch hinterher und fängt mit der ganzen Chose wieder von vorne an, bis er ihr endlich eine knallt. Manchmal könnte man glauben, sie legt es extra darauf an.

Jeder einigermaßen clevere Kerl hätte wohl schon am ersten Tag gemerkt, daß es nicht gutgehen kann, hier bei Pille einzuziehen. Er hat einen schlechten Einfluß auf mich, hätte Mudder gesagt. Er tut so, als könne ich auf Dauer hier wohnen, auf Dauer mit ihm zusammen sein. Was für ein Blödsinn! Wären wir einfach zwei normale Kumpel, die überall ihre Drecksachen herumliegen lassen und sich über die Schlamperei des anderen ärgern können, würde das Zusammenwohnen vielleicht eine Weile klappen. Aber sobald einer beginnt, hinter dem anderen herzuräumen, ist es vorbei.

Hast du Lust, mal an einem Seminar teilzunehmen, fragt Pille mich heute am Frühstückstisch.

Was für ein Seminar?

Sinnliche Erkenntnis. Holzkamp, unser Oberguru im Fachbereich hält es.

Ich dachte, Pille ist nur eingeschrieben, um sein Bafög zu kassieren und billig krankenversichert zu sein. Behauptet zwar, wenn er abends noch mal weggeht, daß er zur Uni will, aber an welcher Uni gibt es um acht Uhr abends noch Vorlesungen oder Seminare? Vielleicht stimmt es ja auch, was er sagt, und er trifft sich dort mit ein paar Gleichgesinnten und heckt mit ihnen die nächste Aktion aus. Soviel ich bisher mitbekommen habe, unterstützt ein Großteil der Professoren diesen Aktionismus sogar noch.

Sinnliche Erkenntnis? Dafür runter nach Dahlem zu düsen, nur um rauszufinden, daß das ganze Geschwafel nichts für mich ist? Da nagel ich doch lieber noch ein paar Pfannen fest.

Das Seminar findet hier im Haus statt.

Hier im Haus?

Mußt du meine Worte ständig wiederholen? knurrt Pille mich an. Ja, hier in der Muskauer 19, aus Solidarität mit uns Besetzern. Das Wort schon mal gehört?

Solidarität?

Hey, es reicht jetzt, Gabi! Ja, Solidarität, damit die Bullen erst gar nicht auf den Gedanken kommen, sie könnten hier einfach reinmarschieren und uns vor die Tür setzen, ohne daß es jemanden schert.

Hier ist doch gar kein Platz für ein Seminar!

Wir treffen uns unten im Laden, so gegen zwölf.

Bevor diese Abbruchbude nach und nach entmietet wurde, befand sich im Parterre die einzige Bäckerei weit und breit. Nun tummeln sich im Laden statt der Schrippen und Kakerlaken Vorschulgören, Nachhilfedeppen, Penner und Junkies. Das Ganze nennt sich jetzt nicht mehr Bäckerei, sondern Projektladen.

Wenn dein Prof und deine Studis hier antanzen, muß der Laden echt erst mal geräumt werden.

Quatsch, nichts wird hier geräumt. Bildung ist für alle. Jeder ist willkommen. Meinst du, sonst hätte ich einen wildfremden Tippelbruder wie dich einfach bei mir aufgenommen?

Danke für die Blumen. Hab mich schon gefragt, womit ich das verdient habe.

Der Laden ist proppevoll, es wird fröhlich gekifft und geschnackt, bis der Prof sich seinen Weg durch die wärmesuchende Menge bahnt und sich statt auf den einzigen noch freien Stuhl auf einen Tisch setzt, damit ihn alle sehen und hören können. Tatsächlich wird es still. Er duzt uns, aber dann hört's auch schon auf mit meinem Verständnis. Was hat das alles mit Psychologie zu tun? Immer wieder fallen die Worte materialistisch, marxistisch und bürgerlich. Ich dachte, es ginge um sinnliche Erkenntnis. Hab mir darunter irgendwas körperliches vorgestellt: daß wir mit unseren Augen, Ohren, Händen, unserer Nase oder unserer Haut nicht nur wahrnehmen und dem Gehirn dann das Erkennen überlassen, sondern daß jedes Sinnesorgan auch ein Erkenntnisorgan ist, oder so ähnlich, was weiß denn ich? Stattdessen fallen Sätze über die Befangenheit der bürgerlichen Gesellschaft in unreflektierten utilitaristischen Mustern. Deren Ende ich schon gar nicht mehr mitbekomme, weil ich noch an der Bedeutung von utilitaristisch zu knacken habe.

Irgendwann platzt mir dann der Kragen, und ich unterbreche den Sermon des Profs und wundere mich selbst über meine Dreistigkeit. Aber das alles erinnert doch zu sehr an die öden Predigten in St. Josef. Bin ich aus Wertherbruch weg, damit ich mir hier wieder denselben Scheiß anhören muß? Sinnlichkeit, sage ich vor der mucksmäuschenstillen Zuhörerschar, das hängt doch auch irgendwie mit Lust zusammen, oder? Doch davon spür ich hier gar nichts. Pille grinst breit, und in den hinteren Reihen brandet Applaus auf.

Wär das nicht auch was für dich? fragt Pille mich beim Schlummertrunk an unserem Küchentisch, als sich mal wieder ein Daumennagel abzulösen beginnt. Man kann eben nicht immer den Nagel auf den Kopf treffen.

Du meinst, studieren? Hab ja nicht mal Abi!

Kann man alles nachholen, sagt er. Abendschule, Erwachsenenkolleg. Du bist noch so jung, dich würde sogar noch eine reguläre Oberstufe aufnehmen. Denk mal darüber nach. Deswegen bist du doch auf der Wanderschaft, oder?

Weswegen?

Na, um dir darüber klar zu werden, was du mal mit deinem Leben anfangen willst.

Als hätte man da wirklich eine Wahl.

Manchmal lauf ich mir die Mauken wund, stundenlang ziellos durch die Stadt. Es ist ja eine Stadt, in der man sich gut verlieren kann. Aber egal in welche Richtung man geht, irgendwann stößt man an die Mauer. Vor den Kinos bleib ich manchmal stehen, schau mir die Photos an, gehe aber nicht rein, nicht mal dann, wenn ich richtig durchgefroren bin. Die Filme scheinen alle auf ihre Art anstrengend zu sein. Die unterhaltsamen Filme laufen irgendwo anders, vielleicht am Kudamm oder Zoo.

Berlin im Winter ist ja selbst wie ein Film, ein Schwarzweißfilm. Ab November ist hier alles nur noch von verschiedenem Grau.

Nachts im Tiergarten. Dachte, es sei eine Abkürzung auf dem Weg zurück nach Kreuzberg. Dunkle Gestalten auf den Wegen und in den Büschen. Was treiben die Typen hier? Ich mach, daß ich von hier wegkomme.

Tollwut. Maul- und Klauenseuche. Schweißmauken. Mauke ist ja nicht nur der Fuß, sondern auch ein Ausschlag an den Beinen bei Huf- und Klauentieren, wie ich in Suderburg gelernt habe. Doch bis auf den Juckreiz finde ich sonst keine Ähnlichkeit mit den ererbten Übeln. Der gesamte männliche Zweig der Familie zählt ja zu den Schwitzbolden. Dazu müssen wir uns nicht mal bewegen, es reicht schon der Gedanke an Wollsocken und Biberunterwäsche, und unsere Schweißdrüsen kennen kein Halten mehr.

Als Kind machen einem diese Ausdünstungen noch nichts aus, es ist eben der Geruch der eigenen Sippschaft. Man wächst darin auf, erkennt sich daran, ein Geruch der Vertrautheit und manchmal auch der Angst. Aber man denkt nicht weiter darüber nach, bis irgendwann mal einer, vielleicht ein Klassenkamerad, vielleicht die erste Freundin, einem auf den Rücken klopft und sagt: Hey, Gabi, du stinkst! Habt ihr zu Hause kein fließendes Wasser?

Fließendes Wasser ja, aber kein Badezimmer. Das Klo befindet sich auf dem Hof.

Richtig hart wird es dann in der Pubertät, wenn die ohnehin schon strengen Gerüche noch weiter andicken und es nicht mehr reicht, sich gelegentlich mal die Hände zu waschen und sich Mutters Haarspray in die fettige Matte und unter die Achseln zu sprühen. Die Füße kommen eigentlich erst in der Umkleidekabine unserer Turnhalle ins Spiel. Nicht alle tragen Turnschuhe, Turnschuhe sind teuer, und noch wachsen wir zu schnell wieder heraus, nein, wir turnen barfuß, sogar Fußball spielen wir barfuß, die Gerüche sind dementsprechend. Trotzdem sticht jener der Dunkers selbst hier noch hervor, vor allem für jene, die einen ohnehin nicht riechen können. Vielleicht ist auch das ein Grund, warum ich eine Leidenschaft für das Schwimmen entwickle, auch wenn mir das Hallenbad in der Meckenhemstraße wirklich verhaßt ist. Keine Ahnung, wieviel Jahre es schon auf dem Buckel hat, die Duschräume sind total verrostet und verranzt. Zwar wird man den Schweißgeruch einigermaßen los, doch haftet mir nach einem Besuch noch mindestens eine Woche ein strenger Chlorgeruch an. Aber das erste Mal im Leben unter einer Dusche stehen, das ist fast so wie die erste Reise an die Côte d'Azur.

Ja, am schlimmsten müffelten die Turnschuhe, von Klaus geerbt, von seinen Mauken bereits imprägniert und breitgetreten, aber immerhin die mit den drei Streifen, mein ganzer Stolz, die richtigen Jeans und die richtigen Schuhe waren für einen Fünftklässler überlebenswichtig. Und die richtige Matte natürlich, bis auf den Kragen oder, noch geiler, bis auf die Schultern. Aber das war im Haus des Fassonschnitts noch nicht durchsetzbar, das brauchte noch einige Jahre und harte Kämpfe, die vor allem Klaus auszufechten hatte, bis er seine gerade erstrittenen Freiheiten schon bald darauf der Polizeikaserne in Selm-Bork opferte. Dabei hatte er doch immer die viel dichtere und glänzendere Mähne.

Nein, nicht Said, ich bin es, der hier stinkt. Klar, mehr als eine Wechselgarnitur paßt einfach nicht in meinen Charlie. Da wird man wieder sparsam. Zu Hause redete man über diese körperlichen Dinge nicht, sie waren Privatangelegenheit, wie das Wichsen oder Popeln. Aber Said hat weniger Zartgefühl. Heute Morgen liegen, als ich von meiner nächtlichen Pirsch zurückkomme, drei Paar nagelneue Tennissocken und drei paar Wollstrümpfe auf meinem Bett. Ich betrachte es mal als einen Wink mit dem Zaunpfahl.

Was bin ich dir schuldig? frage ich Pille beim Frühstück.

Gar nichts. Habe sie bei Hertie am Halleschen Ufer geklaut.

Hör auf, Sachen für mich zu klauen! Wenn sie dich mal erwischen, soll es wenigstens nicht meinetwegen gewesen sein.

Wieso? Jeder Richter spricht mich frei, wenn ich ihm zur Rechtfertigung meiner Tat deine Stinkerlinge auf die Richterbank knalle.

Du hättest es mir auch einfach sagen können.

Nun, hiermit ist es gesagt. Übrigens, unter der Spüle findest du Waschpulver, und benutz ruhig mein Deo, ich schau heute noch mal bei Hertie vorbei. Und keine Angst, diesmal geht die Shoppingtour ganz allein auf meine Rechnung.

Damals baute man eben noch so, Häuser ohne Badezimmer. Bei den Nachbarn war es nicht anders, das Klohäuschen auf dem Hof, eine große Zinkwanne für das Baderitual am Samstagabend, erst der Vadder, dann die Steppkes, ihrer Größe nach, und am Ende Mudder, manchmal, wenn sie zu müde war, auf dem Kohleherd noch mal ein Dutzend Kessel Wasser heiß zu machen. So hält man Familienbande aufrecht.

Wenn Mudder badete, wurden wir, auch Vadder, herausgeschickt (gebadet wurde in der Küche). Also kann niemand so genau sagen, ob Mudder wirklich noch in die Dreckbrühe ihrer Liebsten gestiegen ist. Gemüffelt hat sie nie (soweit man das als Familienmitglied überhaupt beurteilen kann).

Hier in Berlin ist es im Grunde nicht anders. Auch hier sind viele Wohnungen, vor allem in unserer Nachbarschaft, ohne Bäder und mit Außenklos. Auch die Muskauer 19 ist eine ohne jede Annehmlichkeit und jeden Schmuck hochgezogene Mietskaserne. Am Samstag nimmt Pille mich mit ins Bärwaldbad und kauft uns für fünfzig Pfennig eine Eintrittskarte fürs Wannenbad. Das gibt es tatsächlich noch in Berlin, ein Dutzend Hallenbäder mit Wannenabteilung für Bad- und Obdachlose wie uns. Eine halbe Stunde hat man Zeit zum Einweichen, bis die Herrin dieses Purgatoriums in ihren braunen Gummischuhen angeschlurft kommt und den Gast mit der für Berliner so typischen Freundlichkeit über den Ablauf der Badezeit informiert. Nie irrt sie sich auch nur um eine Minute. Überziehen wir um mehr als fünf Minuten, ist eine Nachzahlung fällig.

Wie war das eigentlich, als du es deiner Mutter gesagt hast?

Daß ich schwul bin? Ich denke, sie hat schon vorher was geahnt. Mütter wissen so was einfach. Trotzdem hat sie noch ein paar Tage rumgeheult. Aber inzwischen findet sie das ganz in Ordnung.

Und dein Alter?

Der ist natürlich weniger begeistert, aber glücklicherweise weit weg. In Berlin könne ich machen, was ich wolle, aber wenn ich ihn in Ägypten besuche, solle ich mich anständig benehmen oder erst gar nicht kommen. Dabei ist Alexandria wesentlich schwuler als Berlin. Dort kann ich keinen Schritt gehen, ohne angemacht oder angegrapscht zu werden.

Für meinen Alten gibt es nichts Schlimmeres als Schwule. Lieber einen Knastbruder als Sohn als einen Homo.

Das würde mich nicht davon abhalten, es ihm bei allernächster Gelegenheit auf die Nase zu binden. Was kann schon passieren? Er wird dir deswegen ja nicht gleich den Hals umdrehen, oder?

Du kennst meinen Alten nicht.

Wenn er ein Problem mit Schwulen hat, ist das sein Problem.

Aber irgendwas muß mit euch doch nicht stimmen, wenn selbst eure eigenen Eltern ein Problem damit haben.

Denkst du das wirklich? Mit uns ist alles in Ordnung, so wie ich das sehe. Wenn unsere Eltern, die es eigentlich besser wissen müßten, kennen sie uns doch ein Leben lang, plötzlich nichts mehr mit uns zu tun haben wollen, dann müssen sie schon selbst was an der Waffel haben.

Bist du dir da sicher? Es sind ja nicht nur die Eltern, es ist doch die ganze Welt, die Schwule haßt.

Deshalb müssen wir uns ja noch lange nicht selber hassen. Wär doch nicht das erste Mal, daß die ganze Welt meschugge ist.

Keine Ahnung, wie es Regina so lange mit mir ausgehalten hat. Dabei denke ich jetzt mal nicht an meinen Geruch. Trotzdem sind wir uns eigentlich nie richtig nahegekommen. Daran ist sicher nicht nur ihr katholisches Beharren auf Jungfräulichkeit schuld, heute denke ich, das war eher ein Vorwand, bei den gegenseitigen Erkundungen nicht zu weit zu gehen. Schon bei dem Versuch eines Stinkefingers hat sie aufgeschrien, aus Angst, ich könnte ihr Unschuldshäutchen zerkratzen. Und ich hingegen hab's nicht so mit dem Knutschen. Ja, ich glaube, es gibt nichts Intimeres als das Küssen. Seinen Schwengel in ein feuchtes Loch zu stecken, da bleibt ja immer ein gehöriger Abstand zum Kopf und zum Herzen, das kann man auch ganz mechanisch tun, wie die Pedale treten oder einen Nagel einschlagen. Beim Küssen geht das nicht. Da berührt und schmeckt man den anderen, ja, da dringt man wirklich mit dem Kopf und dem Verstand und den ganzen Gefühlen in den anderen ein. Näher ist einem nur noch der Zahnklempner.

Was hat Regina und mich also so lange zusammengehalten? Wie hätte ich sonst zu unseren Kellerparties gehen können? Man mußte schon was zum Tauschen mitbringen. Ein weiterer Pluspunkt war, daß es auch Regina im Grunde reichte, hin und wieder zusammen ein Eis essen zu gehen, damit wir uns und dem Rest der Welt vormachen konnten, wir gingen miteinander. Außerdem konnte sie wahnsinnig gut zuhören, was man von den Keulen meiner Kumpel wirklich nicht behaupten konnte. Manche unterbrachen ihr andauerndes Geplapper nicht mal zum Luftholen. Man mußte schon ziemlich abgestumpft oder ziemlich verliebt sein, um das den ganzen Abend zu ertragen. Wenn man sich da nicht gerne küßt, kriegt man ja keinen Augenblick mal Ruhe.

Warum schreib ich so einen Scheiß über uns? Da war doch

auf jeden Fall noch mehr. Mach die Sache nicht schlechter, als sie war! Alles, was ich während meiner Schulzeit über Schulbücher und die *Bravo* hinaus gelesen habe, waren ihre Empfehlungen. Das heißt nicht, daß ich von all ihren Schwarten so begeistert war wie sie, aber einiges war wirklich geiles Zeug, *Der Herr der Ringe* oder *Narziß und Goldmund*, die beiden Schinken haben mir sogar besser gefallen als ihr. Zu viele Männer, zu wenig Frauen, war ihr Einwand. Was hatte sie für ein Problem? Als sei das ausschlaggebend, ob ein Schmöker gut oder schlecht ist.

Ach ja, das hätte ich fast vergessen. Von diesem Lesekram abgesehen, sah sie auch noch verdammt gut aus. Die geilste Braut in unserer Parallelklasse! Das machte es nur noch unerklärlicher, warum sie gerade mit Gabi Dunker ging, der zwar kein Volltrottel war und auch nicht gerade schlecht aussah, aber sie hätte wirklich jeden haben können, die Stars unserer Klasse, Elsinghorst, Brosius. Der eine hat sich freiwillig zum Barras gemeldet, Offizierslaufbahn, der andere studiert schon, irgendwas mit Wirtschaft, soviel ich gehört habe.

Mit dem Schulabbruch ist unsere Verbindung natürlich lockerer geworden. Durchaus verständlich, sie in der Oberstufe und ich mit Vadder auf dem Dach, unterschiedlicher könnten die Welten ja nicht sein. Vieles von dem, was sie jetzt beschäftigt, ist mir inzwischen zu hoch oder interessiert mich nicht mehr. Früher konnte ich ihr noch Nachhilfe in Bio oder Erdkunde geben. Aber jetzt hat sie Deutsch und Philosophie als Leistungskurse. Damit will ich nicht sagen, daß sie nur noch über Faust und Böll und Nietzsche und wie sie sonst noch alle heißen, quatscht, im Gegenteil, sie erzählt gar nichts mehr aus der Schule und von dem, was sie gerade liest, als sei ich zu blöd für *Katharina Blum* oder den *Zarathustra*.

Im Grunde sind es ja nur Sex und Schule, um die sich in

diesem Alter alles dreht. Und wenn man weder das eine noch das andere miteinander teilt, bleibt nicht viel, was einen noch zusammenhält.

Für mich lohnt sich eine Maschine nicht. Hast du ein paar Sachen, die ich mitwaschen soll?

So kommt es, daß ich plötzlich in Saids Hemd und Jeans im Waschsalon stehe und der Geruch seiner Klamotten mir wie eine geballte Dröhnung Klebstoff oder Terpentin ins Hirn schießt. Für einen Augenblick bin ich vollkommen benebelt, dann fährt mir ein eiskalter Schauer durch alle Glieder, und ich beeile mich, unser ganzes Dreckszeug in die Maschine zu stopfen und rasch die Klappe zu schließen, ohne, wie jede gute Hausfrau es tut, noch einmal nachzuschauen, ob sich nicht irgendeine rote Socke unter die Kochwäsche gemischt hat und sie am Ende rosa färbt.

Wenn du einen Wunsch frei hättest, was würdest du dir wünschen, Alter?

Daß alle, die geliebt werden, irgendwann den Mut finden, zurückzulieben.

Ich tue so, als sei ich zu unterbelichtet, seine Anspielung zu verstehen.

Und du? gibt Pille meine bescheuerte Frage zurück.

Keine Ahnung. Eine Welt ohne Wertherbruch vielleicht.

Ich kenne Wertherbruch nicht. Aber glaubst du wirklich, es sei schlimmer, dort aufgewachsen zu sein, als in Kalkutta oder der Bronx?

Wahrscheinlich ist nie ein Ort schlimmer als der, an dem man selbst groß geworden ist.

Nun jammer nicht herum. Ich glaube, du hast einfach noch keine wahre Hölle erlebt.

Und du nicht Wertherbruch, denke ich, was laberst du also

für dummes Zeug. Aber ich halte den Mund, will es nicht übertreiben. Natürlich gibt es schlimmere Orte. Orte, die man nicht überlebt.

Diesmal hab ich Glück gehabt. Pille hätte sich gar nicht mehr eingekriegt, hätte ich durch meine Unachtsamkeit unsere ganze Unterwäsche rosa eingefärbt.

So, unser Dach ist erst mal winterfest. Ich sag schon unser, dabei bin ich hier ja allenfalls Untermieter oder besser: Unterbesetzer. Im Augenblick gibt es nichts weiter zu tun. Jetzt ist es allerdings schon zu spät, mich noch einmal auf die Socken zu machen, gen Italien vielleicht, doch man riecht den nächsten Schnee schon. Würde gerade mal bis Michendorf kommen. Also muß ich mich anders nützlich machen, ehe Said mich trotz der Kälte vor die Tür setzt. Im Grunde leben wir beide ja gerade allein von seinem Bafög.

Wo kommen nur die ganzen Möwen her, hier mitten in der Großstadt und zig Kilometer von der nächsten Küste entfernt? Und während die Wolken rollen, werde ich auf unserem Dach fast seekrank. Eine Rettungsweste schwimmt vorbei, doch unerreichbar für den Ertrinkenden.

Bei allen freundschaftlichen Gefühlen für Pille mischt sich unter die Zuneigung immer wieder auch eine Art Groll, ja Feindschaft oder wie immer ich das nennen soll. Irgendwie hat er mich aus dem Gleichgewicht gebracht.

Du bist ja gar nicht beschnitten! entfährt es mir, als ich ihn zum ersten Mal nackt sehe.

Meine Eltern konnten sich nicht entscheiden, ob sie mich jüdisch oder muslimisch beschneiden lassen sollten. Also ließen sie erst mal alles, wie es ist.

Da hast du ja noch mal Glück gehabt.

Findest du? Magst du beschnittene Schwänze nicht?

So meine ich das nicht. Ich denke einfach, so ein Pimmel bleibt empfindlicher, wenn man die Vorhaut dranläßt. Von der Religion mal abgesehen ist dieses ganze Beschneidungsgemetzel doch nichts anderes als eine Körperverletzung, oder?

Viele Leute halten die Religion für wichtiger als körperliche Unversehrtheit.

Meinetwegen können sie an sich selbst so viel herumschnippeln, wie sie wollen. Aber einem Kind lassen sie doch gar keine Wahl. Vielleicht will er später mal weder mit Jahwe noch mit Allah was zu tun haben. Aber dann hat der liebe Gott ihm einfach schon seine Initialen ins Fleisch ritzen lassen.

Ich glaube, du siehst das ziemlich äußerlich, würgt Said meine offenkundig unausgegorenen Ansichten ab. Aber schön, daß dir mein Schwanz gefällt.

Das hab ich nicht gesagt. Willst du mich etwa anmachen, deshalb dein Nacktauftritt hier in der Küche?

Ich mag dich, Gabi, wirklich, aber ich glaube, du überschätzt dich. Ich bin in meinem ganzen Leben noch nie jemandem hinterhergelaufen. Und in deinem Fall, denk ich inzwischen, lohnt sich der Aufwand erst recht nicht.

Gut, dann haben wir das ja geklärt. Kannst dich wieder anziehen!

Von Zeit zu Zeit rufe ich in Wertherbruch an, um mal ein Lebenszeichen zu geben oder zu hören, ob daheim alles in Ordnung ist. Meist telefoniere ich mit Oma, selten mal mit Mudder. Wenn ich unten anrufe, kann es ja immer passieren, daß ich statt Mudder Vadder am Apparat habe und wir dann einige quälende Minuten herumstammeln, weil wir uns einfach nichts zu sagen haben (oder das, was wir uns längst mal hätten sagen sollen, nicht zu sagen wagen).

Aber auch mit Oma oder Mudder sind die Telefonate eher

kurz und voller verlegener Pausen. Niemand von den Dunkers ist eine Quasselstrippe, schon gar nicht am Telefon. Wären die Anrufe Schriftsendungen, dann eher Postkarten als Briefe, in großer kindlicher Handschrift, ein paar unverfängliche Sätze, die jeder mitlesen kann, die üblichen Lügen, es gehe einem gut, das Wetter sei phantastisch, das Essen miserabel, und man freue sich bereits, bald wieder zu Hause zu sein. Schon früher haben wir nie offen darüber geredet, wie es uns wirklich geht, warum sollten wir gerade jetzt, am Fernsprecher, damit anfangen?

Ohne die Deckerei hätten wir unten wahrscheinlich gar kein Telefon. Es war immer ein reiner Geschäftsapparat. Als Opa Dunker noch die Firma geleitet hat, gab es nur oben ein Telefon. Immerhin konnten wir es mitbenutzen, wenn mal ein Anruf nötig war. Wollten wir unten telefonieren, mußten wir immer erst fragen. Außerdem stand der Apparat im Wohnzimmer und alle hörten mit. Wehe, wir telefonierten mal länger als unbedingt nötig, dann blockierten wir gleich die Leitung, dabei könnte ja gerade jetzt ein wichtiger Geschäftsanruf kommen. Dabei ruft manchmal tagelang niemand an. Und sind es dann Freunde oder Klassenkameraden und Vadder nimmt ab, kann man sicher sein, daß niemand so schnell wieder bei uns anruft.

Als ich erwache, überrascht mich das helle Licht, und das an einem Dezembermorgen in einem Berliner Hinterhof. Ich schaue aus dem Fenster, und welch ein Wunder: Es liegt Schnee! Warum wundere ich mich, hab ich es in den vergangenen Tagen nicht schon gerochen?

Ich wecke Pille. Und er ist genauso begeistert über diesen Anblick wie ich, als wären wir beide erst aus Ägypten hier eingetroffen und sähen sowas wie diesen gefrorenen Tau zum ersten Mal. Komm, laß uns einen Schlitten besorgen und rodeln gehen, ehe der Schnee seine Unschuld verloren hat, fordert er mich auf.

Rodeln, hier in Berlin?

Klar, wir haben den Kreuzberg und den Teufelsberg. Der Kreuzberg liegt quasi vor unserer Haustür.

Und der Schlitten?

Karstadt am Hermannplatz.

Sorry, ich bin gerade vollkommen pleite.

Was du nicht sagst. Überlaß das mir, aber du mußt mit anfassen.

Ich hätt' mir schon denken können, was Pille vorhat. Aber als ich es endlich schnalle, ist es schon zu spät. Arglos, wie es meiner Natur entspricht, stapfe ich mit ihm in die Sportabteilung, die Blicke aller Kaufhausdetektive längst auf uns gerichtet, ich in meinem Karnevalskostüm, Pille in seiner schwarzen Hausbesetzter-Punk-Anarcho-Kluft, fehlt nur noch, daß wir uns unsere schwarzen Halstücher über Mund und Nase ziehen.

Pille ist so dreist, sich von einem jungen Angestellten sogar noch beraten zu lassen, welcher Schlitten denn solide genug sei, auch zwei erwachsene Männer einen Berg hinunterzutragen, ohne gleich beim ersten Buckel auseinanderzubrechen. Dann, als er sich einen Überblick verschafft hat, schickt er den freundlichen Verkäufer mit einem herzlichen Dankeschön fort, nun fänden wir uns allein zurecht.

Kaum hat der Kaufhausangestellte sich einem anderen, einem seriösen Kunden zugewandt, bittet Pille mich, das Hinterteil des wirklich soliden und hochalpentauglichen Gefährts zu packen, krallt sich die vordere Stützstange und marschiert dann, fröhlich pfeifend, so bilde ich es mir in meiner Panik wenigstens ein, mir voran auf den Aufzug zu, mit einer so unverschämten Dreistigkeit, daß selbst die diensteifrigen Detektive, die jeden unserer Schritte und jedes unserer Worte lückenlos beobachtet haben, so platt sind, daß sie gar nicht glauben können, was sie da sehen. Irgendwas muß ihnen dann wohl doch entgangen sein, denn keinem fällt es ein, uns aufzuhalten oder sich in unseren Weg zu stellen.

Wir sind zweifellos die Ältesten unter der wilden Meute Berliner Kids, die an diesem Nachmittag den Kreuzberg unsicher machen. Väter mit ihren Vorschulkindern wagen sich schon nicht mehr in den Park, zu rasant und gefährlich geht es inzwischen auf den Pisten zu. So viel kindische Ausgelassenheit wie bei dieser Rodelpartie mit Pille habe ich ewig nicht mehr erlebt.

Am nächsten Morgen ist vom gestrigen Weiß nur noch ein graubrauner Morast übrig, die typische Berliner Mischung aus Asche, Ruß und Hundescheiße.

Schnee. Die von Mudder selbstgestrickten Fäustlinge, nach dem ersten Schneeball bereits völlig durchnäßt. Bevor uns die Hände darin festfroren, mußten wir sie gleich wieder abstreifen. Winter in Wertherbruch, das waren steifgefrorene Pfoten, nasse Schuhe, nasse Hosenböden, nasse Wollmützen. Der Schnee war bereits schmutzig, während er noch fiel, schuld war die giftige Schlacke aus der Eisengießerei am anderen Ende der Teutonenstraße. Eigentlich durften wir das Gemüse und Obst aus unseren Gärten nicht essen, aber was soll's, schlimmer als die Luft, die wir jeden Tag einatmeten, konnte das Blei und Quecksilber in unserem eigenen Grünzeug auch nicht sein. Da hatten unsere Eltern und Großeltern doch schon ganz andere Sachen fressen müssen.

Im Winter ist im Licht mehr Kälte als in der Dunkelheit.

Entweder Schnee oder Regen. Beim Radfahren stört der Schnee mehr als der Regen. Der Matsch setzt sich zwischen Mantel und Schutzblech fest und wird dann auf dem Schulweg allmählich abgehobelt und flockt auf die Hosenbeine. Mit bis zu den Knien vom Schneematsch durchnäßten Jeans kommt man dann in der Schule an und würde am liebsten das eisige Teil ausziehen und über die Heizkörper hängen. Dort aber dünsten schon die durchweichten Parker und Fäustlinge vor sich hin. Der Wintergeruch in den Klassenräumen hat immer etwas Modriges, Gruftiges, wie die Kompostecke des St.-Josef-Friedhofs, wo die verwelkten Nelken und Kamelien landen.

Bei Regen tragen wir einfach aufdringlich nach Gummi stinkende Capes. Den Regen ist man in Wertherbruch ja zu jeder Jahreszeit gewöhnt.

Winter ist für uns Dachdecker eine totgeborene Zeit. Wenn es nicht regnet oder schneit, friert es. Zuviel Untätigkeit tut dem Gemüt nicht gut. Selbst der faulsten Socke wird es irgendwann zuviel. Kaum einer, der dann nicht zu saufen anfängt und den halben Tag verpennt. Und im Frühjahr fehlt dann die Kraft, wieder in den alten Arbeitstrott zurückzufinden. Die Tage werden vielleicht heller, aber in der Seele bleibt es teerschwarz.

Mein erstes Weihnachten ohne die Familie. Sollte darüber eigentlich froh sein, Heiligabend war immer der schrecklichste Tag im Jahr.

Hier in Berlin bekommt man von Weihnachten nicht viel mit, ein paar popelige Glühbirnen in den Bäumen am Kudamm, ein bißchen Flitter in den Schaufenstern von Hertie und Karstadt, aber sonst – die Bars und Diskotheken in der Stadt sind offen und bieten Christmas-Specials für alle Weihnachtsmuffel, und davon scheint es hier nicht wenige zu geben.

Pille hat versprochen, heute abend mal zu Haus zu bleiben. Und ich habe ihm dafür zugesagt, für das Weihnachtsessen zu sorgen. Nur wir zwei, ganz gemütlich am Küchentisch, ohne Christbaum und Krippe und diesen ganzen Tüntelkram, aber mit Kerze und Tischdecke und einem Geschenk. Zumindest habe ich eins für Pille. So sehr ich diese Festtage auch hasse, kann ich mir doch nicht vorstellen, Heiligabend im verrauchten SO 36 rumzuhängen, unter anderen Weihnachtshassern, die sich nach und nach die Hucke vollsaufen, um nur nicht an Zuhause zu denken.

An eine Gans hab ich mich nicht getraut; braucht ja auch Stunden, bis so ein Vogel durch ist. Wie oft ist sie Mudder vorher verbrannt, außen brikettschwarz, innen noch blutig. Ein Huhn tut's auch für uns zwei. Um sieben zünde ich die Kerze an und warte. Mache mir bereits Sorgen um diesen Knilch, den ich gerade mal drei Monate kenne. Hätten wir ein Telefon, hätte er sicher schon angerufen und gesagt, was los ist. Soll ich mal runterlaufen, zur Telefonzelle an der Manteuffelstraße, und seine Mutter anklingeln? Sie weiß vielleicht, wo er steckt oder ob irgendwas passiert ist. Ja, wahrscheinlich ist er sogar bei ihr, ist ja Weihnachten, auch wenn er behauptet, sie hätten Weihnachten nie gefeiert, nicht einmal, als er noch klein war. Sein Vater habe ihn eher mohammedanisch erzogen, und seiner Mutter war es egal, die hat an gar nichts geglaubt.

Klar, daß man dann auch nicht mehr als Erwachsener anfängt, Weihnachten zu feiern. Selbst wenn Vadder an den Feiertagen nur Streß verbreitet hat, war er immer bemüht, daß es zumindest festlich aussieht. Während Mudder den ganzen Tag nur in der Küche stand, ist er mit uns Gören am frühen Morgen in den Konstantinforst gefahren, um frisches Moos für die Krippe zu stechen, die er als kleiner Knirps nach dem Krieg, als Opa noch in russischer Gefangenschaft war, selbst zusammengeschustert hat. Und die Krippenfiguren hat er eigenhändig aus Buchenholz geschnitzt. Heute würde man sie für moderne Kunst halten. Als Kind aber habe ich diese Krippe und die merkwürdig verhunzten Figuren, Maria und Josef, das Jesuskind, Rind und Esel, zwei Hirtenknaben und drei Schafe, innig geliebt. Die Heiligen Drei Könige fehlten, doch meistens hatten wir am Dreikönigstag den Christbaum auch schon wieder entschmückt und die Krippe im Keller verstaut, da das billige Bäumchen schon seit Neujahr seine Nadeln verlor und Mudder den kahlen Strunk so bald wie möglich aus dem Haus haben wollte.

Die Moossuche war noch einigermaßen unbeschwert, auch wenn Vadder mit dem Lob für das, was wir da anschleppten, eher geizte. Entweder war unser Moos zu feucht oder zu trocken, zu schmutzig oder zu dürftig. Für Vadders Krippe mußte es einfach das perfekte Moos sein. Auch beim Schmücken des Christbaums durften wir mit anfassen, was jedes Jahr in Tränen und Gebrüll endete, denn auch hier legte Vadder plötzlich Wert auf Harmonie, den gleichmäßigen Abstand der Christbaumkugeln zueinander, den regelmäßigen Wechsel von roten und silbernen Kugeln, die ausgewogene Verteilung des Lamettas. Es fehlte immer nur ein letzter Funke, und Vadder hätte in einem Wutanfall den ganzen Baum samt seines mißratenen Schmucks durchs Wohnzimmer gefegt, hätte Oma uns nicht rechtzeitig zum Kindergottesdienst in St. Josef abgeholt.

Diese Zeit unserer Abwesenheit nutzte Mudder, Vadder wieder runterzuholen und die Bescherung vorzubereiten. Wenn wir müde von der ganzen Schmückerei und der freudlosen Krippenfeier aus der Kirche zurückkamen, wurde erst mal gegessen, bevor ein Glöckchen im Wohnzimmer erklang und uns verkündete, daß das Christkind endlich auch in der Teutonenstraße vorbeigeschneit war. Bei all dem angestauten Mißmut muß ich zugeben, daß die Alten uns mit ihren Geschenken fast nie enttäuscht haben, sondern alles, was auf dem Wunschzettel stand, sich am Ende auch unter dem Weihnachtsbaum fand. Allerdings war uns auch immer klar, was wir uns wünschen durften, und was nicht. Und Vadder war immer der erste, der sich, kaum hatten wir sie ausgepackt, auf unsere Geschenke stürzte, uns die Spielregeln oder die Bauanleitung erklärte, das eine oder andere sogar gleich selbst zusammensetzte und uns damit allen Spaß verdarb. Denn gerade in diesem ersten Ausprobieren und Kennenlernen besteht doch der Reiz.

Es ist zehn Uhr, das Hähnchen halb aufgegessen, die Kerze runtergebrannt, das Geschenk in den Mülleimer gewandert, ich geh ins Bett. Ich glaube nicht, daß irgendwas passiert ist. Ich glaube, Pille hat es einfach vorgezogen, mit anderen Punks und Freaks und Schwuletten im Dschungel oder Linientreu zu feiern als mit mir in unserer schlecht geheizten Bude (manchmal sind wir zu faul, die Briketts hochzuschleppen, dann geht so ein Ofen eben aus). Aber was geht mich das an, sind ja nicht verheiratet! Er hätte es nur nicht hoch und heilig versprechen sollen!

Ich war doch immer schon eine verpennte Flitzpiepe, ein Döskopp, Dussel, Dämlack, Vadder hatte ganz recht. Konnte es einfach nicht ertragen, mich in Gedanken zu sehen. Paß doch auf, wo du hinschlägst, Döskopp! Der Daumennagel geht auf jeden Fall flöten! So ging es mit vielen Dingen. Hatte ich zum ersten Mal ohne Klaus' Hilfe meinen Fahrradschlauch geflickt, hieß es: Du mit deinen zwei linken Händen! Wetten, daß der Flicken keine hundert Meter hält? Hatte Hartmut Kunte mir so heftig eine gescheuert, daß ich noch bis zum Abend auf dem getroffenen Ohr taub war, meinte Vadder nur: Irgendwas wirst du schon angestellt haben, Döskopp. Fällt ihm was aus den Händen, brüllt er gleich: Warum müßt ihr auch so herumkrakeelen, ihr Nervensägen! Nie ist es seine eigene Ungeschicklichkeit, seine eigene Gedankenlosigkeit. Er mag keine Heulsusen, aber wenn wir während einer Tracht Prügel nicht in Tränen ausbrechen, sind wir entweder verstockt, oder die Schläge sind nicht hart genug. Aber wehe, man hätte es gewagt, mal das eine oder andere zurechtzurücken, Komm runder, Vadder, da geht din Kopp nich von af, die Strafe dafür müßte erst noch erfunden werden.

In Wirklichkeit ist es ganz anders, ich war nie besonders verpennt oder verträumt, im Gegenteil, nichts entging mir, über alles machte ich mir meine Gedanken. Wahrscheinlich war es das, was Vadder nervös gemacht hat. Als Kind hat man einfach nicht alles zu bemerken. Diese ständige Aufmerksamkeit muß ihm doch irgendwie auszutreiben sein! Da ist die Verkehrung ins Gegenteil gerade richtig, um im Kopf des Görs ein wenig Verwirrung zu stiften: Wenn du nichts Besseres zu tun hast, als Löcher in die Luft zu starren, kannste ja mal mit anpacken! Und wenn ich dann irgendwas nicht gleich gefunden habe, lag das nicht daran, daß ich dort gesucht habe, wo es nicht sein konnte, sondern daß ich gar nicht wusste, was ich suche. Vadder hat es mir einfach nicht erklärt.

Leider gab es für das, was man sucht, ohne es zu finden, keinerlei Lob. Und das, was man findet, ohne es gesucht zu haben, entschädigt einen dafür bei weitem nicht. Und wenn man schließlich geschnallt hat, was man Vadder hätte bringen sollen, ist es längst zu spät.

Zusammen mit Pille im Kino. Kein Wort der Entschuldigung oder auch nur der Erklärung, warum er mich Heiligabend sitzengelassen hat. Hitchcocks *Psycho* im Arsenal in der Welserstraße. Mir ist es zu blöd, ihn zur Rede zu stellen. So hat Mudder es immer gemacht, als sei Vadder ein kleiner Junge, bis es ihm zuviel wurde und es am Ende knallte. Außer uns nur zwei Bullen in Zivil im ansonsten leeren Saal. Er habe einen besonderen Radar für die Polente, behauptet Pille. Ich weiß nicht, mir kommen sie eher wie zwei Ledertunten aus Tom's Bar vor.

Auf unserer Bude haben wir ja nicht mal eine Glotze. Pille haßt das Fernsehen; ist der totale Kinofreak. Und ich habe diese Verblödungskiste bisher auch noch nicht vermißt, dabei war ich als Pimpf doch wie ein Bekloppter *Flipper-* und *Black Beauty*-süchtig.

Zu Hause köpfen wir eine Flasche Wein. Immer noch kein Wort.

Zieh dich warm an, sagt er dann, es ist kalt, wir gehen noch mal raus, drehen eine Runde! Wir stapfen am Landwehrkanal entlang, bis zum alten Zollhaus, nebeneinander, aber immer noch maulfaul. Inzwischen ist es halb vier morgens, bin müde, will mich hinhauen. Pille zuckt die Achseln. Ich geh allein zurück, er verpißt sich noch in irgendeinen Fickschuppen, soll er doch! Wenn man frei und unabhängig in einer Freundschaft bleiben will, muß man sich einen Menschen suchen, der einem gleichgültig ist.

Er habe keinen Bock auf die Besetzerparty, sagt Pille am Silvestermorgen. Ob wir am Abend nicht alleine losziehen sollen. Er sagt es vielleicht nur, um seinen Wortbruch von Heiligabend wieder wettzumachen. Aber ich will nicht weiter rumprötteln, also stiefeln wir gegen acht los. Die meisten Mitbewohner haben sich bereits jetzt die Birne weggeschossen, ich möchte wirklich mit keinem von ihnen um Mitternacht noch auf unserem Dach rumturnen, von wegen Feuerwerk und Frohes Neues und so, bis der erste knüllebreit auf dem Neujahrspflaster aufschlägt.

Auf den Kreuzberger Straßen ist bereits die Hölle los, ununterbrochen fliegen uns Böller um die Ohren, manche richten ihre Raketen oder Leuchtpistolen sogar ganz direkt auf unsere Köpfe. Die Luft ist ein beißender Smog aus Pulverdampf und Nervengas. So muß es in Berlin in den letzten

Kriegstagen zugegangen sein, als der Stadt noch mal tüchtig eingeheizt wurde.

Wann hat es angefangen, daß mir Lärm derart auf den Sack geht, mehr als alles andere! Wahrscheinlich schon sehr früh. In der Teutonenstraße war Stille immer ein beängstigender Vorbote für ein kommendes Donnerwetter. Dann lagen wir lauschend in unseren Betten, die kleinste Erschütterung ließ uns zusammenzucken, geht es jetzt los, zerrt Vadder uns jetzt aus den Federn, verbringen wir den Rest der Nacht im Schuppen? Was ist es, was wir jetzt schon wieder angestellt haben?

Wir bewegen uns wie die letzten Überlebenden aus Hitlers Endsieg Richtung Landwehrkanal, Partystimmung will trotz des allgemeinen lautstarken Siegestaumels bei uns beiden noch nicht richtig aufkommen, zumal wir hier ja um unser Leben rennen. Vor dem Exil am Paul-Lincke-Ufer gibt Pille mir ein Handzeichen, stehenzubleiben. Worte sind in diesem Inferno völlig nutzlos. Vor uns ein geöffneter Kastenwagen, der die Kneipe mit dem Schampus für heute nacht beliefert. Und schon hat Pille sich eine Kiste Moët & Chandon unter den Arm geklemmt und nickt mir zu, wir sollten uns nun wohl besser verdrücken. Jetzt kann die Party starten! jubelt er. Ich bin zwar eher der Biertyp, aber mir soll's recht sein, drei Pullen Schampus für jeden.

Wir schlagen uns ohne größere Blessuren bis zum Viktoriapark durch. Dort oben, auf dem Kreuzberg, hat man einen irren Blick auf die Stadt und das Geballer, zumindest an normalen Tagen. Betrachte es als Diskonebel, tröstet mich Pille. Wir haben uns einen Platz auf den Stufen des Schinkeldenkmals erkämpft, die Enge hält uns wenigstens warm. Normalerweise kann man von hier den Funkturm sehen. Heute nicht, aber immerhin, die Stimmung ist prächtig, man muß sich nicht großartig unterhalten, dafür ist es einfach zu laut, und der

Schampus wird seinem Ruf gerecht, soweit ich das beurteilen kann, er läßt sich so locker wegsüffeln wie Mudders Silvesterbowle. Und plötzlich fühle ich mich hier, Haut an Haut mit Pille, trotz der zehntausend Kreuzberger um uns herum, wie schwerelos. Was so ein Fläschchen Schaumwein alles mit einem anstellt!

Als es auf Mitternacht zugeht, brüllt die Feiermenge hier im Park die Sekunden herunter, und für einen Augenblick hört das Bombardement fast auf, um Punkt zwölf mit einem um so heftigeren Donnerschlag erneut zu explodieren. Jeder umarmt jeden, sucht in den Armen des anderen vielleicht auch nur Schutz vor dem vom Himmel regnenden Napalm und Phosphor, aus welchem Grund auch immer, ich umarme Pille, Pille umarmt mich, das erste Mal, daß wir uns so in den Armen liegen, als hätten wir ein Alibi gebraucht. Und ehe ich mich versehe, drücke ich ihm meine Lippen auf den Mund.

Said schiebt mich sanft von sich, seine Hände noch auf meinen Schultern. Dann schüttelt er leicht den Kopf und brüllt mir ins Ohr: Versuch's noch mal, Gabi, wenn du nüchtern bist!

Verrückt, aber sehne mich danach, mal wieder einen richtigen Feierabend zu haben. Doch ohne Maloche kein Feierabend. Kein Telefon, um mal eben einen Kumpel anzurufen und sich auf ein Bierchen zu verabreden. Der Abend kommt mir vor, als hätte ich ihn irgendwo geklaut.

Wie schnell die alten Kumpel doch vergessen sind! Aus den Augen, aus dem Sinn. Hätte es nicht geglaubt, wenn es nicht jetzt genauso wäre. Ist vielleicht auch besser so. In Wertherbruch hängt man miteinander ab, aber hat's nicht so mit dem Anrufen oder Karteschreiben. Ist man weg, dann ist man eben nicht da. Keiner erwartet, daß man ständig an die denkt, die weg sind. Wenn einer dann wirklich mal zurückkommt, sieht man weiter. Wenn nicht, dann eben nicht.

Waren das echte Freundschaften? Eigentlich hat man sich seine Kumpel genausowenig ausgesucht wie die eigene Sippschaft. Die Nähe hat sich irgendwie ergeben, durch die Schule, die Nachbarschaft, am wenigsten durch gemeinsame Interessen oder echte Zuneigung. Man hörte halt dieselbe Musik, auch wenn man sie eigentlich nicht ausstehen konnte, ging auf dieselben Partys, weil man in Wertherbruch gar keine andere Wahl hatte. Nur die Fahrschüler waren irgendwie am Arsch. Ab acht fuhr kein Bus mehr. In meiner Clique war kein einziger Fahrschüler.

Wenn man etwas in Wertherbruch fürchtete und zugleich wirklich haßte, dann war es die Abweichung, das Anderssein.

Ja, alle meine Klassenkameraden wollten was Besonderes sein, aber irgendwie glichen wir uns am Ende alle in unserer Besonderheit, in den Klamotten, die wir geil fanden, den Drogen, die wir nahmen, den Ansichten, die doch eigentlich dem Gängigen widersprechen sollten. Wir alle wollten anders sein, einmalig, unverwechselbar, aber bloß keine Außenseiter, keine Freaks, kein Gesindel, über das man sich das Maul zerreißt. Waren wir deswegen Heuchler, Lügner, Spießer?

Außer vielleicht bei einigen Indianerstämmen haben Kinder ihre Kindheit wohl immer größtenteils in Angst verbracht, Muffe nicht nur vor ihren Vätern und Müttern, vor Paukern und Polizisten, vor der Erziehungsanstalt, vor Zombies, Vampiren, Werwölfen, Monstern, Moorleichen und Bullemännern, sondern vor allem Muffe, nicht dazuzugehören.

Verrückt, wie sich die Bilder gleichen, sagt Pille. Der Ayatollah Khomeini fliegt nach Teheran und wird von der Menge ausgelassen gefeiert, der neue polnische Papst fast am selben Tag nach Mexiko und wird dort von den Massen ebenso hysterisch bejubelt.

Du willst doch unseren neuen Papst nicht etwa mit Khomeini vergleichen?

Nun, bei all dem, was man von den Ansichten dieser beiden Führer so hört, sagt Pille, werden die Massen sich noch wundern. Nicht nur die Bilder gleichen sich, sondern auch die Überzeugungen. Ich seh unsereinen schon wieder an den Laternenmasten baumeln.

Vielleicht werden die Massen sich gar nicht wundern, sondern wollen es genau so.

Was auch immer kommen mag, der liebe Gott steht auf jeden Fall auf ihrer Seite.

Stand er doch schon immer.

Ein paar Tage später: Warst du schon mal auf Filmfestspielen?

Machst du Witze? In Wertherbruch gibt es nur die Lichtburg. Und was da läuft, willst du gar nicht wissen!

Und, hast du Lust auf ein richtiges Festival?

Was soll ich da?

Filme gucken, Filme, die du sonst nie wieder irgendwo zu sehen kriegst, nicht in deiner Lichtburg, nicht in der Glotze, nicht mal in irgendeiner Videothek.

Ich soll Geld für Filme ausgeben, von denen ich nicht mal weiß, ob sie mich überhaupt interessieren?

Ja, solltest du! Und nun hast du ja mich. Gib mir ein Paßphoto von dir, und du kriegst eine Dauerkarte für die Berlinale.

Und wieviel willst du dafür haben?

Für dich mach ich eine Ausnahme, auch wenn du es nicht verdient hast. Sonst nehme ich die Hälfte von dem, was sie an der Kinokasse kosten.

Ich hoffe, deine Fälschungen fliegen nicht auf.

Glaub mir, die sind absolut professionell. Man darf nur nicht zu gierig sein und zu viele davon in Umlauf bringen. Ich versorge nur Leute, die ich persönlich kenne und von denen ich weiß, daß sie das Kino lieben, aber nicht die nötige Knete haben.

Sehr menschenfreundlich. Und du verdienst sogar noch daran!

Alle verdienen daran, selbst die Berlinale. Was wären die Filmfestspiele ohne die Zuschauer, die ohne Filme nicht leben können?

Der erste Film, den ich im Kino gesehen habe, zusammen mit meinem Vetter André, war *Die tollkühnen Männer in ihren fliegenden Kisten*. Ich erinnere mich an viel Klamauk, der mir schon als kleiner Pimpf zu übertrieben war. Auch sonst konnte ich über *Dick und Doof* oder *Die kleinen Strolche* nicht wirklich lachen. Der Witz in diesen Streifen war ja meistens nur, sich über das Pech anderer lustig zu machen.

Ich war nicht oft im Kino. Said hat recht, man muß es sich leisten können. Für mich war das Kino immer so eine Art Ali-Baba-Höhle des Traums. Niemand hat es uns ausdrücklich verboten, ins Kino zu gehen, aber mein erstes Taschengeld bekam ich erst mit dem Wechsel auf die Realschule. Vadder und Mudder hielten einen Kinobesuch wahrscheinlich für pure Verschwendung. Sie waren nie mit uns im Kino.

Meinen Widerwillen gegen Katastrophenfilme aller Art verdanke ich wohl *Godzilla* oder *Flammendes Inferno*, zwei weiteren Filmen, die ich mir ganz allein reingezogen habe, obwohl sie erst ab zwölf freigegeben waren. Ich will nicht sagen, ich hätte mich in ihnen wirklich geängstigt, aber es hat mir auch keinerlei Spaß gemacht, der Zerstörung von Großstädten oder dem Einsturz eines Wolkenkratzers zuzuschauen.

Merkwürdigerweise hat mir *Vier Fäuste für ein Halleluja* gefallen. Vielleicht war es auch nur Terence Hill, der mir gefallen hat. Ich kannte ihn bereits aus den Karl-May-Filmen, als er noch Mario Girotti hieß und mich mit seinen strahlend blauen Augen verhext hatte. Ich weiß nicht, ob er der bessere Schauspieler gewesen ist, er war auf jeden Fall ein schönerer Mann als Lex Barker. Warum hat er nicht Winnetous weißen Blutsbruder gespielt? Da hätte man doch die ganze Innigkeit und Liebe zwischen den beiden erst richtig verstanden.

Der Berliner Zoo Palast ist mit der Lichtburg natürlich nicht zu vergleichen. Aber so großartig dieses Festivalkino auch sein mag, nichts reicht an das Überwältigende meiner ersten Lichtburgbesuche als achtjähriges Dötzken heran.

Mit Pilles Dauerkarte könnte ich Tag und Nacht im Kino

verbringen. Und einige Filmverrückte tun das offenbar auch, sie ziehen mit einem Rucksack, gefüllt mit einer Thermoskanne Kaffee, einer Brotbox voller Käsestullen und einer Schachtel Aspirin, mit blauvioletten Rändern unter den Augen und dem Gestank von Fernfahrern nach einer Tour von Istanbul bis Rotterdam von Kinosaal zu Kinosaal und von Film zu Film, daß man so ein Festival eigentlich wegen seiner unkalkulierbaren Nebenwirkungen auf Leib und Leben seiner Besucher verbieten müßte.

Ich hingegen laß es locker angehen, schau mir nicht mehr als einen Film am Tag an, nach dem Desaster im Forum, wo nur so ein grisseliges Zeug aus Bangladesch oder Guatemala läuft, in irgendwelchem exotischen Kauderwelsch, wenn darin überhaupt gesprochen wird; halte mich von allen Filmirren fern, damit sie mich nicht auch noch infizieren, und geh jetzt nur noch in die Kinos, in denen ich meinen Obermann aufbehalten kann. Im Delphi gab es gleich das große Geschrei: Hut ab! In meinen Ohren klang es fast wie: Kopf ab! Ich muß die zwei Ks, Kirche und Küche, wohl um eine drittes K, das Kino, ergänzen.

Im Wettbewerb laufen immerhin so verständliche Filme, daß man sie sich auch als Normalo ansehen kann. Gestern habe ich mir meinen ersten und wahrscheinlich auch letzten Fassbinder reingepfiffen, *Die Ehe der Maria Braun*. Hab von dem Regisseur bisher noch nie was gehört, und hätte Said nicht behauptet, dieser Typ sei unter den Filmirren so berühmt wie – was weiß ich – Edgar Wallace, wär ich erst gar nicht in die Vorführung gegangen, denn der Titel sagt doch schon alles: Was interessiert mich die Ehe einer Maria Braun?

Aber ich will nicht einfach nur herummosern, einem geschenkten Gaul schaut man nicht ins Maul. Es gibt dann ja doch noch ein unerwartetes Erlebnis, was diesen ganzen Festivalschwindel vielleicht rechtfertigt, der Film eines Italieners nach dem Roman eines Italieners. *Ernesto* heißt er, ist ein wenig jünger als ich und sieht fast so gut aus wie ich. Er ist von seiner Arbeit als Buchhalter oder so nicht begeistert und wäre lieber Geigenspieler geworden. Ein Arbeiter aus seiner Firma verguckt sich in Ernesto. Mir ist gleich klar, was er von dem hübschen Burschen will, und dazu gehört doch schon einiger Mut, aber Ernesto benimmt sich ziemlich schäbig. Er ist zwar hübsch, aber ein Feigling, er verläßt die Firma und bändelt mit einem fünfzehnjährigen Geigenschüler an, einem reichen Schnösel. Später begegnet er noch mal dem mutigen Arbeiter, tut aber so, als würde er ihn nicht kennen. Und hasenfüßig, wie er ist, heiratet er am Ende natürlich die Schwester seines Schülers und macht sich und alle unglücklich.

Ich hätte gern mit Said über diesen Film geredet, aber laß es dann lieber. Was gibt es darüber noch zu sagen? Eigentlich nur, daß dieser Film hundertprozentig nicht in der Lichtburg in Wertherbruch laufen wird.

Ich denke an Said. Dann an Mudder, die, wann immer sie einen Liebesschinken in der Glotze sieht, *Vom Winde verweht* oder *Ich denke oft an Piroschka*, aus tiefstem Herzen seufzt: Die einzig wahre und glückliche Liebe ist die unglückliche! Ich vermute mal, sie wäre ganz und gar nicht einverstanden, wenn ich ihren Kitschausbruch auch auf mich und Said anwenden würde. Nein, wahre Liebe unter Männern, und gar noch eine unglückliche, unvorstellbar!

Eine Ecke in unserem Hof ist ein wahrer Tierfriedhof, wo Klaus die Igel oder die aus dem Nest gefallenen Vögel, die er nicht mehr retten konnte, begräbt. Hätte er an Gott geglaubt, hätte er wohl gar ein Kreuz auf jedes Grab gesetzt. So konnte er nur tagelang um eine tote Amsel flennen.

Vadder machte so viel Menschen- und Tierliebe stinkig. Wenn wir alle zusammensaßen, am Mittag- oder Abendbrottisch, ging es aus heiterem Himmel los: Was hast du, Klaus? Aus Versehen einen Kartoffelkäfer zertreten?

Nichts ist los, Vadder.

Ich seh doch, daß dir irgendwas auf die Tränendrüse drückt. Nur zu, wein ruhig!

Laß den Jungen doch in Ruhe, Hermann, mischt sich nun Mudder ein, doch selbst sie kann ein Grinsen über ihren Witzbold von Mann nicht unterdrücken.

Alles in Ordnung, Vadder, mach dir keine Sorgen, sagt Klaus.

Ich mich sorgen? So weit kommt das noch! Aber dir, ich seh's doch, laufen ja schon die Tränen über die Backen!

Klaus lächelt gequält und versucht mit aller Gewalt, seine Tränen zurückzuhalten. Aber je brutaler er sie zu unterdrücken versucht, desto näher rückt der Zusammenbruch. Mechthild und ich sitzen dabei, stumm, voller Unbehagen, aber mit Gesichtern, die so tun, als fänden sie diese wöchentliche Vadder-Show unterhaltsam, nur um nicht das nächste Opfer zu werden.

Jetzt laß sie schon kullern, Junge. Du weißt, wie sehr ich flennende Bälger liebe. Vor allem, wenn sie auf Kommando losheulen. Also komm schon, Klaus, nun wein doch … und so geht es weiter, den ganzen Abend lang, und Vadder läßt nicht locker, bis er Klaus so weit hat. Meist läßt mein Bruder dann seinen noch halb gefüllten Teller stehen, stürzt aus der Küche und läßt eine schmunzelnde Zuschauerschar zurück. Ich glaube, Klaus hat Vadder für diese Spielchen nicht mal richtig gehaßt. Ich ihn desto mehr. Nie, hab ich mir geschworen, werde ich mich von ihm so vorführen lassen.

Im Gegensatz zu Klaus war ich in meinem Leben nie ein

Tierfreund (von Godzilla, Chita, Kaa und Co. mal abgesehen). Meine Erfahrung ist, daß Tierfreunde (mit Ausnahme von Klaus) nur selten auch Menschenfreunde sind. Tiere lassen sich einfach besser mißbrauchen, außerdem enttäuschen sie einen seltener. Ich will gar nicht wissen, wie viele Herrchen und Frauchen sogar Sex mit ihren Viechern haben. Abgesehen von einigen anatomischen Beschränkungen scheint es mir auf jeden Fall unkomplizierter als der Sex mit den eigenen Artgenossen.

Bin ich im Lieben auch eine Niete, so war ich doch im Hassen immer ausgezeichnet. Hatte ich deswegen je ein schlechtes Gewissen? Ich glaube nicht. Bei Paukern wie Hartmut Kunte oder Petting war ich ja in bester Gesellschaft, die ganze Klasse hat sie gehaßt. Bei Vadder ist das wohl nicht so einfach, denn immerhin ist Mudder mit diesem Kerl verheiratet, und einige Male muß sie mit ihm ja sogar geschlafen haben, auch wenn das für mich schwer vorstellbar ist. Oft denke ich, was wäre es für ein Glück für uns alle, wenn Vadder nicht mehr da wäre; wenn er plötzlich vom Dach fiele und sich den Hals bräche oder beim Installieren eines Blitzableiters vom Blitz getroffen würde! Selbst in den Jahren meiner Frömmelei hatte ich keine Skrupel, jeden Abend vor dem Schlafengehen den lieben Gott um Vadders baldige Abberufung zu bitten.

Manchmal denke ich, ja, das ist genau der Platz, wo ich hingehöre, außerhalb des Hauses, oben aufs Dach, wo man zwar Wind und Wetter schutzlos ausgeliefert ist, aber eben auch den besten Überblick hat.

Es ist fast, als wär ich einem Gespenst begegnet, als ich im Max & Moritz am Oranienplatz zum ersten Mal, seitdem ich in Berlin bin, einen anderen Gesellen in voller Kluft treffe. Eckehard ist Maurer und holt mich gleich an seinen Tisch. Er scheint ein netter Kerl zu sein, und sofort meldet sich mein schlechtes Gewissen, schon fast ein halbes Jahr hier abzuhängen und in den letzten Wochen nicht mal mehr anständig schaniegelt zu haben. Natürlich war Winter, aber der ist jetzt fast vorbei.

Eckehard ist gerade erst angekommen, aber es gefällt ihm nicht in Berlin. Zu laut, zu dreckig, sagt er, zu wenig Arbeit und zu viele kaputte Typen, du weißt schon! Ja, da hat er zweifellos recht. Er stammt aus Freising und will schon in den nächsten Tagen nach Hamburg hoch. Ob ich nicht mitkommen wolle, fragt er.

Ich weiß nicht; bin bisher immer allein getippelt. Nicht, weil keiner mit mir losziehen wollte; vielleicht auch das. Aber hauptsächlich, weil ich keine Lust hatte, mich auf jemand anderen einzustellen, mich nach ihm richten oder mich um ihn kümmern zu müssen. Auch kriegt man mehr von der Gegend und den Menschen mit, denen man begegnet, wenn man alleine unterwegs ist. Man kann sich nicht einfach nur auf seinen Kameraden verlassen, der schon auf einen aufpaßt oder so eine Art Schutzschild ist zwischen mir und dem, was da an Unerwartetem auf mich zukommt. So ein ständiger Gefährte, so ein Kumpel an der Seite ist ja fast schon ein Stück Zuhause, das man da mit sich herumschleppt.

Aber er hilft dir eben auch, das eine oder andere leichter wegzustecken, wenn man mal wirklich in den Rotz gerät.

Was soll also dieses ganze Rumgeeiere, Gabi? Nimm die Kackstaaken in die Hand und verpiß dich von hier, bevor es zu spät ist. Hier verluderst du nur, wirst zum Penner, wie all die anderen, und willst am Ende gar nicht mehr zurück auf die Straße. Aber was gibt's denn hier für dich zu holen? Du und Pille, wie soll das funktionieren? Du denkst doch nicht im Ernst, das könnte eine Zukunft haben? Träum weiter, Döskopp!

Ecki spürt mein Zögern. Hey, Mann, will mich keinesfalls aufdrängen. Hab genausowenig Lust wie du, an jeder Kreuzung zu streiten, latschen wir nun nach rechts oder nach links, schaniegeln wir noch eine Woche länger auf dieser Baustelle oder tippeln wir weiter.

Ich bin es nicht gewöhnt, mich ständig nach einem anderen zu richten.

Klar, ich doch genausowenig. Bei der ersten Weggabelung, an der es kracht, können wir auch wieder getrennte Wege gehen. Aber erst mal raus aus dieser beschissenen Stadt, oder?

Kackstaaken – manches fällt einem erst wieder ein, wenn man nicht daran denkt. Die Kackstaaken passen gut zum Langen Elend, zum spacken Schlacks, also zu uns Dunkers, die wir doch alle spangenlange Hansel sind. Mit zwölf, dreizehn schießen wir plötzlich in die Höhe und Vadder bald über den Kopf, der selbst eine Bohnenstange ist. Nur Schultern-, Brust- und Beinmuskeln wachsen erst mal nicht so richtig mit. Und bei mir kommt noch hinzu, daß mein rechter Staaken glatt zwei Zentimeter kürzer ist als mein linker, was mir vor allem beim Hosenkauf ziemlich auf den Senkel geht. Überhaupt passen meine beiden Hälften nicht richtig zusammen. Alles rechts von der Nase und vom Brustbein ist ein wenig schmaler, wenn ich mein rechtes Profil sehe, guckt mich ein ganz anderer Typ an als der von links, der rechte wirkt irgendwie härter, brutaler, der linke ein wenig weicher, trauriger. Keine Ahnung, welches von beiden nun mein wirkliches Gesicht ist.

Und dann eben diese blassen, mageren Stelzen, bei denen doch jeder gleich an mangelnde Bodenhaftung oder Standfestigkeit denkt. Dabei haben die Kackstaaken gar nichts damit zu tun, daß man womöglich bis zum Hals in der Scheiße steckt, sondern mit den kacken Vögeln, die noch nicht die nötigen Federn zum Fliegen haben.

Gleich nach Ostern kauf ich mir eine Sommerkarte, von April bis Anfang Oktober bin ich jeden Tag im Freibad, selbst bei miesem Wetter. Ich bin ein guter Schwimmer, Ende Mai bereits braungebrannt, und doch ständig unzufrieden mit meinem Aussehen, obwohl sich doch immerhin einiges strafft und beult. Ich habe Angst vor dem Sprungturm, also zwing ich mich erst recht aufs Zehnmeterbrett. Der Turm ist nur geöffnet, wenn das Bad einigermaßen leer ist. Ich trage eine engsitzende veilchenblaue Badehose, die mehr zeigt als verbirgt. Nach jedem Kopfsprung prüfe ich zuerst, ob sie mir nicht in die Kniekehlen gerutscht ist, bevor ich aus dem Becken steige. Am Beckenrand stehen die anderen Jungs, auch jene, die außer einem Köpper auch einen Salto rückwärts wagen. Man beäugt sich stumm, zeigt weder Neid noch Bewunderung. Unter all den mageren Burschen sehen die Türken und Araber noch am besten aus, ein wenig gedrungen, wie Ringer, fast schon erwachsen.

Stimmt dann mal die Beinlänge, hat im Bund sicher eine Wampe Platz, sitzt der Bund richtig, enden die Hosenbeine garantiert unterm Knie. Entweder Hosenträger oder Hochwasser. Und das in einem Alter, wo die richtigen Hosen doch über Sein oder Nichtsein entscheiden. Mit zwölf kann man nicht mehr wie ein Kartoffelsack zur Schule schleichen, lieber hängt man sich auf. Oder quetscht sich die Klöten ab. Bernhard Allroggen mußte ein Hoden amputiert werden, weil er seine Jeans nicht eine Nummer größer kaufen wollte. Dabei weiß man schließlich, daß so ein Teil bei der ersten Wäsche noch einläuft. Am Ende war ein Hoden schwarz. Und der verrückte Kerl prahlte noch damit, ließ uns alle mal anfassen und raten, welches Ei nun echt und welches aus Gummi sei. Ich hätte mir den abgestorbenen Knicker vom Urologen mitgeben lassen und ihn als ewiges Andenken an unseren jugendlichen Modewahn aufbewahrt. Nun, drei Jahre in immer derselben häßlichen, schwarzen Cordmontur befreien am Ende noch jeden von seiner Eitelkeit.

Ach, Scheiße, was mach ich hier eigentlich? Will ich wirklich morgen mit Ecki in Dreilinden stehen, inmitten der Kälte, der Abgase und der Ungewißheit? Ich wollte, es würde in Strömen regnen.

Warum kann nicht auch das Schöne mal ein bißchen länger dauern, wie doch das Unerträgliche meist eine Ewigkeit anhält! Aber was soll's, Bekanntschaften sind wie Blasen auf kochendem Wasser. Kaum ist es etwas abgekühlt, sind sie verschwunden.

Kann ich dich irgendwie erreichen, wenn mal was ist?

Du kannst mir schreiben. Post kriegen wir ja immerhin. Könnte ja mal was Wichtiges sein, vom Polizeipräsidenten oder unserem Münchner Hausbesitzer.

Und wenn ich deine Stimme hören will?

Was ist mit dir los, Gabi? Ich dachte, du hättest von ihr längst die Schnauze voll.

Mach ruhig so weiter, erleichtert wenigstens den Abschied.

Okay, du kannst meine Mutter anrufen und mir eine Nachricht hinterlassen, wann du das nächste Mal anrufst. Ich versuche dann, da zu sein.

Was wird aus meinem Zimmer? Wirst du einen anderen einziehen lassen?

Wahrscheinlich. Ich wohn nicht gern allein.

Ich verstehe. Na, dann –

Ich weiß nicht, warum wir zusammen unterwegs sind. Ecki interessiert sich nicht die Bohne für die Dinge, die mich beschäftigen, schwadroniert andauernd über seine Weibergeschichten, seinen beginnenden Haarausfall, über Ufos, Aliens und Schwarze Löcher. Aber so müssen wir wenigstens nicht beide reden. Und im Grunde mag ich ihn, auch wenn mich das meiste, was er von sich gibt, ziemlich anödet und ich mich frage, warum es keine Lider für die Ohren gibt. Und er mag mich, vielleicht weil ich mir das alles so schafsnasig anhöre und so gut wie nichts über mich erzähle. Wenn ich so wenig über mich wüßte wie er, würde ich mich ja sogar selbst fast mögen.

Jedenfalls schätzt Ecki meine Gesellschaft, wobei es wahrscheinlich ganz egal ist, daß gerade ich es bin. Er braucht einfach jemanden, der ihm zuhört. Dann stellt er mir doch überraschend eine Frage, die mich ein wenig erschreckt: Wie ich es anstellen würde, wenn ich mich umbringen wollte? Offenbar denke ich zu lange oder zu ernsthaft darüber nach, denn ungeduldig, wie er ist, wartet er meine Antwort nicht ab, sondern erzählt frei heraus, wie er es selbst machen würde: Ich leg mich einfach in die Badewanne und laß ein Kabel hineinfallen. Das Schlimmste ist, wenn man langsam stirbt und sich dabei zusehen kann. Stell dir vor, du hast dir gerade die Pulsadern aufgeschnitten und dann denkst du plötzlich, was bin ich doch für ein Blödmann, so schlecht war das Leben nun auch nicht, kriegst aber die Blutung nicht mehr gestillt!

Ich nicke ernst, dabei ist mir eher zum Lachen zumute. Ich finde es ganz und gar nicht beängstigend, sich beim Sterben zuzusehen, natürlich nur, wenn man keine tierischen Schmerzen hat. Ich könnte einfach noch mal letzte Reisebeobachtungen anstellen und mich vielleicht von allen verabschieden, die mir im Leben wichtig waren, wenn es denn da jemanden gibt. Für mich hat das was Tröstliches. Aber ich halte den Mund, obwohl Ecki es vielleicht sogar verstehen würde. Doch was geht es ihn an? Mein Blick streift kurz sein fast noch kindliches Gesicht, und ich wundere mich, welche Zufälle wildfremde Menschen zusammenführen. Was haben wir gemeinsam? Er brabbelt weiter, ich nicke dazu, genau wie Mudder, wenn sie ihre Ruhe haben will.

Dann sage ich doch noch was, wahrscheinlich nur, um ihn ein wenig zu ärgern: Ich würd' mir einfach eine Alditüte über den Kopf ziehen und unten zubinden. Vorher aber würde ich mir noch die Eier abschneiden und ins Gefrierfach legen, damit irgendwas von mir bleibt, und wenn es auch nur ein Teelöffel voll Wichse ist. Wer weiß, vielleicht kann man daraus irgendwann einen zweiten Gabriel klonen, der nicht darüber nachdenken muß, wie er sich umbringen will.

Der Gedanke gefällt Ecki, und er steigt ernsthaft darauf ein, hält mir einen Vortrag über das Klonen, wann wir technisch so weit sein werden, und ob ich und mein Klon dann überhaupt derselbe sind oder nicht doch zwei verschiedene Individuen ...

Ich laß ihn reden und denke an Pille, der mich vor einigen Wochen mal gefragt hat: Welches Buch würdest du als letztes lesen, wenn du wüßtest, daß du am Buchende stirbst. Damals fand ich seine Frage nicht interessant genug, um weiter darüber nachzudenken. Was weiß ich schon von Büchern. Said hat einfach unendlich viel mehr Auswahl, und erst dann macht so eine Frage Sinn. Aber seine Haltung mir gegenüber hatte ja stets auch etwas Schulmeisterliches, was ich ihm nicht übelnehme. Er konnte ja nichts wissen von Kunte und Konsorten, was habe ich ihm schon erzählt in den fünf Monaten, in denen wir zusammen waren. Waren wir überhaupt zusammen?

Da fällt mir jetzt als erstes die Bibel ein. Aber das ist Quatsch, denn es gibt doch so viel mehr Schreckliches als Tröstliches in diesem Buch, daß ich am Ende wirklich nichts mehr von der Ertränkung der ganzen Weltbevölkerung oder dem Hinschlachten aller Erstgeborenen hören will.

Keine Ahnung, antworte ich ihm, ich lese nicht und werde damit wenige Stunden vor meinem Tod sicher nicht noch anfangen. Das ist natürlich gelogen, und Pille weiß das. Zweifelnd blickt er mich an, und ich kann nicht anders, als ein wenig spöttisch nachzufragen: Was würdest du mir denn empfehlen? Irgendwas von Camus, murmelt er und beläßt es dabei. Ich hätte ihm sagen können, daß ich *Die Pest* und *Der Fremde* gelesen habe. Aber was hätte das gebracht?

Am schwersten fällt mir das Fechten. Ecki hingegen scheint die Bettelei nichts auszumachen. Er hat sich schon öfter so sein Essen oder ein Nachtlager zusammenschnorren müssen. Aber ich würde lieber hungern als andere Leute anzuhauen: Hey, hab seit drei Tagen nichts Anständiges mehr in den Magen bekommen. Haste mal ne Mark? Ich überlaß das Ecki. Daß wir nun zu zweit sind, macht die Fechterei für ihn nicht einfacher. Aber ihm scheint's sogar Spaß zu machen. Bringt uns in Kontakt mit den Leuten, sagt er. Doch da, wo ich herkomme, wirft man sich eher vor den Bus, als Fremden gegenüber seine eigene Bedürftigkeit einzugestehen.

Ich versuche, Pille zu vergessen. Was hat er nur mit mir angestellt? Ich stelle mir vor, wie sich das Pack in der Teutonenstraße das Maul zerreißt, wenn ich plötzlich mit einem Typen wie Said Pilischewski dort auftauchen würde. Und während ich die Meute noch zu beschwichtigen versuche, würde Said wohl noch einen draufsetzen und sich als meinen Verlobten vorstellen. Der Skandal wäre perfekt! Vadder bekäme einen Herzinfarkt, und Mudder würde in trockene protestantische Tränen ausbrechen. Aber sie hat ja noch weitere Gören, die für Enkel sorgen können. Und im übrigen ginge es sie einen feuchten Kehricht an!

Aber es war noch nie leicht, Wertherbruch zu verlassen, denn eigentlich ist diese Ortschaft eine abgeschiedene Insel zwischen Grenzzaun und Moor. Trotzdem will keiner von den Einheimischen fort. Die weite Welt macht ihnen Angst, sie fühlen sich nicht abgeschnitten durch Grenze und Fenn, sondern von ihnen vor der Welt geschützt. Sie finden hier alles, was man zum Leben braucht und haben aus ihrer Unauffälligkeit und Verhocktheit eine Tugend gemacht. Hauptsache, man hält sich aus den Schlagzeilen raus.

Wenn ich die Wahl hätte, in Wertherbruch, in Ouagadougou oder Ulan Bator mein weiteres Leben zu fristen, ich wählte Ulan Bator.

Ich hab es mir ein bißchen poetischer vorgestellt, diese ganze Tippelei. Sicher, wenn ich später mal darauf zurückblicken werde, sind die vielen quälenden Stunden des Wartens (daß wir zu zweit sind, macht es nicht leichter), der Hunger, die Kälte, der Regen, tyrannische Krauter und versiffte Unterkünfte längst vergessen, und nur noch die schönen Begegnungen, die Hilfsbereitschaft und Gastfreundschaft bleiben in Erinnerung. Es war genau der richtige Zeitpunkt zu gehen.

Schon als Pfadfinder hatte ich die elendig langen Wanderungen gehaßt. Okay, in der Nacht hat's mich weniger angepißt. Aber egal welche Schuhe ich trug oder wie gut sie eingelaufen waren, nach fünf Kilometern hatte ich Blasen, nach weiteren fünf waren sie mit Blut gefüllt, und nach den nächsten fünf lief ich auf rohem Fleisch.

Und hier krauten wir nun wie die abgebrühtesten Tippelbrüder Stunden, Tage, und Ecki läßt es sich nicht nehmen, noch der langweiligsten Landstraße ein so fröhliches Lied entgegenzuschallern, daß selbst der härteste Asphalt sich wellt. Und fast fang auch ich schon an zu glauben, daß mit jedem Schritt etwas Vergangenes von uns abfällt und am Straßenrand zurückbleibt, bei den vielen anderen Kadavern, den plattgefahrenen Hasen, Füchsen und Ratten.

Ecki mauert am Anbau, ich hämmere die Ziegellatten fest. Wir werden wohl nicht immer so ein Glück haben, auf derselben Baustelle schaniegeln zu können. Was machen wir dann? Wird der eine mit Job auf Lohn und Arbeit verzichten, um mit dem anderen weiterzuziehen? Oder wird der ohne Job einfach faulenzen und sich bei seinem Kameraden in der Zwischenzeit durchschmarotzen? Ecki wird auf jeden Fall alles tun, nur um nicht allein durch die Gegend ziehen zu müssen.

Kann nicht einpennen auf unserer Gütersloher Bude. Ecki schnarcht, ich sehe seine blassen, haarigen Beine, seine Unterhose, gelb im Schritt. Ich stehe auf, stelle die Heizung ab, die schon die ganze Zeit mit Eckis Schnarchen um die Wette ächzt und stöhnt.

Beim Frühstück fragt er mich: Was hältst du eigentlich von Voodoo, Gabi? Fragt er, weil ich nach der schlaflosen Nacht wie Lazarus nach drei Tagen in modriger Erde aussehe? Vielleicht reicht es auch schon, daß man ständig zusammen ist und sich nichts mehr zu sagen hat. Dann redet man, wenn man denn reden muß, eben auch mal eine Menge Bullshit.

Voodoo? Du meinst, das wilde Getrommel und Gehampel der Eingeborenen auf King Kongs abgelegener Insel?

Quatsch! Voodoo ist eine ernste Angelegenheit, ja, eine Art Religion.

Ich dachte, du bist katholisch.

Sicher, jeder in Freising ist katholisch. Aber mein Schwager stammt von Haiti. Da ist Voodoo die Volksreligion.

Jetzt verulkst du mich aber.

Nein, ganz im Ernst. Offiziell ist er natürlich ebenfalls Katholik. Auch ohne Voodoo gab es schon genug Stress, bis meine Eltern der Heirat endlich zugestimmt hatten.

Und woran glauben die Anhänger des Voodoo?

Das ist gar nicht so einfach zu erklären. Ich hab 'ne Menge darüber gelesen, und Hubert, mein Schwager, hat mir einiges erklärt. Aber ich glaube, man muß so eine Voodoo-Messe selbst erlebt haben.

Ich kann mit diesem ganzen religiösen Kladderadatsch nichts mehr anfangen.

Aber du magst doch Musik, oder? Deep Purple, Uriah Heep, The Sweets? Beim Voodoo wohnen die Götter oder Geister in den Trommeln, hat mir Hubert erklärt. Das leuchtet mir irgendwie ein.

Für mich ist das alles Spökenkiekerei?

Spökenkiekerei?

Ja. Einen Spökenkieker erkennt man bekanntlich an seinem aschblonden Haar, seinem geisterhaften Blick, den wasserblauen Augen und der kalkweißen Gesichtsfarbe.

Jetzt verulkst du mich, oder?

Dann frag mal meine Großmutter! Sie war eine echte Spökenkiekerin, hat immer vorher gewußt, wenn in der Familie oder der Nachbarschaft einer starb. Und ich hab das zweite Gesicht von ihr geerbt, glaub mir!

Du weißt es vorher, wenn jemand stirbt?

Als Kind war ich mal mit meinen Eltern am Gardasee campen. Eines Tages gab es auf dem Campingplatz einen Stromausfall, noch wußte keiner, was der Grund war. Und ich hab zu meiner Mutter gesagt: Mudder, da hat sich ein Junge am Stromkasten verbrannt. Seine Eltern werden sicher traurig sein, daß er nun tot ist. Da war der Krankenwagen noch auf dem Weg ins nächste Hospital. Und tatsächlich ist der Junge auf dem Weg gestorben.

Das ist wirklich *spooky*. Am besten behält man so was für sich, denn die meisten wollen von diesen unheimlichen Geschichten nichts wissen.

Ich hab's bisher auch noch niemandem erzählt.

Mir kannst du vertrauen, Gabi. Glaubst du, ich erzähle jedem vom Voodoo? In Haiti geht es bei den Messen schon ziemlich blutrünstig zu. Da werden den Hühnern Beine und Flügel gebrochen und die Köpfe vom Rumpf gerissen, die Zungen gegessen und das Blut getrunken.

In unseren Gottesdiensten geht es doch noch brutaler zu, wenn wir uns Jesu Blut und Fleisch einverleiben.

Du hast recht, nicht die Haitianer, wir sind die Kannibalen. In Haiti stimmt man durch diese Opfer die Götter gnädig, und man kann sich etwas von ihnen wünschen. Und ob du es glaubst oder nicht, meistens gehen die Wünsche sogar in Erfüllung.

Das spricht für deine Voodoo-Götter. Hier kann man ja ewig warten, bis Gott mal einen Wunsch erfüllt.

Wünsche werden nicht einfach erfüllt, jede Erfüllung hat ihren Preis, Gabi, ich hab es selbst erlebt.

Was hast du dir denn gewünscht?

Das darf ich dir nicht sagen. Aber wenn du es nicht glaubst, probier es selber aus.

Ich hab doch keine Ahnung von diesem ganzen Quatsch.

Ich kann es dir zeigen. Oder hast du etwa Angst, deine Wünsche könnten wirklich in Erfüllung gehen?

Ecki ist verrückt, sicher, aber auch unterhaltsam. Ich laß ihn weiterreden. Am Abend schleppe ich ihn dann ins Kino, *Tod in Venedig*, vielleicht als Revanche. Er schläft nach der ersten halben Stunde ein, weil der Tod einfach zu lange auf sich warten läßt. Ich kann nur sagen, zum Glück, so bekommt er den Rest des Films wenigstens nicht mit und stellt keine peinlichen Fragen.

Was hat er sich vorgestellt? Vielleicht eine Art Italo-Western, ein *Spiel mir das Lied vom Tod* auf brackigen Kanälen? Das übrige Publikum hätte ihn doch stutzig machen müssen, drei einsame Opis in der Leere des Kinosaals, und wieder denke ich an Pille, den ich doch schon längst vergessen haben wollte.

Er kommt tatsächlich noch mal auf den Voodoo-Blödsinn zurück. Hat dafür den Gütersloher Stadtpark auserkoren. Voodoo in Gütersluh! spotte ich. Es ist dunkel, eisig, menschenleer im Park. Ich solle mich ausziehen, befiehlt Ecki. Wo sind die Trommeln? frage ich. Das Wichtigste ist das Blut! Du willst dir doch nicht die Kluft versauen, oder?

Widerstrebend folge ich seinen Anweisungen, will kein Spielverderber sein. Aber die Unterhose lasse ich an, es ist wirklich arschkalt, das gibt es hin und wieder, Frost an Ostern, vor allem, wenn die Feiertage so früh im April liegen.

Für den nötigen Schwindel und die innere Hitze sorgt eine Flasche Korn, die Ecki von der Baustelle hat mitgehen lassen. Dafür säuft er nun auch den größten Teil davon selbst und läßt mir nur noch einen Rest, der sicher kaum für einen richtigen Voodoo-Rausch reicht. Nun lallt er laut vor sich hin, eine Art Singsang oder Litanei, und ich muß mich zusammenreißen, nicht lauthals loszuprusten: *Ogu bagu ogu boku Jesu negru regina nagu spiro badagu mala balu lana bla bla*… so geht's eine ganze Weile, und während Ecki so vor sich hin brabbelt, zieht auch er sich aus, so daß mir langsam angst und bange wird. Wie ein schietendicker Voodoo-Priester schlurft er um mich herum, wird mir immer fremder, fast könnte man glauben, er meint das alles ernst. Trotz der nächtlichen Kälte ist er schweißgebadet und zittert am ganzen Körper. Jetzt beginnt er auch noch, ganz fürchterlich die Augen zu verdrehen. Wäre ich selbst noch nüchtern, würde ich mir sagen, schwere Alkoholvergiftung, ab mit ihm in die Notaufnahme.

Plötzlich stürzt er sich auf irgendetwas, das sich im Gras bewegt hat, blitzschnell wie ein Raubtier, obwohl er dazu längst zu breit sein müßte, beißt dem lichtscheuen Kriecher den Kopf ab, zerquetscht den Rumpf in seiner schwieligen Maurerpranke und läßt das Blut über meinen Deetz und meine Schultern rinnen. Dann verschmiert er mit seiner bluttriefenden Pfote das Rattenblut noch ordentlich in meiner Visage und grölt völlig knülle: Nun wünsch dir was, Gabi, wünsch dir was!

Besuch der Karfreitagsliturgie, Ecki zuliebe. Trotz seines haitianischen Schwagers und vielfältigen Besuchern aus dem All fühlt er sich immer noch den Bräuchen seiner Heimat verbunden.

Vergeblich suchen wir nach dem Gottesdienst eine offene Kneipe für unseren Frühschoppen. Es scheint, als müßten wir bis zur Auferstehung von unseren Vorräten leben, Tabak und Dosenbier.

Am Ende finden wir doch noch eine Imbißbude, der einzige Laden weit und breit, der geöffnet hat, vielleicht weil der Besitzer Türke ist und sich mit unseren Karfreitagsgepflogenheiten so wenig auskennt wie ich mit Voodoo. Ecki bestellt schon wieder dasselbe wie ich, das macht er, seitdem wir Berlin verlassen haben. Er wartet, bis ich mich entschieden habe, und sagt dann nur: Dasselbe noch einmal. Am Anfang hat es mich noch amüsiert, aber inzwischen geht es mir langsam auf den Senkel. Ich sollte mal etwas total Verrücktes oder Widerliches bestellen, irgendwas, das ihm garantiert nicht schmeckt. Mal sehen, wie wichtig ihm diese winzige Gemeinsamkeit wirklich ist. Priester gelten ja als besonders schwer verdaulich, während Meßdiener eher leicht im Magen liegen, dafür ein wenig fade schmecken. Die Frau des Imbißbesitzers beugt dem vor, indem sie tief in den Rücken und in die Brust schneidet und in die klaffenden Schlitze Pfeffer, Thymian und Kräuter der Provence stopft. Mit Hilfe ihres Mannes hievt sie den Braten auf den Rost und läßt ihn bei mittlerer Hitze gut zwei Stunden schmoren. Das herabtropfende Fett fängt sie auf und läßt es zu Schmalz erstarren. Ist die Haut dunkelbraun und knusprig, schneidet sie große Stücke aus Lende oder Brust. Das Innere darf ruhig noch etwas blutig sein. Ich bitte sie, die Reste für uns einzupacken, dann können wir auf unserer Bude noch eine nahrhafte Suppe daraus kochen, die vor allem bei einem Kater Wunder wirkt.

Ostersonntag, wolkenloser Himmel, die Sonne wärmt bereits ein wenig. Wir liegen auf dem Rasen im Gütersloher Stadtpark, zum Mißvergnügen der nachmittäglichen Osterspaziergänger, doch anders als in Berlin wagt hier niemand, das Maul aufzureißen.

Drei Wochen Gütersloh, mir reicht's, ich würde gerne weiterziehen. Doch Ecki will noch bleiben. Weiß der Teufel, was ihn hier noch hält. Sicher, Arbeit gibt es hier genug. Aber es geht ja auch darum, neue Erfahrungen zu machen. Und ein Flachdach nach dem anderen zu teeren und mit hübschen Kieseln zu bestreuen, ich denke, in dieser Hinsicht habe ich ausgelernt.

Mißmutig latsche ich ihm hinterher, am Abend landen wir auf irgendeiner Kirmes oder einem Frühlingsfest in der häßlichen Innenstadt von Gütersloh. Außer in Wertherbruch habe ich nie so viele freudlose Gesichter auf einem Haufen erlebt. Wir schickern ein Bier nach dem anderen, aber die Stimmung will sich nicht aufhellen. Da kommt uns die blöde Bemerkung von irgendeinem dieser Provinzheinis gerade recht: In euren Faschingskostümen habt ihr hier keine Chance, irgendein Mädchen aufzureißen, Jungs!

Sein Kumpel, auch nicht gerade eine Leuchte, setzt noch eins drauf: Mädchen? Die tragen doch Partnerlook, die haben doch bereits gefunden, was sie suchen. Schmieriges Grinsen auf beiden Fressen. Ecki faßt seinen Stenz fester. Mach jetzt keine Dummheiten, Kumpel, raune ich ihm zu, doch auch ich halte meinen Stock bereit. Die zwei sind nicht allein, hier scheint ein ganzer Fanclub unterwegs zu sein. Der Schnauzbärtige grinst immer noch und rückt uns so weit auf die Pelle, daß wir mit unseren Stenzen kaum noch ausholen können. Bisher ist gar nichts Spektakuläres passiert, doch schon umringt uns eine kleine Zuschauerschar. Nichts gegen Zuckerwatte oder Luftgewehrschießen, aber deswegen geht man natürlich nicht auf den Rummel, oder? Nein, da muß schon was ganz anderes passieren, das einen ein wenig aus dem Alltagstrübsinn reißt.

Wo kommt ihr Käuze denn her? fragt der Schnauzbart, nun beide Hände in den Taschen, in die gut und gerne ein Schlagring oder ein Klappmesser passen.

Aus Berlin, antwortet Ecki ruhig. Wir wollen ja nicht verantwortlich sein für das, was gleich passiert.

Berlin? Hab gehört, da gibt es mehr Homobars als Bordelle.

Du mußt es ja wissen, Alter.

Nun gibt es kein Halten mehr. Bevor Schnauzbart seine

Hände aus den Taschen kriegt, hat Ecki ihm seinen Stenz schon vors Schienbein geknallt. Und während die anderen noch zögern, halten wir beide unsere Stöcke in Höhe seiner Ohren. Natürlich sind die Spaßsucher hoffnungslos in der Überzahl, aber sie sehen unsere Entschlossenheit, und zumindest jene, die als erstes zuschlagen, müssen einiges einstecken können.

So besoffen sind sie nun doch noch nicht. Sie bilden eine Gasse und lassen uns ziehen. Und jetzt, wo man sie wirklich nicht mehr braucht, taucht natürlich die Polente auf. Und wen nimmt sie fest? Na klar, die beiden Fremden. Schnauzbart erstattet gleich Anzeige gegen Ecki wegen gefährlicher Körperverletzung und zeigt den Bullen seinen frischen Bluterguß am Schienbein. Auch an Zeugen mangelt es nicht. Der Fanclub feixt, man kennt sich hier, vermutlich gehört auch der eine oder andere Bulle dazu.

Sie nehmen uns die Stenze ab und bringen uns zu ihrer Wanne. Wir können noch froh sein, daß sie uns nicht vor aller Augen Handschellen anlegen. Doch als man uns auf der Wache in zwei getrennte Ausnüchterungszellen stecken will, flippt Ecki aus, hält sich an den Gitterstäben fest, beschimpft die Schupos als Bullenschweine und spuckt sie an, bis es denen zu viel wird, einer seinen Schlagstock zieht und Ecki damit kräftig auf die Pfoten haut. Trotz des ganzen Radaus ist das Splittern seiner Knochen unüberhörbar. Nun dreht Ecki vollkommen durch, tobt und schlägt um sich, und es braucht drei Mann Verstärkung, bis man ihn endlich grün und blau geprügelt in seine Zelle verfrachten kann. Ich höre ihn die ganze Nacht über stöhnen. Natürlich fällt keinem der Bullen nach dieser Randale ein, mal einen Arzt zu rufen. Es hat ja auch den einen oder anderen von ihnen ziemlich böse erwischt. Selbst mit gebrochenen Fingerknochen weiß so eine schwielige Maurerpranke noch ordentlich zuzulangen.

Auch am Ostermontag kümmert sich kein Schwein um uns. Feiertag, heißt es. Inzwischen sind wir alle wieder nüchtern. Aber das hilft uns jetzt auch nicht weiter.

Ich kann mich nicht erinnern, daß einer von uns vor den Eltern je vor Wut gebrüllt oder sich auf dem Boden gewälzt hätte. Wut war uns nicht erlaubt, zumindest nicht, sie zu zeigen. Vadder wäre vor Zorn explodiert, hätten wir uns mal zu einem seiner Tobsuchtsanfälle hinreißen lassen. Nicht mal im Schlaf haben wir gewagt zu schreien. Vadder allein hatte das Monopol auf Geschrei. Es fiel uns ja schon schwer, ihn um etwas zu bitten. Wir haben immer zuerst Mudder gefragt, die dann dolmetschte, manchmal erfolgreich, doch noch öfter vergeblich. Besser, man fragte erst gar nicht und stellte sich hinterher ahnungslos. Besser, man nahm die Tracht Prügel in Kauf und hat nicht bereits vor zehn die Fete schon wieder verlassen müssen oder sie von vornherein gar nicht besuchen dürfen. Und Wichse gab es doch so oder so.

Inzwischen weiß ich nicht mehr, ob am Anfang wirklich die Furcht stand, Vadder direkt anzuquatschen, oder ob nicht Mudder sich, so lang ich zurückdenken kann, immer schon zwischen ihn und uns gestellt hat. Wer sagt denn, daß es ständig einen Dolmetscher gebraucht hätte? Wenn Mudder uns Angst machen oder uns zu etwas zwingen wollte, hat sie stets mit Vadder gedroht: Ich werde es Vadder sagen, wenn er nach Hause kommt. Dann werdet ihr ja sehen, was euch blüht! Vadder war der Buhmann, Mudder der Schutzengel. Und wir eingeschüchterten Bälger haben es ihr glatt geglaubt.

Aus Schaden wird man klug? Ich denke, nach dem Schaden ist kaum jemand klüger als davor. Wütender vielleicht, oder verbitterter. Wer einem eine Grube gräbt, sammelt später die

Knochen ein und kocht daraus Seife oder Gelatine. So geht es doch zu auf der Welt! Der Krug geht zum Brunnen, bis er ausgetrocknet ist. Wer rostet, war einfach nicht gut genug geölt. Und Hunde, die bellen, haben schon manchem Postboten die Klöten abgebissen. Wer einmal lügt, hat es vielleicht nur gut gemeint. Morgenstund riecht aus dem Mund. Wer zuletzt lacht, zeigt nur die Lücken, die die ausgeschlagenen Zähne hinterlassen haben.

Klar, wer seine Knarre zieht, muß damit rechnen, auch selbst erschossen zu werden.

Ich komme am Dienstag frei, weil man mir außer irgendeinem alten Naziparagraphen über das Vagabundieren nichts vorzuwerfen weiß. Trotzdem solle ich das Stadtgebiet innerhalb der nächsten vierundzwanzig Stunden verlassen. Gegen Ecki hingegen liegt eine ganze Latte von Anschuldigungen vor, so daß der zuständige Richter wegen zu erwartender Fluchtgefahr Untersuchungshaft veranlaßt hat. Ich darf mich nicht mal von ihm verabschieden.

Gib es doch zu, Gabi, eigentlich hast du dieses Herumvagabundieren, diese Nächte in Billigunterkünften oder gar auf Parkbänken, diesen zerkochten Kantinen- und Imbißfraß doch bis über beide Ohren satt!

Von der Weide auf der anderen Straßenseite höre ich ein Krächzen, wie von einem Geier, denke ich, wenn es hier denn Geier gäbe. Tatsächlich sind es Krähen, die, als ich in die Hände klatsche, von irgendeinem Kadaver aufstieben und mich böse anschreien. Als sie bemerken, daß ich außer Händeklatschen nicht viel mehr zu bieten habe, lassen sie sich wieder auf ihrem Picknick nieder.

Dabei sollte ich eigentlich froh sein, daß sie die Landschaft sauberhalten. Nichts ist widerlicher als die plattgefahrenen Igel und Hasen am Straßenrand. Klaus käme gar nicht mehr hinterher mit dem Gräberschaufeln.

Es braucht eine Weile, bis ich mich zur Iserlohner Bude durchgefragt habe. Hier im evangelischen Krankenhaus hat Mudder ihre Schwesternausbildung gemacht, und hier hat sie Vadder kennengelernt, der zur selben Zeit Sanitäter bei der Bundeswehr war. Und hier ist dann wohl eines nachts (oder etwa tagsüber?) die Sache mit Klaus passiert, die am Ende nur mit einem wahren Blutbad rückgängig zu machen gewesen wäre.

Ich kenne Iserlohn bisher nur vom Durchfahren, wenn wir die Sauerländer Großeltern in Menden besucht haben. Vielleicht schau ich da mal vorbei, wenn ich länger in der Gegend bleibe und hier was zu rackern finde. Natürlich könnte ich auch den Mendener Opa fragen, der ist ja Bauunternehmer. Aber dann denke ich, hey Gabi, das ist keine so gute Idee, das ist ja fast so, als würde ich wieder unter Vadders Fuchtel malochen.

Drei Jahre bei seinem eigenen Vater in der Lehre, jetzt kommt es mir wie ein jahrelanges Asthma vor, keine Sekunde, die ich habe frei durchatmen können. Er brauchte mich gar nicht lautstark zurechtweisen, es genügte sein mißbilligender Blick, sein mürrisches Schweigen, mit dem er mir Tag für Tag sagte, du bist hier falsch, eigentlich gehört Klaus an meine Seite. Ich glaube, ich bin ihm unheimlich. Deswegen die ständigen Versuche, mich kleinzumachen. Selbst für meine guten Schulnoten hatte er immer nur Hohn und Spott übrig. Hat er mich überhaupt je für irgendwas gelobt? Vor allem die Eins in Religion war ein gefundenes Fressen für ihn. Daß Petting mir regelmäßig eine Eins verpaßte, lag nur daran, daß ich Meßdiener war. Für Vadder hingegen war das eine wie das andere Tuntenkram, und insgeheim machte er wohl Oma für diese Verweichlichung verantwortlich. Doch es ihr ins Gesicht zu sagen, traute er sich nicht. Lieber wären ihm einige Fünfen gewesen, zumindest in Reli, Kunst, Geschichte und so.

Aber warum wundere ich mich darüber? Er hat ja auch selbst schon, ich denk mal, gegen seinen Willen, bei seinem Alten in die Lehre gehen müssen. Und jetzt wiederholt er einfach den Frust, den er selbst erlebt hat. Das ist natürlich unfair und entschuldigt ihn nicht. Aber wahrscheinlich sitzen die Erfahrungen einfach zu tief, als daß man mal eben einen Schalter umlegen und es besser machen könnte. Eigentlich hätte er längst mal zu einem Seelenklempner gemußt. Aber er gehört halt einer Generation von Leuten an, die glauben, sie hätten die Bombennächte und die Hungerwinter überstanden, dann werden sie wegen solcher Kinkerlitzchen doch nicht gleich zum

Arzt rennen. Verletzungen der Seele, so ein Blödsinn, wenn man auf dem Weg zum nächsten Bunker beide Augen oder sein Bein verloren hat!

Ich hör mich schon fast an wie Pille. Dabei frag ich mich doch selbst, die Seele, gibt es sie überhaupt? Jedenfalls schmerzt sie nicht wie ein Kopfschuß, blutet und eitert nicht und läßt die Knochen heil. Man muß sich wirklich überlegen, ob man sich als einigermaßen gesunder Mensch in die Hand dieser Psychofritzen begibt, denn man kann sicher sein, daß sie irgendwas finden. Dabei ist man bisher doch immer gut mit dem Leben zurechtgekommen.

Ein paar Gerüstbauer, die sich in ihrer Mittagspause gerade zünftig beschickern, erklären mir endlich, wo ich die hiesige Bude finde. Der Herbergsvater war auch mal einer von ihnen. Gleich erklärt sich so ein halbnackter, wild tätowierter Spund bereit, mich hinzubringen. Ich sauf noch ein Pülleken mit, ehe seine Kollegen wieder auf ihre schwankenden Planken hinaufkraxeln.

Der Weg ist nicht weit, die Begrüßung herzlich. Erwin, der Herbergsvater, schüttelt mir kräftig die Hand und läßt es sich nicht nehmen, meinem halbnackten Fremdenführer und mir gleich einen auszugeben. Der junge Gerüstbauer sollte längst zurück bei der Arbeit sein, aber Erwin und ich sind die letzten, die ihn daran erinnern würden. Er heißt Hannes, wie Reginas jüngerer Bruder, und sofort hat er bei mir einen Stein im Brett.

Hannes bewundert meinen Ohrring, und obwohl er nicht zünftig ist, will er auch einen tragen. Ich warne ihn, so ein Gesellenohrloch dürfe nur mittels eines achtzigen Nagels geschlagen werden. Hannes ist bereits zu breit, um noch klar zu denken. Also bringt der Herbergsvater den richtigen Nagel, und ich knall meinen Hammer auf den Tisch, in der Hoffnung, daß es den neuen Kumpel ein wenig ernüchtert. Aber nichts da, Hannes besteht auf die Prozedur, und Vadder Erwin findet das alles tierisch lustig. Leider sind die Tischplatten aus Marmor, versuche ich einen letzten Einwand. Macht nichts, grinst der Herbergsvater und zeigt aufs Klavier. Hätte er uns nicht dermaßen abgefüllt, hätte ich sicher die Finger von dieser Operation gelassen, aber da wir alle huckevoll sind, begießen wir Hammer, Nagel und Ohr mit Erwins bestem Soruff und desinfizieren mit dem Rest unsere schnackwunden Kehlen, dann legen wir dem Hannes seinen Deetz aufs Klavier. Ich harke ihm die Matte vom Ohr und ehe er auch nur Plopp sagen kann, habe ich sein Ohrläppchen gelocht. Wie es sich gehört, blutet er nun auch zünftig wie ein Schwein.

Ist Hannes neidisch auf meinen Ohrring, so bin ich es auf seine Haarpracht. Was für die Alten nur zottelig, ungepflegt und verfilzt aussieht, ist für uns ein Stammesabzeichen. Gehört man zum Clan der Löwenmähnigen oder doch nur zur Sippe der Kurzhaardackel, das war immer die Frage. Und Hannes' Matte ist von kundigen Händen zu den geilsten Rastalocken verdrillt worden, die mir je untergekommen sind.

In Omas abgegriffenem Almanach für alle Lebensumstände und -lagen fand ich bereits das treffende Sprüchlein: *Die Damen reihenweise lieben ihn und rufen wie besessen, oh hätt' er eine Matte auch ums Kinn, er wär' ein Mann zum Fressen.* Das allen haarsinnigen Vätern ins Poesiealbum geschrieben! Wie viele häusliche Kriege schon um die rechte Haartracht geführt (und verloren) wurden! In der Teutonenstraße war es nicht anders, und der Spartakus des Mattenaufstands war natürlich Klaus. Es reichte kein Hinweis auf die Tapferkeit des Sklavenführers, für Vadder war der Beatles-Look einfach nur weibisch. Und was ist mit Samson, Alexander, Hermann dem Cherusker! Mit einem hatte Vadder natürlich recht: Die lange Matte war immer ein

Zeichen von Stärke und Unabhängigkeit, eben das, was es kurz zu halten und zu unterdrücken galt.

So schnell Vadder Erwin mit dem Nagel bei der Hand war, so betreten blickt er nun drein, als ich ihn um die Zange bitte.

Was für eine Zange? lallt er.

Ich kann Hannes ja wohl schlecht mit dem Latthammer losmachen, oder? Sind ja nicht die Hände und Füße am Holz, sondern so ein zarter Lappen.

Wovon redest du?

Na, von Hannes! Wie kriegen wir den vom Klavier los, ohne daß sein Ohr dran glauben muß?

So stehen wir noch eine ganze Weile bedeppert herum, bis auch der letzte endlich kapiert hat, wo hier das Problem ist, während Hannes trotz seiner unbequemen Lage fast einpennt und ordentlich die Tasten vollsaut. Wenn wir ihm schon das Ohr abreißen, bleibt ihm so wenigstens eine Blutvergiftung erspart. Am Ende macht sich Erwin dann doch noch auf die Socken, um in irgendeinem Keller oder Werkzeugschrank eine Zange aufzustöbern.

Wahrscheinlich waren Regina und ich uns nie näher als in jenen Wochen, als Hannes seinen schrecklichen Unfall hatte. Ihr jüngerer Bruder war immer schon das schwarze Schaf in der Familie. Diesmal hatte er mit einem Kumpel ein Auto geklaut, natürlich hatte er keinen Führerschein, er war gerade mal fünfzehn, und gesoffen hatten sie auch noch. Der Kumpel war sofort tot, Hannes lag noch zwei Wochen im Koma. Keiner der beiden war angeschnallt. Hannes war gefahren, hatte es zumindest versucht.

Ich war von dem Unfall mindestens so erschüttert wie Regina. Ich hatte Hannes sehr gemocht, und hin und wieder hatten wir auch zu dritt was unternommen. Ja, manchmal war ich sogar enttäuscht, nur Regina anzutreffen, wenn Hannes was Besseres zu tun hatte, als mit seiner älteren Schwester und ihrem Freund abzuhängen.

Regina und ich haben Hannes jeden Tag besucht. Er lag auf der Intensivstation des St.-Josef-Hospitals, wo Mudder als Nachtschwester arbeitete. Sicher hatte auch sie ein wachsames Auge auf den Jungen. Zumindest hatte ich ihr Hannes ans Herz gelegt. Wenn wir an seinem Bett saßen, sah er aus, als würde er nur ganz tief schlafen. Äußerlich war keinerlei Verletzung zu sehen, und wären die Schläuche, Kabel und Apparaturen nicht gewesen, hätte man glauben können, eine Art flaumbärtiges, flachbrüstiges Schneewittchen vor sich zu haben. Tatsächlich habe ich gedacht, man müßte sich einfach zu ihm legen und ihm einen innigen Kuß geben, dann würde er schon wieder aufwachen. Mag sein, daß er uns nicht hören konnte, aber sein Herz schlug noch, und sicher gab es tief in seinem Kopf irgendeinen Rest an Wahrnehmung, aber natürlich ist niemand zu ihm ins Bett gestiegen und hat ihn geküßt oder auch nur umarmt. Selbst seine Hand zu halten, traute Regina sich nicht. Hätte man so stumm und von Trauer gelähmt an meinem Bett gesessen, wäre ich auch nach zwei Wochen gestorben.

Hannes war der dritte Tote nach Kleine-Oma und Onkel Udo innerhalb eines Jahres. Kleine-Oma war allerdings schon fünfundneunzig, als sie starb, doch Hannes erst fünfzehn und Onkel Udo gerade mal achtzehn. Seither vergeht kein Tag, an dem ich nicht an den Tod denke. Aber es gibt, so weiß ich inzwischen, keinerlei Garantie, fünfundneunzig zu werden, schon gar nicht als Dachdecker.

Dann stehe ich plötzlich vor dem evangelischen Krankenhaus von Iserlohn, wo alles seinen Anfang nahm. Nun, vielleicht nicht alles, doch immerhin die Geschichte zwischen Vadder und Mudder, damit also auch die von Klaus, Mechthild und mir. Ein wilhelminischer Bau aus roten Ziegeln und hellem Sandstein, einschüchternd wie die Josefsschule, das Amtsgericht oder der dahinterliegende Knast in Wertherbruch. Hier hat Mudder mit sechzehn ihre Schwesternausbildung begonnen. In der dreißig Kilometer entfernten Glückauf-Kaserne Unna-Königsborn diente Vadder, als er noch einfach der junge Hermann Dunker war, als Sanitäter, einer der ersten Freiwilligen beim wieder auferstandenen Barras. Er nutzte seine Chance, aus Wertherbruch wegzukommen, nach drei Jahren Lehre bei seinem Ollen, dem unbekannten Kriegsheimkehrer, fast so wie Klaus sechzehn Jahre später. Schon interessant, wie die Döönkens sich wiederholen.

Ich denke mal, die regelmäßigen Besuche im Iserlohner Krankenhaus gehörten zu seiner Sanitätsausbildung. Vadder und Mudder haben nie ein Wort über die Umstände ihres ersten Aufeinandertreffens verloren. Auf den wenigen Photos aus diesen Jahren sieht der junge Hermann aber verdammt gut aus, ein Horst Buchholz, nein, eher noch ein James Dean aus der westfälischen Provinz. Dieser schwermütige Halbstarke in seiner steifen Uniform muß Mudder wohl schon auf den ersten Blick schwach gemacht haben.

Sie hingegen war ein hübsches, weltzugewandtes Mädchen. Das kannte der Junge aus Wertherbruch bisher nicht. Und so kam eins zum anderen, der männliche Samen zum empfängnisbereiten Ei, und Klaus nistete sich ein, ehe die beiden überhaupt wußten, wie ihnen geschah. Als Krankenschwester und Sanitäter müßten sie allerdings mit den erweiterten Funktionen gewisser Organe vertraut gewesen sein.

Als ich zu Hause das erste Mal auf Jugendphotos von Vadder stoße, erschrecke ich und denke, das bin doch ich, dieser Träumer in Uniform, das Haar streichholzkurz, so daß seine melancholischen Augen in dem schmalen Gesicht fast riesig wirken. Vadder ist nun der allerletzte, dem ich, und sei es auch nur äußerlich, ähneln wollte. Aber ich muß zugeben, er sieht ziemlich flott aus. Und ich kann mir einigermaßen vorstellen, was Mudder an ihm gefunden haben mag. Wann das wohl alles verlorengegangen ist? Ob es mir irgendwann genauso geht? Wahrscheinlich wollte auch Vadder nie wie sein eigener Vater werden.

Gibt es denn nicht auch einige gute Seiten an Vadder? Es herrschte ja nicht immer nur Mord und Totschlag in der Teutonenstraße. Im Grunde hat Vadder sich doch kaum von den Nachbarvätern unterschieden, alle haben ihre Frauen und Kinder verkloppt und nannten das Erziehung, alle waren in ihre Autos vernarrt und haben sie am Wochenende mit einer Zärtlichkeit gewienert und frottiert, wovon der Rest der Familie nur träumen konnte, alle haben gepafft wie die Schlote und nach Feierabend ihre Bierchen gepichelt. Die meisten haben ihre Kindheit im Krieg verbracht und wissen also gar nicht, was Kindheit heißt. Die meisten sind ohne Väter groß geworden und haben deshalb nie gelernt, was Vaterschaft eigentlich heißt. Und trotzdem bemühen sie sich, spielen sich und der Nachbarschaft jeden Tag eine heile Welt vor, als wäre nie was kaputtgegangen. Dabei ist das alles ja noch gar nicht lange her.

Sie haben die Feste gefeiert, wie sie im Kalender stehen, wenn auch ohne echte Freude, haben ihre Kinder sonntags anständig gekleidet und deren Haare nicht zu lang wachsen lassen, haben mit ihnen Sonntagsausflüge unternommen und sind mit ihnen in den Urlaub gefahren, zum Gardasee, an die Adria.

Klar, für uns waren die Igelschnitte und die Sonntagsklamotten eine Tortur, und bei den langen Fahrten im verrauchten Fiat über den Brenner haben wir nur noch um die Wette gekotzt. Weiße, von Mudder während der Nachtschichten selbstgestrickte Pullover, Clubjäckchen, Hütchen mit Fasanenfedern, Lackhalbschuhe, nichts, was man dreckig machen oder gar zerreißen durfte. Herumtoben konnte man darin nicht, das war vielleicht sogar der Sinn dieser adretten Zwangsjacken. An Sonn- und Feiertagen balgte man nicht herum. Stattdessen Verwandtenbesuche, Kaffee und Kuchen, Sonntagsspaziergänge oder Ausflüge. Alles das war uns gleichermaßen verhaßt.

Inzwischen aber staune ich, was Vadder und Mudder sich einfallen ließen: Besuche bei den Wildpferden in Dülmen, im Krechtinger Zoo oder im Grugapark Essen, jedesmal ein anderes Ziel, ein anderes Abenteuer, zumindest für die Erwachsenen. Vadder liebt das Autofahren, deswegen macht es ihm nichts aus, wenn wir die Touren größtenteils in der Familienkutsche verbringen. Wir hingegen langweilen uns auf dem Rücksitz mit dem Erraten der Städte auf den Nummernschildern oder kriegen uns gleich in die Haare. Bevor wir das Ziel überhaupt erreichen, hat es meist schon die ersten Ohrfeigen gegeben.

Am liebsten hätten wir natürlich vor der Flimmerkiste gesessen. Doch nun, auf der Walz, habe ich die Glotze nicht eine Sekunde lang vermißt. Jetzt denke ich, sie haben sich zumindest bemüht, meine Alten, uns nicht von *Lassie* und *Bonanza* verblöden zu lassen, auch wenn man als Zehnjähriger wohl noch kein Auge für die Blumenpracht einer Bundesgartenschau hat.

Am schrecklichsten waren die Besuche im Krechtinger Zoo. Nach den Visiten hatte ich noch wochenlang Alpträume. Das Wort Zoo ist fast schon ein Etikettenschwindel für die engen Käfige und Verliese, in denen die Wildtiere vor sich hin vegetierten. Gehege gab es nicht, nur düstere, der Natur nachempfundene Betongrotten, die durch Metallgitter in noch engere Nischen und Boxen aufgeteilt waren. Dort schnürten dann auf engstem Raum einsame Tiger, Löwen und Hyänen drei Schritte in die eine Richtung, bis sie auf die Betonwand oder das Gitter stießen, stumpfsinnig kehrtmachten und drei Schritte in die andere Richtung schlichen. Uns grimassenschneidende Bälger vor den Gitterstäben ignorierten sie, dabei hätte ich es durchaus verstanden, wenn sie sich gelegentlich eines dieser lästigen Gören geschnappt und ihm die Birne abgebissen hätten. Ihre Pranken hätten locker durch die Gitterstäbe gepaßt.

Der Gestank in diesen dämmrigen Raubtierhöhlen war unbeschreiblich, Tigerpisse, Löwenscheiße, Hyänenatem, Pumaschweiß, alles das vermischte und staute sich hier, ein Gestank voller Wut und Todessehnsucht setzte sich in meiner Nase, meinen Haaren, meiner Haut fest, und in der folgenden Nacht fand ich mich selbst dann in diesem Raum voller strenger, tierischer Ausdünstungen wieder, mal diesseits, mal jenseits der Gitterstäbe, das Fell an vielen Stellen räudig, die Klauen abgewetzt, die nutzlosen Reißzähne verfault. Da wagt sich doch tatsächlich eines dieser naseweisen Kids so nah ans Gitter, daß ich das verdutzte Dötzken zu packen kriege und zu mir in den Käfig zerren kann. Und wenn ich dann zubeiße, ist es, als würde ich mich selbst zerfleischen.

Opa Menden ist nun alles andere als begeistert von den Folgen der Affäre seiner Tochter. Als er darüber hinaus noch erfahren muß, daß es sich bei dem Kerl, der sich so unerfreulich an seiner kleinen Hildegard zu schaffen machte, um einen katholischen Handwerksburschen handelt, ist es voll und ganz vorbei mit der väterlichen Güte. Entweder lasse seine Tochter diesen unerwünschten Balg abtreiben, oder sie müsse fortan auf jede Unterstützung aus Menden verzichten.

So habe ich Opa Menden nie kennengelernt. Aber Mudder hat nie ein böses Wort über ihren unerbittlichen Vater verloren.

Nur Oma erregte sich immer mal wieder über diese Geschichte: Für wen hält sich dieser protestantische Spekulant eigentlich, so auf eine ehrbare katholische Handwerkerfamilie runterzuschauen! Seine verdorbene Göre kann sich glücklich schätzen, daß wir sie trotz ihrer Schande mit so offenen Armen bei uns aufgenommen haben!

Tatsächlich hält Opa Menden die Heirat seiner Tochter für unstandesgemäß und bricht jahrelang einfach jeden Kontakt zu ihr ab. Mudder ist erst achtzehn, als Klaus auf die Welt kommt, und muß sich nun zur Strafe, nicht auf ihren Alten gehört zu haben, ganz allein im fernen, fremden Wertherbruch durchschlagen, wo sie außer ihrem Hermann ja keinen kennt, und selbst ihn nicht mal richtig, und wo die ortsansässigen Papisten ihr begegnen, als habe sie die lutheranische Pest in das gottgefällige Städtchen eingeschleppt.

Vielleicht hat das alles die beiden so zusammengeschweißt, daß Mudder nie ernsthaft daran gedacht hat, sich von diesem Kerl zu trennen. Das hätte ja geheißen, ihrem Vater nachträglich noch recht zu geben. Und vielleicht hat sie ihn ja wirklich mal geliebt. Jedenfalls war der junge Hermann damals noch nicht der Dachdeckermeister Hermann Dunker, den wir dann kennengelernt haben.

Ich gehe die fünfzehn Kilometer von Iserlohn nach Menden zu Fuß. Wenn es einem unterwegs mal nicht so gut geht, was ja durchaus passieren kann, ist es besser, nicht zu trampen und sich gleich wieder mit irgendeinem fremden Menschen unterhalten zu müssen. Stattdessen sollte man eine Zeitlang wandern und den Mißmut einfach weglatschen. Mit jedem Schritt wird man lockerer, versteht ein bißchen mehr von der Welt und von sich selbst und bekommt ein Gefühl für die eigene Kraft und Ausdauer. Das kann ja mal wichtig sein, wenn man wirklich nicht mehr weiterweiß.

Seit Udos Beerdigung bin ich nicht mehr in Menden gewesen. Die Innenstadt kommt mir merkwürdig fremd vor. Doch warum wundere ich mich? Bei unseren Besuchen sind wir doch immer gleich zu den Großeltern gefahren, und sind wir dort dann am Nachmittag spazierengegangen, dann stets in den nahegelegenen Wald und nie in die Altstadt. Zum Kaffee waren wir dann wieder zurück in der Kaplan-Wiesemann-Straße, es gab selbstgebackenen Kuchen und für uns Kinder von Udos-Mama selbstgekochte heiße Schokolade. Und da unsere Großelternbesuche meistens an Sonn- oder Feiertagen stattfanden, hätte man in der Stadt ohnehin nur geschlossene Läden vorgefunden.

Ich schnorre ein Bier und häng ein wenig an der Hönne ab, bevor ich mich auf den Weg mache. Hab erst mal nicht bei der Handwerkerinnung vorgesprochen. Vielleicht hat Udos-Papa ja eine Beschäftigung für mich. Er hat sich seit Udos Tod zwar weitgehend aus dem Geschäft zurückgezogen, betreut aber noch die begonnenen Bauvorhaben zu Ende. Auch bin ich mir gar nicht sicher, ob ich überhaupt bleiben will. Im Augenblick sind ja Osterferien, da ist es mit dem Schaniegeln noch schwerer als sonst schon.

Für uns Gören waren die Sauerländer Großeltern immer fremder als die in der Teutonenstraße, die ja quasi Teil unserer Mischpoke waren. Früher mußte ich mich sogar zwingen, sie nicht zu siezen wie andere fremde Erwachsene. Mudder nannte sie zur Unterscheidung Oma-Menden und Opa Menden, wir Kinder aber sagten immer nur Udos-Papa und Udos-Mama, weil Mudders Bruder ja nur ein Jahr älter als Klaus und zwei Jahre älter als ich war. Tauchten wir irgendwo zusammen auf, hielt man uns vier immer für Geschwister.

Das Haus der Großeltern steht frei am Ende der Kaplan-Wiesemann-Straße. Eine Straße weiter den Hang hinauf beginnt schon der Wald. Der Garten hinter dem Haus ist ein dutzend Mal so groß wie unser Hof in der Teutonenstraße und voller Obstbäume. Die Vorratsregale in der Speisekammer und im Keller biegen sich unter den Einmachgläsern voller Apfel- und Birnenkompott. War ich früher mal allein zu Besuch, hat Udo hin und wieder so ein Einmachglas für einen gemeinsamen Mitternachtsschmaus gemausert. Natürlich muß Udos-Mama es bemerkt haben, spätestens wenn sie beim Saubermachen ihre ungespülten und angeschimmelten Einmachgläser unter Udos Bett gefunden hat.

Sie ist es, die mir nun die Tür öffnet. Als sie mich erblickt, stößt sie einen kurzen Schrei aus. Dann faßt sie sich wieder, umarmt mich unter Tränen und zieht mich ins Haus. Im ersten Moment dachte ich, Udo stünde vor der Tür, sagt sie und wischt sich mit ihrer Schürze die Tränen aus dem Gesicht. Ihr wart euch ja immer so ähnlich.

Ich fühle mich ein wenig unbehaglich. Hätte gedacht, sie wären endlich darüber hinweg. Aber wahrscheinlich kommen Eltern nie darüber hinweg, wenn die eigenen Kinder vor ihnen sterben. Und nun war Udo auch noch ein Spätkömmling, der einzige Sohn, Kronprinz und Nesthäkchen.

Du kannst Udos Zimmer nehmen, dann muß ich das Gästebett nicht beziehen. Du bleibst doch über Nacht, oder?

Udos-Mama ist ganz anders als die Teutonen-Oma, sie hat schwarzes Haar und dunkelbraune Augen, sie wirkt wie eine Südländerin und ist trotz ihrer sechzig Jahre immer noch eine schöne Frau. Sie war immer zärtlicher und liebevoller als alle anderen Verwandten, als müsse sie die verlorenen Jahre, in denen sie uns wegen des Streits zwischen Udos-Papa und Mudder nicht sehen konnte oder durfte, nun nachholen. Mit ihr haben wir so herzlich herumgeschmust, daß es Vadder immer bald peinlich wurde und er uns leise angeknurrt hat, wir sollten Oma-Menden nicht lästig fallen, wir seien ja wie die Kletten! Dann hat Udos-Mama nur gelächelt und uns an Udos-Papa weitergereicht. Er roch, wie das ganze Haus, nach seinen Zigarren und hat uns hingenommen wie ein Baum eine Horde Eichhörnchen. Bis heute kann ich mir diesen Mann nicht als denselben vorstellen, der seine Tochter zu einer Abtreibung aufgefordert und sie, als sie ihm nicht gehorchte, samt ihrem Bastard aus dem Haus gejagt hat.

Oma-Menden schaut sich verwirrt in Udos Zimmer um. Nichts hat sich darin verändert, seit ich das letzte Mal hier war, selbst der Geruch ist derselbe geblieben. Zaghaft öffnet sie einige Schubladen und Schränke: Willst du dir nicht ein paar Sachen heraussuchen, die dir gefallen oder die du gebrauchen kannst? Du hast ja genau seine Größe. Der Rest kommt dann ohnehin in die Altkleidersammlung.

Ich schau mal, murmel ich verlegen. Mein Bündel ist ja

schon ziemlich voll, und mehr als meinen Charlie darf ich nicht mit auf die Walz nehmen. Es gibt da strenge Regeln.

Ja, schau mal. Die meisten Sachen sind doch noch wie neu.

Vor allem Udos wegen bin ich gern nach Menden gefahren, später sogar allein und für länger, in den Ferien. Ich habe immer zu ihm aufgeblickt, zwei Jahre in diesem Alter machen eine Menge aus. Er hatte ein Rennrad mit zwölf Gängen, das brauchte man bei uns auf dem platten Land natürlich nicht, aber trotzdem, er hatte Schlittschuhe, konnte Eishockeyspielen und Skifahren. Opa Menden war ein passionierter Jäger und hat Udo auch schon früh das Schießen beigebracht. Einmal haben Udo und ich eine Radtour zu einer steinzeitlichen Höhle gemacht, wir brauchten einen halben Tag, um wieder herauszufinden. Natürlich durfte ich den Großeltern nichts von unserem Abenteuer verraten. Nun denke ich, daß er sich wohl doch besser auskannte, als er vorgab.

Und dann gab es da noch diese Spielchen, die ich provoziert und genossen habe. Sobald unten bei den Großeltern alles still war, bin ich in sein Zimmer geschlichen, meistens lag er im Bett und las. Ich tischte ihm immer dieselbe Lüge auf: Ich könne nicht einschlafen, und immer tat er so, als würde er mir glauben. Dann holte er zwei Büchsen Bier und die Spielkarten aus seinem Nachtschränkchen und wir begannen mit Mau-Mau oder Rommé, bis ich den gelangweilten Macker herauskehrte und sagte, wir sollten doch besser Strip-Poker spielen, Mau-Mau sei was für Konfirmanden. Er war immer einen Zacken besser im Bescheißen, so daß ich stets als erster nackt auf der Bettkante saß. Vielleicht habe ich mich auch ganz gern bescheißen lassen. Mit zwei abgebrühten Geschwistern wie Mechthild und Klaus ist man eigentlich mit allen Wassern gewaschen. Jedenfalls habe ich locker dafür gesorgt, daß Udo rasch nachziehen mußte. Wir hätten uns natürlich auch ohne dieses ganze

Herumgeeiere ausziehen können, aber so einfach war das offenbar nicht. Wir brauchten das Bier und das Kartenspiel, und das Nacktsein mußte zumindest den Anschein einer Bestrafung wecken.

Udo war beschnitten. Für mich war es das erste Mal, daß ich einen beschnittenen Pimmel sah. Er roch anders und fühlte sich auch anders an als mein eigener oder der von Klaus. Und Udo schien genauso angetan von meinem Dödel mit Vorhaut. Er machte aus seinem Neid gar keinen Hehl. Er sagte, er brauche deswegen immer eine halbe Stunde länger beim Wichsen als Unbeschnittene, um zu kommen. Da hat er nicht übertrieben. Aber natürlich hängt es auch immer davon ab, wie oft man sich einen runterholt.

Daß die Dinge, die wir da treiben, bereits Sex sein könnten, hätten wir nie zugegeben. Aber so sehr ich mir auch selbst etwas vorgemacht habe, es war doch genau das, was ich suchte.

Ich kann mich noch gut an den Anruf im vorletzten Winter erinnern. Mudder hebt ab und bricht noch während des Telefonats in hemmungsloses Schluchzen aus. Udo hatte gerade erst sein Abitur gemacht und war seit einigen Wochen in der Grundausbildung beim Barras, als ihn eine Übungspatrone ins rechte Auge traf. Was ist das für eine merkwürdige Übungsmunition, die Wehrdienstleistende umbringen kann?

Er war nicht gleich tot. Mudder fuhr allein nach Menden, rief aber jeden Abend an. Die Ärzte sagten, selbst wenn ihr Bruder überlebte, müsse man mit einem bleibenden Hirnschaden rechnen. Das waren schreckliche Tage. Und natürlich konnte ich niemandem sagen, wie nah mir Udo wirklich war. Am liebsten hätte ich Mudder nach Menden begleitet, aber Vadder sah keinen ausreichenden Grund, mir für unbestimmte Zeit freizugeben. So sind wir dann erst eine Woche später gemeinsam zur Beerdigung nach Menden gefahren.

Ist das nun die ganze Jugend: Sex und Arbeit? Wobei das mit dem Sex sicher eher endet als die lebenslange Maloche.

Als Udos-Papa von seiner Baustelle heimkommt, erschrecke ich. Wie alt ist dieser Mann seit unserer letzten Begegnung geworden! Grau und verfallen sieht er aus. Würde mich nicht wundern, wenn er seinem Letztgeborenen bald nachfolgt.

Er muß sich zur Wiedersehensfreude zwingen. Das Abendessen verläuft dann fast wortlos. Ich erzähle ein wenig von meinen Erlebnissen auf der Walz, soweit man sie fremden Ohren zumuten kann. Manches wage ich ja nicht mal meinem Wandertagebuch anzuvertrauen. Man sollte nur Tagebuch führen, wenn man sich selbst aus dem Spiel läßt.

Dann fragt Opa Menden unvermittelt, ob ich nicht längst bei der Bundeswehr sein müßte.

Während der Walz bin ich vom Wehrdienst freigestellt, antworte ich. Sie gilt als eine Art Studium.

Studium? Ein Studium des Straßenpflasters, der Parkbänke und Kneipen?

Schon beim Anblick meiner Kluft hat Udos-Papa wenig begeistert dreingeblickt. Er kennt meinesgleichen ja vom Bau und hat offenbar nicht nur gute Erfahrung mit uns Kunden gemacht.

Ja, so kann man das wohl nennen, Opa. Und ein Studium der Menschen, nicht zu vergessen! entgegne ich.

Dieser kleine Wortwechsel hat die Stimmung nicht gerade aufgehellt. Und ich mache es noch schlimmer, als ich fortfahre, weil mir das bedrückende Schweigen inzwischen echt aufs Gemüt schlägt: Und ob ich nach der Walz zum Barras gehe, steht noch nicht fest. Vielleicht verweigere ich auch. Oder geh nach Berlin.

Du willst dich doch nicht etwa vor dem Wehrdienst drücken, Junge?

Das sagt gerade der Mann, der im letzten Krieg alle vier Brüder und vor anderthalb Jahren seinen Sohn beim Barras verloren hat! Überrascht entdecke ich das völlige Unverständnis im Gesicht meines Großvaters, ja sogar eine Spur von Wut und Verachtung.

Ich weiß, Opa Menden war ein ziemlich hoher Offizier während des Krieges, Major oder was weiß ich. Natürlich hat er so wenig von seinen Kriegserlebnissen und seiner Gefangenschaft in Rußland erzählt wie Opa in Wertherbruch, der nur ein einfacher Soldat war. Wie kann man nach all dem Irrsinn immer noch fürs Militär sein?

Ich kann mir nur vorstellen, daß er es nicht erträgt, daß all diese Opfer am Ende vollkommen sinnlos waren. Deshalb hält er an diesem kriegerischen Wahn fest. Fehlt nur noch, daß er mich Drückeberger oder Feigling nennt!

Laß den Jungen doch in Ruhe essen, Wilhelm. Gabriel ist den ganzen Weg von Iserlohn nach Menden zu Fuß gegangen.

Mach dich nicht lächerlich, Elsbeth. Das sind gerade mal dreizehn Kilometer.

Klar, das ist natürlich gar nicht mit einem Fußmarsch von Berlin bis Nowosibirsk zu vergleichen. Das Abendessen endet, wie es begonnen hat: in bedrückendem Schweigen.

Es ist schon ein wenig unheimlich, hier des Nachts in Udos Zimmer in Udos Bett zu liegen. Auch wenn er nicht hier gestorben ist. Im Gegenteil, alles ist noch ganz erfüllt von seiner Gegenwart. In der Nachttischschublade finde ich ein Päckchen Lülletüten. Ich glaube, in seinen letzten Wochen hatte er seine erste feste Freundin. Zumindest war da ein fremdes Mädchen bei der Beerdigung, das nicht zur Familie gehörte. Sie kam auch nicht mit zum Leichenschmaus, da sie bis auf den Toten offenbar niemanden kannte. Gut, daß sie aufgepaßt haben, wenn auch niemand von den beiden dieses Ende vorhersehen konnte. Nur sehr alte oder sehr junge Menschen besitzen die Gabe der Spökenkiekerei. Von mittelalten Spökenkiekern ist nichts bekannt. Wenn es sie geben sollte, halten sie ihre Gabe, die ja immer auch ein Fluch ist, tunlichst geheim. Denn wenn sich eine ihrer Vorhersagen bewahrheitet, ist natürlich der Teufel los. Der Herr Pfarrer wird gerufen, alle Ecken des Hauses werden mit Weihwasser besprengt, an den Türrahmen Lorbeerzweige befestigt und Keller und Dachböden ausgeräuchert, als sei der Tod eine Ratte oder Kakerlake, die man mit ein wenig verbranntem Harz aus ihren Schlupfwinkeln vertreiben könnte.

Ich packe die angebrochene Schachtel in meinen Charlie, Udo wäre sicher einverstanden.

Man muß natürlich aufpassen, wohin man seine Lülle spritzt. Man hält sie doch immer für harmloser, als sie am Ende ist. Ich hatte meine Cousine Beatrix schon mehrere Jahre nicht mehr gesehen und sie auf der Kellerparty erst gar nicht erkannt. Aus dem nervigen Gör war ein hübsches Mädchen mit einem zweifelhaften Ruf geworden. Fast alle meine Klassenkameraden hatten schon mal was mit ihr, so blieb ihr keine große Wahl mehr, und von den Resten, Verwandtschaft hin oder her, schien ich ihr dann wohl der Beste.

Bei mir war es reine Neugier, ob es da wirklich kein Verlangen nach Mädchen gibt. Neben dem Partykeller lag der sogenannte Kuschelkeller, wo es einfach noch ein bißchen dunkler war und einige ausgediente Matratzen auf dem dreckigen Boden lagen. Sie machte sich erst gar nicht die Mühe, mich zu sich nach Hause abzuschleppen.

Ich stellte mich ungeschickter an, als ich normalerweise bin. Vadder hätte seine helle Freude an meinen zwei linken Händen gehabt. Beatrix bricht mir fast den Mittelfinger, bis sie ihn endlich in ihre Spalte bugsiert hat. Nun weiß ich endlich, daß der

Stinkefinger zu Recht so heißt. Während des ganzen Heimwegs schnüffle ich angewidert daran herum, nein, dieser Geruch nach Mädchenpisse macht mich nun wirklich nicht an.

Alles Weitere war Slapstick. Da ich keinerlei Anstalten machte, noch andere Teile meines Körpers zwischen ihre Beine zu schieben, nahm sie ihre Befriedigung selbst in die Hand, indem sie sich auf mich setzte, meinen Schwanz, durch welche Hexenkünste auch immer, einigermaßen steif kriegte und ihn dann dermaßen wund scheuerte, daß ich am Morgen meine Unterhose voller Blut fand.

Monate später treffe ich Tante Hertha mit Mudder im Wohnzimmer, an einem gewöhnlichen Mittwochnachmittag. Normalerweise finden verwandtschaftliche Besuche an Sonn- und Feiertagen statt. Tante Herthas Gesicht ist total verheult, Mudder hält ihre Hand. Beide verstummen, als ich ins Zimmer platze, also verpiß ich mich gleich wieder.

Doch kein Familiengeheimnis läßt sich auf Dauer unterm Deckel halten. Beatrix ist schwanger, wissen wir bald alle, will den Namen des Vaters aber nicht nennen. Kennt sie ihn überhaupt? Trotzdem gerate ich in Panik. Was ist, wenn sie sich bei der Riesenauswahl einfach denjenigen herauspickt, der blöd genug ist, sich ihren Bastard aufhalsen zu lassen? Fast fange ich wieder an zu beten, daß ihr unser Ausflug in den Fickkeller dann doch zu peinlich ist. Jedenfalls höre ich nichts mehr von ihr. Und als ich sie später mal mit einem Kinderwagen in der Osterstraße sehe, gucken wir starr aneinander vorbei. Dabei hätte ich ihren unehelichen Balg gern mal auf den Arm genommen.

Es hätte mich nicht gewundert, wenn ich heute nacht in Udos Zimmer, in Udos Bett von Udo geträumt hätte. Stattdessen finde ich mich schlittschuhlaufend auf einem zugefrorenen

See vor. Im Gegensatz zu Udo, der ja sein halbes Leben auf Kufen verbracht hat, war ich immer nur ein schlechter Läufer. Ich gleite ziemlich plump über die spiegelglatte Oberfläche, sehe sogar den Grund, ganz nah und doch unerreichbar. Einmal habe ich mir auf dem Eis des Aasees meinen Arm gebrochen. Ein offener Bruch. Die zersplitterten Enden von Elle und Speiche hatten die Haut durchstoßen. Dann wurden sie auch noch übel zusammengeflickt, so daß Dr. Schäfer, unser Hauschirurg und -metzger, sie eigenhändig noch mal brechen mußte. Will mir gar nicht vorstellen, wie er das gemacht hat, mit aller Kraft, Schweiß auf der Stirn, bis er die gerade zusammengewachsenen Knochen bersten hört. Hätte Mudder nicht auf eine Vollnarkose bestanden, hätte er sein Knochenbrecherhandwerk glatt nur ambulant und unter örtlicher Betäubung ausgeübt.

Auf dem Nachttisch liegt ein angefangenes Taschenbuch, das Lesezeichen, eine Kinokarte, irgendwo in der Mitte, Bölls *Ansichten eines Clowns*. Der Titel klingt nicht schlecht. Werde Udos-Mama fragen, ob ich es mitnehmen und unterwegs zu Ende lesen darf. Es war wohl doch keine so gute Idee, einfach unangemeldet hierherzukommen. Werde gleich morgen weitertippeln.

In Montabaur, meinte doch so ein Typ in der Iserlohner Bude, könne man, wenn man sonst nichts fände, einfach auf die nächste Polizeiwache stiefeln und nach einem Übernachtungsschein fragen. Der sei zwar für Tippelbrüder und Landstreicher, aber das seien wir wandernden Gesellen im Grunde ja auch.

Der Bulle hinterm Diensttresen will doch tatsächlich meine Padde sehen. Nun ist darin aber wirklich so was von Ebbe, und ich bekomme meinen Schein ohne weiteren Striptease. Er schickt mich zum Gasthaus Zur Sonne, bin gespannt, was für eine Art Absteige das ist. Könnte ja durchaus ein Obdachlosenasyl sein, dann würde ich aber schnurstracks kehrtmachen und lieber im nächsten Heuschober Platte reißen. Nichts da, unten finde ich eine zünftige Kneipe, und die Wirtin, eine dicke liebe Herbergsmudder, nimmt mich gleich unter ihre Fittiche. Daß ich nur mit einem Übernachtungsschein antanze, stört sie nicht weiter, bin ja auch fix in Kluft. Und kaum sitz ich am Tresen, bin ich schon von anderen Gästen umringt, die natürlich wissen wollen, woher und wohin und warum in dieser Aufmachung. Mit jeder neuen Erklärung wird mir kräftig nachgeschenkt, und es wird dann doch noch ein ziemlich lustiger Abend. Am Schluß fangen wir alle sogar noch an zu schallern. Das letzte Mal im Chor gesungen hätten sie auf irgendeinem Schulausflug, und das ist bei den meisten meiner Zechkumpane nun wirklich schon lange her. Aber davon wird das Bier nicht schal, und der Oberzecher, ein Deutschpauker an der hiesigen Hauptschule, schreibt mir in mein Wanderbuch: Herbes Bier, wilder Wein, süßer kann kein Abend sein! Nun, passiert ihm wahrscheinlich nicht so oft, daß er seinen Arm um so einen hübschen Burschen wie mich legen darf. Und hätte die gute Herbergsmudder nicht ein wachsames Auge auf ihren Schützling gehabt, wär es dabei womöglich nicht geblieben.

Es wird schon fast wieder hell, als ich endlich in die Falle komme. Bei Böll lese ich, ein Clown, der ins Saufen gerate, stürze rascher ab als ein beschickerter Dachdecker. Na, ich weiß nicht. Zumindest vom Dachdecken hat Böll keine Ahnung.

Immer noch pleite. Doch das Wetter hält sich, und ich versuche, mich völlig frei zu fühlen. Was nicht immer ganz gelingt, weil man ja doch hin und wieder was zwischen die Kiemen braucht und nicht immer im Freien pennen kann. Wenn ich spüre, daß trotzdem so eine Art Verlorenheit in mir aufsteigt, suche ich erst recht ein Plätzchen, auf dem ich mich für eine Weile hinhauen kann, laß mich von nichts und niemandem zu etwas drängen, vor allem nicht von irgendeinem dusseligen Gefühl, döse, faulenze oder mach mir, wie jetzt, ein paar Notizen. Ja, dieses Schreiben in mein Wanderbuch macht mir von allen Arten der sinnlosen Zeitverschwendung noch am meisten Spaß.

Auch Klaus war einige Jahre bei den Pfadfindern, bis er die Lust an den Sippenstunden und Schnitzeljagden verlor. Einen Sommer allerdings waren wir zusammen im selben Zeltlager, und zwar genau hier, im Westerwald, zumindest die Hälfte der Zeit, bis er eine Blinddarmentzündung bekam und den Rest der Ferien im Krankenhaus verbringen mußte. Ich glaube, ich habe ihn genausowenig vermißt wie Mechthild in Südtirol. Ich erinnere mich nur noch daran, daß wir einen rothaarigen Jungen aus der Sippe Bussard ziemlich gequält haben, bis seine Eltern ihn schließlich abholen kamen. Nachts haben wir ihm die Luft aus seiner Matratze gelassen oder ihn heimlich ins Freie getragen, wo er dann am Morgen von Mückenstichen übersät aufwachte. Mir fallen gar nicht mehr alle Grausamkeiten ein, die wir uns ausgedacht haben, ich war acht oder neun Jahre alt, da denkt man noch nicht wirklich darüber nach, was man dem anderen antut. Am Ende hat der Rotschopf mit seinem Fahrtenmesser auf Heribert, unseren Sippenführer, eingestochen. Glücklicherweise gab es nur ein paar harmlose Fleischwunden. Auch er war ja nicht viel älter als acht oder neun, ein Wölfling wie wir alle. Sonst hätte die Lagerleitung wohl anstatt der Eltern gleich die Polente alarmieren müssen.

Einmal haben Vadder und Mudder Klaus im Krankenhaus von Montabaur besucht. Im Lager haben sie sich aber nicht blicken lassen. Das wäre nun auch wirklich zu peinlich gewesen, denn welchen Eindruck macht es auf die Kameraden, wenn plötzlich irgendwelche Eltern in die Sippenkote platzen? Klaus ist dann am Tag unserer Heimreise entlassen worden. Unser Bus hat extra einen Umweg in die Stadt gemacht, um Klaus vom Krankenhaus abzuholen und mit zurück nach Wertherbruch zu nehmen. Er war der einzige der Truppe, der wohlgenährt und einigermaßen erholt aussah.

Da tippelst du gerade noch die Landstraße entlang und zerbrichst dir die Birne, wie kriegst du nun endlich was zu schaniegeln oder wo kommst du heute nacht unter, da hörst du plötzlich ein paar quietschende Reifen vor dir, als hättest du deine Sorgen gerade lauthals herausgeschrien. Das Cabrio setzt zurück, eine alte Dame mit einem Kopftuch beugt sich über den Beifahrersitz, fast so wie in einem dieser französischen Spielfilme mit Belmondo und einer jungen reichen Witwe, außer daß hier im Westerwald das Alter nicht ganz hinhaut und auch sonst der Himmel nicht so blau ist wie in Saint-Tropez. Diese schon ein wenig verwitterte Lollobrigida spricht mich also an: Sie sind doch ein wandernder Handwerker, junger Mann, nicht wahr?

Das bin ich, junge Frau, erwidere ich galant.

Und schon in Lohn und Brot für die nächsten Tage?

Nicht, daß ich wüßte. Wissen Sie's?

Ich hätte gern ein Carport neben der Garage. Aber in Bad Homburg ist bis ins nächste Jahr kein Handwerker aufzutreiben.

Sie hätten gerne was?

Ein Carport, also einen stabilen Unterstand für ein Auto, verstehen Sie? In meine Garage passen nur zwei Wagen. Und für eine weitere Garage muß man, ob Sie's glauben oder nicht, erst mal eine Baugenehmigung beantragen. Aber so ein Carport, das kann man sich einfach so in den Vorgarten setzen. Schaffen Sie das?

Mit links, junge Frau!

Na dann rein mit Ihnen!

Manchmal fährt dir das Glück regelrecht in die Hacken. Aber dann folgt wie das Amen in der Kirche natürlich gleich der nächste Dämpfer. Da ihre blöde Töle auf dem Beifahrersitz sich partout nicht nach hinten scheuchen läßt, muß ich mich mit meinen langen Kackstaaken auf den viel zu engen und zugigen Notsitz quetschen. Nothing is perfect!

Des Menschen bester Freund – daß ich nicht lache. Vielleicht für jene, die sonst keine Freunde haben! Schleppen sie sich ins Haus, statt es von ihnen bewachen zu lassen, diese verlausten Bettgefährten. Was sagt man dem Hausarzt, wenn ihm diese Gattung Filzläuse bei Menschen bisher noch nicht untergekommen ist? *Auch sind Menschen in den Höhlen, die sich mischen mit den Tölen*, stand doch schon in meinem

Schulbuch *Wort und Sinn*. Töle, die Vorliebe von uns Niederdeutschen für das Ö, Köter, Klöte, klönen, prötteln, nölen, dröppeln, beömmeln, Gedöns, das Ö spricht sich immer etwas träge, ölig, nimmt die Wut aus dem Wort, die Schärfe, den Vorwurf. Da ist das Ü ganz anders, der Prütt, der Tüntelkram, die Trantüte.

Eine Töle ist verdruckster als ein Kläffer oder Köter, eine Töle zieht den Schwanz ein, wenn's drauf ankommt (ich hätte strenger mit dem Mistvieh sein sollen!). Eine Töle lebt, anders als der Köter, nur ungern auf der Straße. Dann doch lieber die gelegentlichen Zudringlichkeiten eines vernarrten Herrchens.

Wir sitzen noch ein Stündchen auf ihrer Terrasse, süffeln ein Bierchen nach dem anderen weg, damit es nicht so auffällt, daß wir uns nichts zu sagen haben. Sie ist Bühnenverlegerin, was immer das sein mag. Eine laue Frühlingsnacht, in der man mehr säuft, als einem guttut, bis es ihr dann doch zu frisch wird. Doch kaum hat sie sich in ihre Gemächer zurückgezogen, taucht ein Jungdramatiker mit einer Flasche Cognac und zwei Gläsern unterm Arm im Garten auf, Bernard oder Marie oder beides, Franzose, und schon wieder fällt das Reden schwer, er spricht so wenig deutsch wie ich französisch. Er dreht einen Joint, und ich weiß nicht mehr, wie ich zu meiner Liege finde. Die Hausherrin hat für mich ein Nachtlager in der Gartenlaube herrichten lassen, in der ich für die Zeit der Bauarbeiten wohnen kann. Und sie ist wirklich gemütlicher, als man auf den ersten Blick denkt, so eingepfercht zwischen den Campingmöbeln, dem Rasenmäher und dem Rattengift. Warum wundere ich mich nicht, als der Jungdramatiker mir nachgeschlichen kommt. Ich könnte ihm mit dem Spaten oder der Hacke einen überbraten, aber ich bleibe ganz in der Trägheit meines Weggetretenseins, die Hose in den Kniekehlen, mein Pimmel wer weiß wo, in irgendeinem weichen Wohlbefinden.

Träume hanebüchenes Zeug. Träge schneien Staubflocken auf die Straße, das Profil der Reifen hinterläßt zwei Nähte. Vadder ist genauso verrückt über den Asphalt gebrettert. Die Schneidezähne des Jesuskindes stehen ganz schief, und die Töle neben der Krippe ist fleckig wie eine münsterländische Kuh. Wir nennen sie Heiner.

Eine Weile war Heiner mein bester Freund. Er geht mit mir in die Kiesgrube, löst die Bremsen einer Lore, doch das Scheißding bewegt sich nicht. Wir bewerfen sie mit Kieseln, und Heiner grölt zu jedem Pling.

Auf dem Nachhauseweg bleibt er am Rand des Ackers stehen und brüllt Elias. Dann stapft er querfeldein über den feuchten schwarzen Modder, und ich, schon genauso ein Idiot wie er, ihm hinterdrein. Der Dreck pappt an den Sandalen, bis sie wie Hufe aussehen.

Er zeigt mir den Unterstand, den er sich ausgebuddelt hat. Es riecht darin nach Petroleum. Die Lampe rußt, und ich bekomme kaum Luft. Heiner schwenkt die Lampe wie ein Weihrauchfaß.

Er zeigt mir, wie man die Krusten von den Knien prockelt, ohne daß sie erneut zu bluten beginnen, oder wie man den Dreck von der Butterstulle pult, die man aus Versehen in die Asche aus der Eisengießerei fallen gelassen hat. Heiner läßt ständig etwas fallen. Obwohl er schon lange kein Kind mehr ist, hat er keinen Bart. Ich glaube nicht, daß er sich rasieren muß.

Sein Allheilmittel für jede Art von Wunde sind Rotz und Pisse, Rotz bei Brandwunden und Pisse bei Brennesselblasen. Manchmal, glaube ich, schubst er mich absichtlich in die Brennesselrabatten, nur damit er mich anpissen kann. Aber ich muß zugeben, daß sein Heilmittel wirklich hilft.

Heimlich klettern wir auf die alte Eisenbahnbrücke, die man schon lange nicht mehr betreten darf. Aber Heiner tut so, als könne er nicht lesen. Vielleicht kann er es tatsächlich nicht. Wir springen über die Spalten und Risse zwischen den vermoderten Holzplanken hinweg bis zur Mitte und warten bis auf die nächste Lokomotive, um uns von ihr in Rauch hüllen zu lassen und in ihren Schornstein zu rotzen.

Er überredet mich, aus Papenkorts Garten einen Eimer überreifer Pfirsiche zu klauen. Unsere Gesichter sind voller Saft, und er zeigt mir, wie die Tiere sich gegenseitig wieder sauber schlecken.

Ich schenke Heiner einen alten Kaffeewärmer für seinen Unterstand und eine Blumenvase aus Messing. Man kann die ganze Welt in ihr gespiegelt sehen, und sie ist so kalt, daß sie beschlägt, wenn man sie anhaucht. Ich erzähle Heiner, daß ein Geist darin haust. Der Geist der Vase trägt schwarze Handschuhe und das lange schwarze Haar hochgesteckt wie bei Oma-Menden. Heiner glaubt mir alles, was ich ihm erzähle.

Dann ist Heiner plötzlich verschwunden. Ein Förster oder vielmehr die Töle des Forsters findet Heiner erst Monate später in seinem Unterstand, der wohl über ihm zusammengebrochen ist. Aber da habe ich Heiner fast schon vergessen.

Ich wache mit einem tierischen Durst auf. Es ist noch dunkel und ziemlich kalt draußen, die Terrassentür steht offen, ich stehle mich hinein, schleiche bis zur Küche und hol mir noch ein Bier aus dem Kühlschrank, um den ekelhaften Cognacgeschmack auf meiner Zunge loszuwerden.

Dann geht plötzlich das Licht an, und mein Boß steht, nur mit einem hauchdünnen Morgenmantel bekleidet, in der Tür. Sie sagt etwas auf Französisch, ich denke mal: Auch Durst gehabt? oder Hast du noch ein Pülleken für mich? Ich nicke und reiche ihr eine Flasche. Sie starrt das Bier an, als frage sie sich, wie es in ihren Kühlschrank gekommen ist. Vielleicht weiß sie auch nur gerade nicht, wo der Flaschenöffner steckt. Ich will nicht unhöflich sein, nehm ihr die Flasche aus der Hand und öffne sie mal eben mit den Zähnen. Klar, daß man das in ihrem Alter nicht mehr macht. Dann setze ich mich an den Tisch, um ihr Gesellschaft zu leisten, falls sie ihr Bierchen nicht alleine zischeln will. Inzwischen dämmert es, jetzt ist es ohnehin zu spät, sich noch mal hinzuhauen. Sie setzt das Bier ab, kramt in einigen Schubladen, bis sie Fluppen findet. Dann füllt sie eine dieser italienischen Espressokannen zum Zusammenschrauben, wie es sie auch in Pilles Küche gab, mit Wasser und Kaffeepulver und setzt sie auf den Herd. Auf den benachbarten Brenner knallt sie eine Pfanne, gießt Öl hinein und bereitet aus Mehl und Wasser und was weiß ich einen Teig zu, den sie in die Pfanne gießt. Das omletteartige Ergebnis nennt sie Krepp, und so schmeckt es auch. Das ganze Haus riecht inzwischen nach Kaffee, Krepp und Kippen. Ich würde das nicht gerade ein deftiges Frühstück nennen, aber für eine ältere Dame mag es bis zum Mittag reichen. Nun aber an die Arbeit, fordert sie mich auf, drückt ihre Zigarette aus und mir einen Einkaufszettel für den Baumarkt in die Hand.

Wer bekommt das Knäppchen? Wir sind nur dahinter her, wenn das Brot frisch ist. Das letzte Knäppchen hingegen, das gegessen werden muß, ehe ein neues Brot angeschnitten werden darf, ist der Schwarze Peter, den niemand will. Knäppchen, noch so ein merkwürdiges Kinderwort, über das man zu stolpern beginnt, wenn man länger darüber nachdenkt. Was war denn knapp am Brotanfang oder -ende? Und wie heißt es überhaupt, wenn man die Verkleinerung weglässt: der oder das Knapp?

Man kann das Anfangsknäppchen durchaus dick absäbeln,

so daß man es für ein halbes Brötchen halten kann. Der Unterschied zum Endknäppchen liegt vor allem in der Kruste, die am Ende zäh und pappig ist.

Normalerweise reklamiert Mudder das Knäppchen für sich, selbst beim Endknäppchen tut sie so, als wäre das vertrocknete Biest noch genauso lecker wie das frische Anfangsknäppchen. Doch hätte Mudder es nicht genommen, hätte einer von uns sich opfern müssen. Solange es noch unberührt im Brotkorb liegt, bleibt der frische Laib in der Brotklappe liegen. Brot wird niemals weggeworfen, mag es auch bereits knüppelhart oder angeschimmelt sein. Doch jedes Jahr eine neue Karre, auch wenn an der alten gar nichts auszusetzen ist. Aber es muß einfach das neueste Modell sein.

Nein, nicht jeder hat sein Päckchen zu tragen. Hilf dir selbst, dann brauchst du keinen Gott. Manchen gibt's der Herr im Schlaf. Mir nicht. Der Carport ist fertig. Viel geackert, kaum geschrieben. Dabei ist mir so einiges durch den Kopf gegangen. Not lernt kochen. Ein reines Gewissen macht noch keinen Sommer. Manch gebranntes Kind wird zum Brandstifter. Doch such erst mal unter den Feuerwehrleuten! Wer jedes Maultier streichelt, darf sich über die Fußtritte nicht wundern. Ende gut und trotzdem tot.

War das nun eine gute Zeit hier, in Bad Homburg? Jedenfalls hatte ich ein Dach über dem Kopf und mußte nicht hungern. Und die Reisekasse ist nun auch ganz gut gefüllt. Die Bühnenverlegerin hat sich nicht lumpen lassen.

Zuerst rufe ich bei Frau Pilischewski an, aber klar, Pille hat natürlich Besseres zu tun als bei Muttern abzuhängen und auf meinen Anruf zu warten. Dann telefoniere ich mit der Teutonenstraße. Vadder ist am Apparat. Hat irgendeinen Blödsinn in der Glotze gesehen, und nun muß ich ihm versprechen, keine

Drogen zu nehmen. Darunter versteht er alles außer Kippen und Bier. Kippen und Bier gehören für ihn zum Mannsein wie Pimmel und Klöten. Ich schwöre, versichere ich ihm, ich faß nichts anderes an! Dann fragt er noch, ob ich Geld brauche. Nein, sage ich, hab gerade einen ganzen Sack Moneten verdient. Außerdem widerspricht es den Regeln der Walz, die eigenen Alten anzupumpen. Lieber frißt man den letzten Dreck aus der Mülltonne und pennt auf dem Bahnhofsklo.

Auf dem Telefontischchen liegt die *Rundschau.* Homolulu, prangt auf der ersten Seite. Dann folgt ein Vorausbericht über ein Homofestival in Frankfurt. Ist ja nur zwanzig Kilometer von hier, geht mir durch den Kopf, und eine Sekunde später: Hey, bist du bescheuert? Was hast du da zu suchen, Gabi? Nun, hier ist alles erledigt. Und Sex, denk ich, fällt nicht unter Drogen, oder? Ich nehme es halt ernst mit meinen Schwüren.

Die Bühnenverlegerin hat gerötete Augen, als sie sich von mir verabschiedet. Nicht meinetwegen, da bin ich mir sicher. Aber daß das mit dem Jungdramatiker nicht gutgehen konnte, hätte ich ihr gleich sagen können. Ich glaub, sie merkt gar nicht, welche Summe sie mir da in die Hand drückt. Aber ihr neuer Carport ist auch wirklich schön geworden.

Sie bringt mich noch zum Bahnhof. In Bad Homburg wohnen keine Leute, die Tramper mitnehmen. Mit Ausnahme meiner Cabriofahrerin vielleicht, aber selbst sie war ja auch schon fast an mir vorbeigeprescht. Hätte sie auch angehalten, wenn sie nicht gerade dringend einen Handwerker gebraucht hätte?

Homolulu – wer hat sich nur diesen Namen für eine doch durchaus ernsthafte Angelegenheit ausgedacht? Will man Leute wie mich damit abschrecken? Reicht es nicht, von anderen als Homo beschimpft zu werden? Während ich mich zum Campus der Frankfurter Uni durchfrage, muß ich an Dietrich Hinrichsmeyer denken, der mich mal in der Zehn-Uhr-Pause aufs Schulklo gelockt und mir einen geblasen hat. Kurz bevor ich kam, hab ich ihm meinen Dödel aus dem Rachen gezogen, als könne der arme Dietrich von meiner Lülle schwanger werden. Aber so macht man das halt, haben wir auf dem Pausenhof gelernt. Damit waren natürlich nur die Mädels gemeint, ohne daß man das extra sagen mußte. So also habe ich Dietrich meinen warmen Rotz voll auf seinen schwarzen Rollkragenpulli geschlabbert. Doch statt die Wichse schleunigst auszuwaschen, hat er sie einfach trocknen lassen und ist bis zum Schulschluß mit dem grauen Krustenbild auf seiner Brust in der Klasse sitzen geblieben.

Natürlich ließ der unausweichliche Spott nicht lange auf sich warten: Hey, wer hat dir denn aufs Hemd gewichst? Keiner konnte sich auch nur im Traum vorstellen, daß er damit tatsächlich ins Schwarze getroffen hatte. Dietrich, das muß ich inzwischen neidlos anerkennen, hat sich absolut cool verhalten: Ja, das wüßtet ihr wohl gerne, was? Aber glaubt nicht, daß ich ihn mit euch haarlosen Schwänzen teile!

Trotzdem, was mach ich hier? Verkriechen sich warme Brüder nicht normalerweise in dunkle Kellerbars mit einer Klingel am unbeleuchteten Eingang und einem Türschild mit der Aufschrift *Privater Herrenclub* oder in stinkende Pissoirs, wo neben einem schnellen anonymen Fick immer auch Prügel oder Razzien drohen? Und jetzt treffen sie sich plötzlich in aller Öffentlichkeit? Typen in Latzhosen, mit hennarotem Haar und einer Schleppe von Patschuli, sicher, Pille würde sich unter ihnen wohlfühlen, doch gehöre ich hierher? Die meisten sind Studenten. Doch wo sind die Friseure, die Balletttänzer, die Krankenpfleger, die Automechaniker, die Installateure und Dachdecker? Ziehe mit meiner Gesellenkluft nicht wenig Aufmerksamkeit auf mich. Handwerksburschen scheinen offenkundig jedermanns Schätzchen. Um ein Bett für heute nacht muß ich mir jedenfalls keine Sorgen machen. Leider erinnert hier niemand an die Jungs, die in meinen Träumen ein- und ausgegangen sind. Allerdings, wer von ihnen ist je geblieben? Infostände statt Pornoecken, Diskussionsveranstaltungen statt Sexorgien. Ich will ja nicht mosern, aber ich bin enttäuscht. Das ist sicher alles ziemlich ehrenwert und mutig, aber nicht richtig homo, von lulu ganz zu schweigen.

Und während ich so zwischen Büchertischen, Stickern und Manifesten herumlatsche, trifft mich plötzlich ein Blick, in dem ich denselben Frust lese: Wo ist denn hier das Abenteuer, die Lust, der dreckige Sex? Und schon spazieren wir zusammen weiter, Alexander und ich. Und würden wir uns nicht so sehr in unseren Rollen als mürrische Kritiker gefallen, würden wir uns wohl an die Hand genommen haben. Aber das ist eben das Kreuz mit der ewigen Obercoolness: Man steht sich selbst im Weg. Anstatt sich mal wirklich gehen zu lassen und das Undenkbare zu tun, verhält man sich ständig so, als hätte man das gar nicht nötig, ja als sei es reine Gefälligkeit, daß man den anderen so weit an sich herangelassen hat. Obwohl wir uns doch schon längst erkannt haben, ziehen wir noch eine ganze

Weile unsere abweisendsten Fläppen und geben vor, in Wirklichkeit gehörten wir hier gar nicht her und dazu. Und warum das alles? Weil es ja auch mal schiefgehen, weil man ja auch mal an den Falschen geraten könnte. Aber was soll denn schon passieren, außer daß man gelegentlich die Fresse poliert bekommt? Wenn man sich nicht traut, die Maske des harten Kerls hin und wieder fallen zu lassen, steht man am Ende ganz alleine da.

Es kann kein Zufall sein, daß er denselben Namen trägt wie mein Zimmergenosse in Südtirol, wo irgendwie alles begann. Männertöter, erklärt er mir, Alexander heiße Männertöter. Wenn das nicht mal wie die Faust aufs Auge paßt!

Eigentlich sollte ich wohl schockiert sein, als ein splitternackter Zwerg uns die Tür öffnet, Alexanders Bekannter aus der WG im Sandweg, Wilfried, der Sozialarbeiter. Obwohl er nur wenige Jahre älter ist als wir, wirkt alles an ihm feist und gedrungen, selbst die Teile, die man eigentlich nicht sehen will. Wie hätten der Postbote oder die Hauswartsfrau reagiert, wenn sie es gewesen wären, die geklingelt hätten? Er hat ja nicht wissen können, daß wir auf der Matte stehen. Haben uns nicht extra angemeldet. Aber ich merk schon, Fragen eines Pflänzchens aus der Provinz. Das ist Frankfurt, sage ich mir, und denke nicht weiter über diesen Gollum nach. Man ruiniert sich ja glatt noch den Verstand, wenn man zuviel nachgrübelt.

So wenig ich ihn für seine Dreistigkeit bewundere, so sehr schätz ich doch die Lässigkeit, mit der er unseren unangekündigten Besuch quittiert. Alexander muß ihm nichts erklären, ist wahrscheinlich nicht das erste Mal, daß er einen Unbekannten hierher zu einem Schäferstündchen anschleppt. Er selbst wohnt noch bei den Eltern. Fühlt euch wie zu Hause, sagt Wilfried, ganz der Sozialarbeiter, und sucht euch irgendein freies Zimmer. Außer das von Carsten, der mit den vielen Büchern. Der schätzt die fremden Schamhaare auf seinem Laken nicht so.

Alexander nickt, scheint sich hier ganz gut auszukennen. Hast du mal was gehabt mit diesem Wilfried oder mit Carsten, frage ich ihn, als wir endlich alleine sind.

Ich hatte schon mit allen was im Sandweg. Bis auf die Frauen.

Spitze. So hab ich mir mein erstes Mal vorgestellt. Die Klowichsereien zählen nicht. Das war kein Sex, das war Herumgedruckse. Was Pille wohl dazu sagen würde? Morgen schick ich ihm eine Karte, aus Homolulu, Bockenheim.

Eigentlich finde ich es ganz in Ordnung, daß meine Entjungferung so unromantisch abläuft. Alexander ist nicht nur ein hübscher Kerl, sondern auch noch ein erfahrenes Luder, er läßt erst gar keine Verlegenheit aufkommen. Will mir gar nicht vorstellen, wie verklemmt es zwischen zwei Neulingen ablaufen kann. Keiner weiß so richtig, wie es zwei Männer miteinander treiben. Woher auch? Wo hätte man darüber irgendetwas lesen können? Welcher Film hätte es gezeigt? Stattdessen muss man sich bis zum Erbrechen die verschiedenen Stellungen zwischen Männern und Frauen reinziehen. Jahrelang war es so, als gäbe es überhaupt keinen anderen, der so empfindet wie man selbst, und es sah ganz so aus, als hätte man nichts anderes als ein total einsames Leben vor sich, ja wahrscheinlich auch nichts anderes verdient. Keine Ahnung, ob man sich von dieser Scheiße je freimachen kann.

Mit Alexander läuft es immerhin ziemlich gut. Es gibt keine Stelle an meinem Körper, die er nicht mit einer gewissen brutalen Neugier erkundet. Und nachdem er es mir so vorgemacht hat, laß auch ich jede Scheu fallen und benutze ebenfalls nicht nur meine Hände für alle denkbaren und undenkbaren Erkundungsgänge. Das kommt dem, was ich im Grunde seit der Erstkommunion ersehnt habe, schon ziemlich nahe. Es macht Spaß, es ist geil, es tut weh, es macht mich glücklich. Nichts an dem, was Alex mir beibringt, stößt mich ab, auch wenn womöglich irgendwas fehlt, von dem ich noch nicht recht weiß, was es sein könnte.

Aber ich habe ja noch ein Leben lang Zeit, das herauszufinden. Für den Augenblick, denke ich, ist es gut, daß ich hier bin, daß es Alex ist und daß ich mit dem, was hier geschieht, durchaus glücklich werden könnte. Das schien mir bisher ja eher unwahrscheinlich, wo doch alle schwulen Geschichten, von denen ich gehört hatte, im Selbstmord, im Knast oder in der Gaskammer endeten.

Als hätte ich meine Gedanken laut ausgesprochen, bemerkt Alex leichthin: Übrigens machst du dich gerade strafbar.

Strafbar? Wieso das denn? Ich bin doch nicht der erste, mit dem du fickst.

Aber ich bin erst siebzehn, und du bist schon neunzehn.

Ach, du heiliger Bimbam! Kommen wir wenigstens in dieselbe Zelle?

Ich komme allenfalls in ein Erziehungsheim.

Da wirst du dann alles das beigebracht bekommen, was dir bisher erspart geblieben ist.

Wie dir im Knast!

Und jetzt? Willst du mich anzeigen?

Du hättest einfach nur ein Jahr auf mich warten müssen. Das tut man doch, wenn man einander wirklich liebt.

Jesusmaria, so wird man also zur Beute von Erpressern.

Versprich mir, noch eine Nacht zu bleiben, dann erspar ich dir vielleicht das Lebenslänglich.

Kein Problem. Werde nirgendwo erwartet.

Kann's noch immer nicht glauben, daß ich dein erster bin? Wie hält man das neunzehn Jahre lang aus?

Das willst du gar nicht wissen.

Homolülle, das klingt schon ein wenig mehr nach Sex und Geilheit, da ist endlich was ins Rinnen, Laufen, Spritzen gekommen, auch wenn keine Sau versteht, wieso sich alles um dieses Teelöffelchen Rotz drehen kann. Aber was wären wir ohne Lülle? Nicht nur irgendeine ausgetrocknete Rinde, ein rauher Bimsstein oder eine Rolle Schmirgelpapier, wir wären gar nicht, zumindest nichts Lebendiges. Man stelle sich die Liebe ohne Lülle vor, furztrocken, wundgescheuert, festgefressen. Einiges, was Vadder und Mudder mir an Lülle verweigert haben, gaben mir Tanten und Omas um so freigiebiger. Ach, wie haben wir uns gegenseitig vollgelüllt! Und wie peinlich das Vadder immer war! Was würde er erst zu der Lülleorgie hier im Sandweg sagen!

Lülle heißt auch ein Dorf auf der estnischen Insel Saaremaa. Es hat sechzehn Einwohner. Woher ich das weiß? Lülle hat mich schon seit Kindergartentagen interessiert. Eigentlich ist es ja auch ein Kindergartenwort. In der Grundschule hieß es Spucke oder Rotz, in der Oberschule kommt dann die Wichse dazu. Aber Lülle klingt einfach liebevoller als Wichse. Jemanden vollzulüllen ist etwas völlig anderes als ihn anzurotzen oder vollzusabbern. Lülle möchte man gerne teilen, allein der Klang lüllt einen doch schon ein. Und wer würde nicht gerne in Lülle auf der Insel Saaremaa leben? In Kleine-Omas Kammer gab es noch einen Lüllpott unterm Bett. Der Weg vom Dachboden bis zum Hof war für die gebrechliche alte Dame des Nachts einfach zu weit. Und Lülle nannte Opa den Pfeifensud, der sich während des Rauchens im Mundstück ansammelte. Bevor die nächste Pfeife gestopft wurde, hat er sie einfach herausgeblasen, zu Omas ständigem Verdruß. Aber was nützt der ganze Bohei. Wenn der Pfeifenraucher bläst, geht man ihm besser aus dem Weg. Was aber wäre im menschlichen Verkehr nicht schon gewonnen, wenn man statt Fick mich! oder Spritz mich voll! einander einfach zuraunen würde: Lüll mich ein! oder Laß mich deine Lülle sein!

Am Frühstückstisch sitzt bereits Carsten, der ominöse Feind fremden Schamhaars. Dabei ist er gar nicht mal so viele Jahre älter als ich. Blond, blaß, schmächtig, ganz der Bücherrattenmensch. Er mustert uns wie Störenfriede, die wir in der Tat ja auch sind. Wie nörgelig würde ich denn, wenn jeden zweiten Morgen irgendwelche fremden Typen nach den Kaffeefiltern oder dem Toaster fragen, und das zu einer Zeit, wo man noch gar nicht ganz wach und einem die eigene Gegenwart schon fast zuviel ist. Um wieviel weniger will man sich mit jungen, bettwarmen Spunden abgeben, die noch ganz unverschämt nach Sex riechen?

Aber in Carstens Blick liegt auch eine gewisse Sympathie, das merke ich gleich, vielleicht weil wir zu dieser Stunde ebenso maulfaul sind wie er und lieber alle Schranktüren und Schubladen aufreißen, ohne auch nur einmal den Mund aufzukriegen oder selbst überhaupt zu wissen, was wir hier gerade suchen, Butter, Teebeutel, Eierbecher, was weiß ich.

Kölsch findet ihr im Kühlschrank! bequemt sich Carsten endlich. Meint er das ernst? Hier, wo nackte Hobbits den Besuchern die Tür öffnen, kann ja alles möglich sein. Warum den Tag nicht mit einem Bier oder Joint beginnen. Nicht, daß mir das fremd wäre. Tschuldige, daß wir hier so unangemeldet reinplatzen. Ich bin Gabi, ein Freund von Alex.

Zimmermann?

Dachdecker.

Das ist ja mal eine angenehme Abwechslung. Mußt dich nicht entschuldigen. Hatte schon illustere Gäste hier am Frühstückstisch.

Es stellt sich heraus, daß Carsten Filmkritiker ist. Warum hat mir das keiner gesagt? Ich kann nicht anders, als ein wenig anzugeben, und erzähle ihm von *Ernesto* und *Maria Braun*, lobe den einen und lasse ein paar kritische Sätze über diesen Fassbinder fallen. Carsten hört mir lächelnd zu, während Alex sich offenbar aus unserem Gespräch unter Kennern ausgeschlossen fühlt. Komm, laß uns irgendwo frühstücken gehen, unterbricht er mein Geschwafel.

In Ordnung, wenn du bezahlst.

Geht das jetzt immer so?

Ja, gewöhn dich dran. So sind nun mal die Regeln auf der Walz.

Der beste Weg, Freundschaften zu verhindern, ist, in den möglichen Freunden Neid aufeinander zu wecken.

Kommt ihr heute abend wieder, fragt Carsten.

Dürfen wir?

Wenn du mir dann Gelegenheit gibst, meine Ansichten zu Fassbinder zu äußern, gerne.

Klingt fair.

Vielleicht kommt auch Fassbinder selbst.

Als August mir eines Nachmittags einen Songtext vorliest, den er sich selbst ausgedacht hat, bin ich sofort vom Neid angefressen. In den kommenden Tagen versuche ich, ihn mit meinem ersten genialen Gedicht zu übertrumpfen. Habe ich für meine Rilke-Interpretation nicht eine Eins bekommen? Das, was August kann, kann ich schon lange. Sicher hat er seine schnulzigen Verse aus irgendwelchen anderen Songs geklaut, er hat ja einen ganzen Schrank voller Schallplatten, während es im ganzen Haus der Dunkers nicht mal einen Plattenspieler gibt.

Ich will, daß mein Gedicht sich reimt, das geht natürlich auf Kosten des Sinns. Hauptsache, es klingt irgendwie traurig. Da muß man nicht jedes Wort verstehen.

Jetzt denke ich, gut, daß ich mit dem Dichten gleich danach wieder aufgehört habe. Kann mich an den genauen Wortlaut nicht mehr erinnern, aber es war natürlich Prütt. Den Prütt häft graade dat Geld kost. Nur nichts verschwenden! Mit Seife vermischt ergibt Prütt eine wunderbare Paste für die verdreckten Hände oder Füße. Oma jubelt ihn, zusammen mit Eierschalen, ihren Topfpflanzen unter, und tatsächlich gedeihen ihre Begonien und Zimmerlinden ersichtlich besser als Mudders unansehnliche Alpenveilchen. Außerdem hilft Prütt gegen Trauermücken und Ameisen, schwört Oma. Hat sie heimlich meine Verse gelesen? Ganze Völker habe sie schon mit ihrem Kaffeesatz ausgerottet. Und als sei das alles noch nicht genug, den Nutzen dieser schalen, ausgelaugten Reste zu preisen, liest sie, auch wenn sie es nie zugeben würde, die Zukunft daraus. Manchmal sehe ich das Entsetzen in ihrem Gesicht, wenn sie bis auf den Grund ihres Blümchenkaffees vorgedrungen ist, und ganz selten mal so etwas wie Freude oder wenigstens eine stille Erwartung. Aber da, wo am Kaffeepulver gespart wird, gibt auch der Kaffeesatz nicht viel her. Und trotz aller vielfältigen Weiter- und Wiederverwertung bleibt Prütt im Grunde Abfall. So heißt unter den Alten in Wertherbruch das Gesindel oder Pack noch immer das Prüttvolk, so nannte Oma auch die polnischen Zwangsarbeiter in der benachbarten Eisengießerei. Und sähe sie mich hier im Café Mozart mit meinem mürrischen Bettgenossen, würde sie auch mich zweifellos für Prütt halten.

Hast du eigentlich keine anderen Klamotten?

Wir dürfen nur das, was wir am Körper tragen können, mit uns auf die Wanderschaft nehmen.

Kein Wunder also, daß dein Anzug ziemlich müffelt. Was machst du, wenn du deine Klamotten mal waschen mußt? Sitzt du dann nackt im Waschsalon und wartest, bis die Sachen wieder trocken sind?

So ähnlich, ja.

Jetzt bin ich doch ein wenig eingeschnappt. Wie alle armen Leute halte ich meine Kleidung sauber und die Schuhe geputzt, wasche mich, so oft es geht, rasiere mich mindestens einmal in der Woche, mehr ist noch nicht nötig, um einigermaßen gepflegt auszusehen, und versuche, möglichst wenig zu müffeln. Wenn ich glaube, meine Nase hat sich schon zu sehr an den Gestank gewöhnt, frage ich einfach andere Leute, Passanten, Verkäuferinnen oder Autofahrer, die mich am Straßenrand auflesen, und bitte sie um eine ehrliche Antwort. Was aber Alex' blöde Frage angeht, so kam mein Anzug in Bad Homburg noch in die Waschmaschine, und gestern abend erst habe ich das letzte Mal geduscht. So empfindlich war sein Riechorgan doch heute nacht nicht.

So auffällig die Kluft auch ist, bin ich doch glücklich, daß ich sie tragen darf. Sie ist wie eine Uniform, irgendwie schützt sie mich. Was sähen die Leute sonst? Zwei junge Männer mit glänzenden Augen, die man fast für ein Paar halten könnte.

Natürlich ist Fassbinder nicht aufgetaucht. Hatte wahrscheinlich Angst vor meiner vernichtenden Kritik. Nach dem, was ich so gehört habe, soll er nicht gerade ein umgänglicher Typ sein. Erst hätte er dir eine Rolle in seinem nächsten Film versprochen, sagt Alex, nur um dich ins Bett zu kriegen, dann hätte er dich mit einem Tripper oder Sackratten sitzenlassen und sich nie wieder gemeldet. Schöne neue Welt. Kennst du ihn?

Und ob! Fassbinder ist ein Monster, ein Vampir. Er saugt dir das Blut aus, frißt dich mit Haut und Haar.

Nun, das hätte ich zu gerne noch erlebt. Bin sicher, ich würde ihm ziemlich schwer im Magen liegen.

Ist der Ohrring echt?

Du meinst, aus Gold? Das hoff ich doch!

Ich hätte auch gern so einen Ring. Aber dann wüßte ja jeder Bescheid.

Daß du schwul bist? – Ich lache laut heraus: Für uns Gesellen hat der Ring eine völlig andere Bedeutung. Er zeigt an, daß wir auf der Walz sind. Und er stellt eine Art Notgroschen dar, falls es uns mal wirklich dreckig geht. In früheren Zeiten war es wohl auch eine Art Versicherung für ein anständiges Begräbnis, denn es kam ja nicht jeder Wandergeselle gesund und munter aus der Fremde zurück. Aber gut, daß du mich aufgeklärt hast. Nun überrascht mich das eine oder andere Mißverständnis nicht mehr.

Von Mißverständnis kann ja wohl keine Rede sein, sonst lägst du jetzt nicht hier.

Hätte mein Alter von dieser weiteren Bedeutung meines Ohrrings gewußt, hätte er ihn mir sofort herausgerissen.

Schade um deine hübschen Ohrläppchen. Dann wärst du jetzt ein Schlitzohr.

Das ist gar nicht witzig. Wird einem Gesellen der Ring herausgerissen, hat er auf Lebenszeit seine Ehre verloren, und keine ordentliche Zunft wird ihn mehr aufnehmen.

Kann ja durchaus noch dazu kommen. Irgendwann mußt du es deinem Alten ja mal sagen.

Einen Teufel werde ich. Zumindest, solange ich unter seinem Dach lebe. Wertherbruch ist nicht Frankfurt. – Hey, was machst du da?

Ich zupf nur ein wenig daran herum. Wie weich und empfindlich doch so ein Läppchen ist!

Ein Geselle meines Alten ist mit seinem Ring mal an einem Nagel hängen geblieben. Er hat es erst gemerkt, als ihm das Blut schon auf die Stahlkappen getropft ist. Der Schlitz im Ohr war auf jeden Fall schlimmer als der Schmerz. Außer bei meinem Vadder wäre er nirgendwo mehr untergekommen.

Langsam wird es mir zu bunt, außerdem meldet sich der Schmacht. Hab mir lang genug die Beine in den Bauch gestanden, schlag mich querfeldein, in Sichtweite lockt ein kleiner See oder Teich. Hab schon öfter, jetzt, wo es wieder warm ist, an einsamen Seeufern gebadet. Am morastigen Ufer stellt sich der verlockende See als ein eher trüber Tümpel heraus. Doch eh du dich verguckst, bin ich aus meinen verschwitzten Klamotten raus, arbeite mich durchs Schilf und paddle wie Jung-Siegfried im Drachenblut in der Entengrütze. Das Wasser ist pißwarm, die Seerosen nerven, es ist, als bade man in einer abgekühlten Hühnerbrühe. Aber nach einer Ewigkeit am staubigen Straßenrand hätte ich mich sogar in Salatsauce gestürzt.

Und als ich mich gerade so gehenlasse, faul wie eine Kaulquappe, den schlaffen Pimmel in den rauchigen Himmel gereckt, bricht sich ein anderes Geschöpf seinen Weg durch den Schilfgürtel und läßt mir gerade noch Zeit, mein bleiches Gemächt den Hechten auszuliefern.

Ein großes bleiches Mädchen im Evakostüm stapft durch den Schlick, und sobald die Entengrütze ihr krauses Haarschürzchen berührt, beginnt sie, mit kräftigen Zügen durch den Tümpel zu kraulen. Mich hat sie entweder nicht gesehen oder nicht weiter beachten wollen.

Mir wühlt diese Schwarzwaldwalküre allerdings zuviel Modder auf, also kämpfe ich mich zurück ans Ufer und laß meinen paradiesischen Leib in der Sonne trocknen. In der Zwischenzeit kritzle ich ein wenig in meinem Wanderbuch herum. Sollte vorsichtiger sein mit dem, was ich hier notiere, sonst wird aus dem Walzbericht noch ein Poesiealbum. Gibt es etwas Schwuleres als ein Poesiealbum? In meiner Klasse waren es ausschließlich Mädchen, die ein Poesiealbum hatten. Eine, Barbara, war tatsächlich mal so dreist, mich um einen Eintrag zu bitten. Schon die Frage hat mich in Verschiß gebracht.

Kaum habe ich meine Wanderkladde in den neuesten Stand versetzt, kommt das Mädchen angestakt, inzwischen wieder in züchtiger Kleidung, an ihrer Seite ein klobiges schwarzes Hollandrad. Du bist nicht von hier, oder? – Sie fragt nicht, sondern stellt fest. Diesmal tue ich so, als hätte ich sie nicht bemerkt und kaue nachdenklich auf meiner Kulikappe rum. Kann ich dich irgendwohin mitnehmen?

Nun schau ich doch auf. Ihre Fietse sieht durchaus stabil aus, doch auf dem Gepäckträger befindet sich ein Kindersitz.

Nicht hinten, vorne auf der Stange, sagt sie.

Hier gibt es ja nicht mal einen Trampelpfad, entgegne ich.

Fünfzig Meter von hier beginnt ein Feldweg.

Du fährst bis Freiburg?

Nicht ganz. Bis Bötzingen. Aber von dort fährt jede Stunde ein Bus.

Ich darf nicht mit dem Bus fahren.

Du kannst auch heute nacht in Bötzingen bleiben und morgen nach Freiburg zu Fuß gehen.

Okay. Warte, bis ich mich angezogen habe.

Meinetwegen kannst du auch so bleiben.

Nimmst du immer nackte Jungs auf deiner Stange mit?

Nur wenn sie vorher gebadet haben.

Mir gefällt dieses lässige Prötken mehr als das Mädchen selbst. Mein nur von zuviel Alk ein wenig ausgebeulter Luxuskörper scheint hingegen keinerlei Eindruck auf sie zu machen.

Sie heißt Gerburg. Und ich fühle mich schon bald ein wenig knülle, so an ihren starken Busen gelehnt und die harte Stange quer unter der Kunte.

Du bist Schwimmerin?

Baden-württembergische Landesmeisterin in Brust und Kraul.

Und bereits Mutter?

Der Kindersitz ist für meine kleine Schwester. Sie ist erst vier, aber schwimmt bereits wie eine Bisamratte.

Hübscher Vergleich. Du magst sie nicht?

Ich liebe sie. Aber sie kann einem auch ganz schön auf die Nerven fallen. So ist das wohl mit Geschwistern, oder?

Manche gehen einem auch nur auf die Nerven.

Den Rest des Nachmittags kickern wir in einem Jugendclub in Bötzingen. Gerburg bezahlt das Bier. Sie spielt besser als ich und gewinnt jedes Match. Wahrscheinlich hängt sie jeden Nachmittag hier ab. Schließlich sage ich ihr, ich würde gerne duschen und mir die Entengrütze aus der Matte spülen. Außerdem habe ich tierischen Schmacht. Bis auf ein paar Stichlinge hab ich heute noch nichts zwischen die Kiemen bekommen.

Vor dem kleinen adretten Häuschen steht ein Streifenwagen. Irgendwas passiert? frage ich.

Glaub nicht. Meine Freundin hat einfach nur Feierabend.

Deine Freundin?

Ja, sie ist auch Polizistin. Wir wohnen hier zusammen.

Mein zwanzigster Geburtstag. Inzwischen mehr als ein Jahr unterwegs. Zunächst verlier ich kein Wort darüber, warum auch, er wurde ohnehin nie beachtet, geschweige denn gefeiert. Meistens waren ja Ferien, die Kumpel waren verreist, zum Feiern wäre gar keiner dagewesen. Nicht, daß ich das bedaure. Es fällt mir nur so ein.

Aber dann platze ich doch damit heraus. Ist doch einfach zu deprimierend, wenn einem gar keiner gratuliert. Gerburg stellt gleich eine Kerze auf den Tisch und Claudia, ihre Freundin, stimmt ein Ständchen an. Claudia hat das fromme, verhärmte Gesicht einer Nonne, so ohne jeden Reiz, daß sie einem fast leid tun könnte. Das mag aber auch an ihrer Uniform liegen. Ich weiß ja, wie so eine Montur einen Menschen derart verändern kann, daß die eigene Mutter einen nicht wiedererkennt.

Vor noch gar nicht langer Zeit, da war ein Leben wie meins schon halb vorbei; ja, da wurden unsere Vorfahren kaum älter als dreißig, da waren Leute wie Jesus bei ihrer Kreuzigung schon alt.

Ich bewundere die Seegurke. Wenn sie in Gefahr ist, überläßt sie die eine Hälfte von sich ihren Angreifern zum Fraß, damit die andere Hälfte eine Chance zur Flucht hat. Die fehlende Hälfte wächst mit der Zeit wieder nach. – Blöd nur, wenn die abgebissene Hälfte gerade der Kopf war und einem erst mal nur die Beine bleiben.

Gerburg muß zum Training, und ich mach mich mal wieder auf die Socken, auch wenn es nicht eilt. Während der Lehrjahre hatte ich nie Zeit, dafür hat Vadder schon gesorgt. Jetzt habe ich unendlich viel Zeit. Darf man das wieder aufgeben?

Ich merke, ich hab ein wenig Fieber. Doch außer einem Gefühl von Schlappheit geht es mir prächtig. Vielleicht eine beginnende Erkältung. Womöglich war das Tümpelwasser noch nicht warm genug. Egal, so ein wenig erhöhte Temperatur bringt einen noch nicht um. Wenn man eine Krankenschwester zur Mutter hat, werden so läppische Dinge wie ein bißchen Fieber gar nicht erst zur Kenntnis genommen. Da muß man schon Lungenkrebs haben oder einen Hirntumor, daß Mudder sich mal Sorgen macht. Wie oft bin ich mit Keuchhusten und verrotzter Nase durch den Wertherbrucher Dauerregen zur Schule geradelt, und nicht mal ich selbst wäre auf die Idee gekommen, wegen solcher Malessen zu Haus zu bleiben.

Beim Fußballspielen habe ich mir einmal den großen Zeh gebrochen. Selbst den Sportunterricht habe ich weiter mitgemacht.

Andersens Märchen waren mir immer lieber als Grimms Märchen.

Was einem so alles durch den Kopf geht, unterwegs, allein. Dieses stumpfsinnige Gelatsche öffnet Tür und Tor für allerhand ungebetenen Kokolores. Das ist nicht immer angenehm, taucht doch der eine oder andere Kokolor aus finsteren Sümpfen auf, den man lieber nicht im eigenen Deetz zu Gast hat. Wat förn Buddekärl bullert mi toch in mien Kopp! Als Kind hab ich geglaubt, der Bullemann hause hinter unserem Kleiderschrank, nur eine Armlänge von meinem Kopfkissen entfernt. Nachts, wenn alle anderen fest schliefen, kam er rausgeschlichen, rumpelte und pumpelte und warf Blasen und versuchte, mir ins Haar zu fassen und mich in seine Höhle hinter dem Schrank zu zerren. Von seinem Aussehen wußte ich wenig, nur daß er dunkel wie die Nacht war und eine Art Kohlensack auf seiner nackten, haarigen Haut trug. Wer nicht artig war, den verschleppte er, wenn er dem ungezogenen Balg nicht gleich den Kopf abbiß. Ich kann mich an keine Nacht erinnern, in der er nicht plötzlich vor meinem Bett stand.

Schon Oma und Opa suchte er heim, schon ihnen wurde angedroht, wenn sie nicht gehorchten, würfe der Bullemann sie in seinen großen, brodelnden Kochtopf. Klar, daß sie auch ihre Kinder und Enkel vor ihm warnten. Und wenn jemand ausrastete und gar nicht mehr zu bändigen war, wie Vadder gelegentlich, so sagte Oma, da sei wohl der Bullemann in ihren Hermann gefahren.

Heute frage ich mich, wie dieser teuflische Kerl denn nur in dem engen Spalt zwischen Schrank und Wand Platz gefunden hat. Vielleicht reichte es bereits, daß in den Spalt kein Licht fiel, jede Schwärze ist ja eine Art grenzenloses Loch. Kein Wunder, daß man auch im düsteren Kartoffelkeller, auf dem Speicher oder im Klohäuschen plötzlich vom Bullemann überrascht werden konnte. Es mußte nur dunkel genug sein.

Hatte der Bullemann ein Gesicht? Wie soll man das im Dunkeln wissen? Manchmal glaubte ich, vertraute Züge zu entdecken, gelbe Hauer, scharfe schwarze Klauen, dann machte ich mir vor Angst fast in die Buchse. Doch nie habe ich geschrien. Das hätte den Bullemann nur noch mehr gereizt.

Wo ist die ganze Angst nun hin? Es macht mir schon lange nichts mehr aus, mitten in der Nacht durch einen dunklen Wald zu streifen oder sogar darin zu übernachten. Inzwischen denke ich, daß es eher das Helle, das Sichtbare ist, das mir Angst macht oder Angst machen sollte.

Fühle mich, als sei ich auf Knien nach Freiburg gerutscht, Katzenknien, oder Gänsekielen, heißt das so? Oder Ochsenflossen, Kälberklauen, ach egal, kilometerlange Leitplanken voller Initialen, Parolen, Graffiti; rostende Visitenkarten. Dann dieselben Vorortsiedlungen, Haltestellen, Schrottplätze und Schutthalden. Ruhe ein wenig in einer Kirche aus. In der Seitenkapelle ein barockes Gemälde, Jesus auf Golgatha, oder vielmehr das Bild eines Verbrechers am Galgen, vollkommen nackt, die zertrümmerten Beine, das beschnittene Glied. Er sieht älter aus als dreiunddreißig Jahre, kein Wunder, nach dieser Tortur. Trotzdem, wenn dieser elende Galgenstrick ohne Lendenschurz tatsächlich Gott wäre, würde ich vielleicht wieder an ihn glauben.

Yvonne ist nicht zu Hause. Also zuckel ich zu Johannes. Enges, dunkles, nach Pisse stinkendes Treppenhaus. Kennen wir uns? fragt er. Ich bin ein Freund von Pille, Said Pilischewski aus Berlin, antworte ich. Er hat mir deine Adresse gegeben.

Er bietet mir ein Bier an, meint, ich könne übers Wochenende bleiben. Aber keinen Tag länger. Er stecke gerade mitten in seiner Diplomarbeit.

Am Abend gehen wir zusammen raus, treffen Bekannte von ihm, alles Studenten. Aber sie reden nicht über die Uni, sondern über ihren Besuch in Amsterdam, über das Wohnen in einem Hausboot, wieviel Licht und Wasser Gras braucht und so ein Zeug.

Ich hätte mich besser gleich hinhauen sollen, denn das Fieber ist weiter gestiegen. Andererseits soll lauwarmes Bier ja ein guter Schweißtreiber sein.

Wirre Träume. Wolfgang, Gleisgelände, Messerwürfe. Wolfgang war ein älterer Nachbarsjunge. Auf dem Eisenbahngelände, hinten, jenseits der Kaiser-Wilhelm-Straße, spielten wir zwischen alten Lokschuppen und ausrangierten Güterwagen Cowboy und Indianer. Wolfgang war stets der Indianerhäuptling, der uns Trapper und Pelzjäger überfiel, gefangennahm und an den Marterpfahl band. Im Abstand von wenigen Metern warf er dann sein Fahrtenmesser auf uns und versuchte, es möglichst dicht an uns vorbeizischen zu lassen. Einmal ist die Klinge in einem von Klaus' Gummistiefeln steckengeblieben. Er hat es erst bemerkt, als ihm das Blut bereits aus dem Stiefelschaft sickerte.

Dann mußten Wolfgang und seine Eltern das Nachbarhaus verlassen und in die Donaustraße ziehen, dem Asi-Viertel von Wertherbruch, mit heruntergekommenen Werkshäusern und Sozialwohnungen, Spätaussiedlern und ledigen Müttern mit einem Stall voller Blagen. Wir haben dann einige Jahre nichts mehr von ihm gesehen oder gehört, bis er sich als Boss der Rosenbergbande einen gewissen Ruf erwarb. Lieblingsbeschäftigung der Gangmitglieder war, jüngere Schulkinder auf dem Nachhauseweg abzuziehen, von den Turnschuhen bis zum Taschenrechner oder der Kommunionuhr, nichts war vor ihren Wichsgriffeln sicher. Wir nahmen weite Umwege in Kauf, um ihnen nicht in die Hände zu fallen. Die meisten von ihnen hatten die Schule bereits abgebrochen und nichts anderes zu tun, als auf der Straße herumzulungern und uns Gören das Leben auch hier noch zur Hölle zu machen. Dabei reichte das geklaute Zeug gerade mal für die Tagesration an Fluppen und Sixpacks. Im Grunde waren das arme Schweine. Und natürlich hielten wir Eltern und Lehrer aus diesen Angelegenheiten heraus. Sie hätten uns ohnehin nur gesagt: Regelt das unter euch!

Trotz aller Vorsicht und Schliche war es dann doch eines Tages soweit. Wolfgang und seine Hackfressen hatten Mechthild abgefangen, als Klaus und ich wenig später und noch völlig ahnungslos zum Ort des Überfalls kommen, einer kleinen Brache zwischen Donau- und Teutonenstraße, die schon seit Jahren als Neubaugebiet ausgewiesen ist, wo aber außer ein paar vollgemüllten Baugruben und Schuttberge sich nur Unkraut befindet. An den Wochenenden drehen die Motorradgangs dort ihre Runden.

Mechthild hält tapfer ihre Tränen zurück, als sie uns entdeckt. Es ist bereits zu spät, uns noch zu warnen. Sie ist acht oder neun, die Rowdys, die sie umringt haben, sind bereits vierzehn oder fünfzehn, tragen ihr Haar schulterlang, haben bereits Schnurrbärte und Flaum am Kinn und Kippen in den wunden Mundwinkeln. Alle tragen ein Messer bei sich und lieben es, uns die scharfe Spitze in die Nasenlöcher zu stecken und zu drohen, unsere Zinken bis zu den Augenlidern aufzuschlitzen, wenn wir Ärger machen sollten.

Bei Mechthild gibt es nicht viel zu holen, ebensowenig bei Klaus und mir. Wolfgang weiß das, aber das heißt ja nicht, daß man nicht wenigstens ein bißchen Spaß haben kann.

Wenn ihr Mechthild lebend zurückhaben wollt, ruft er uns entgegen, müßt ihr um sie kämpfen! Dann nimmt er unsere Schwester in den Schwitzkasten und fuchtelt mit seinem berühmten Indianermesser vor ihren Augen herum, so daß sie nun doch still zu weinen beginnt.

Klaus zeigt nichts von seiner rasenden Wut, sondern fragt kühl: Was soll das heißen, um sie kämpfen?

Na, du gegen deinen Bruder, antwortet Wolfgang grinsend. Und wenn ordentlich Blut geflossen ist, schauen wir mal, wer von euch beiden sie verdient hat.

Klaus schaut mich unsicher an. Er haßt es, sich zu prügeln, und wenn wir wirklich mal in Streit geraten, bin meistens ich derjenige, der viel härter zuschlägt, weil ihm immer seine Menschen- oder Tierliebe im Weg steht. Wäre es Wolfgang, gegen den er nun hätte antreten müssen, hätte er natürlich keinen Augenblick gezögert, sondern sich wie ein tollwütiger Hund auf ihn gestürzt, mag der Typ auch drei Jahre älter und einen Kopf größer sein. Aber jetzt, umrundet von den gelangweilten Halbstarken, die nach ein wenig Unterhaltung gieren, und Mechthild als Faustpfand – Wolfgang fährt mit der Klinge über das magere Etwas, das in einigen Jahren mal ihr Busen sein wird, und ich spüre, daß Klaus gleich explodiert, und sage, in Ordnung, laß es uns hinter uns bringen, werfe meinen Tornister auf die Erde und stürze mich auf Klaus, der, überrascht von meiner Attacke, das Gleichgewicht verliert und in die Steppe aus Brennesseln und Disteln fällt. Und schon gibt es den ersten Beifall von unserem blutrünstigen Publikum. Am Anfang versuchen wir noch, einander nicht wehzutun. Aber die rauferfahrenen Rabauken schnallen sofort, daß unsere Schlägerei nur Show ist, und skandieren lauthals: Blut! Blut! Blut! Die Nase befriedigt derlei Wünsche am schnellsten, also ballern wir unsere Fäuste immer fröhlich drauf auf unsere Riechkolben, bis unsere Visagen aussehen, als hätte man uns mit einer Schrotflinte direkt in die Fresse geschossen. Der Schmerz hält sich in Grenzen, aber die Schaulust der Radaubrüder scheint vollauf befriedigt, ja, bei soviel Blut kriegt der eine oder andere nun sogar Muffensausen, ob sie diesmal nicht doch zu weit gegangen sind und heute noch die Bullen bei ihnen vor der Tür stehen. Mit Häme und Spott überspielen sie ihr schlechtes Gewissen und ziehen grölend ab.

Im Traum wirkt das alles schrecklicher, als es wirklich war. Wir waren Gewalt und Brutalität doch gewöhnt, sie gehörte zu unserem Alltag, zu Hause, in der Schule, auf dem Pausenhof und – am allerschlimmsten – während der Herbstkirmes und den Schützenfesten. Dann rasteten selbst biedere Familienväter aus und zogen sich gegenseitig ihre Bierpullen über den Schädel. Solange es keine Toten gab, waren Prügeleien ganz normal, Männer schlugen ihre Frauen, Eltern ihre Bälger, Pauker ihre Schüler, Pastoren ihre Ministranten. Man hätte annehmen können, der Krieg sei niemals zu Ende gegangen.

Natürlich sinnen Klaus und ich nach Rache, zumal wir daheim für unsere blutigen Nasen und zerrissenen Klamotten noch zusätzlich eine Tracht Prügel verabreicht bekommen. Aber was können zwei kleine Jungs schon gegen einen Wolfgang ausrichten? Man müßte ihn mal allein und besoffen antreffen, dann hätte man vielleicht eine Chance, es ihm gehörig heimzuzahlen. Man hätte ihm auch einfach mal die Reifen seines Mofas zerstechen oder dessen Lenker und Sattel mit Hundescheiße beschmieren können. Aber Klaus hält nichts davon, sich an toten Sachen zu vergreifen. Ich seh das nicht so eng. Für manche Menschen sind Sachen ja Teil ihres Selbst, siehe Vadder und seine Blechkarren. Ein Kratzer im Lack schmerzt ihn mehr als ein geplatzter Blinddarm bei einem seiner Bälger. Aber so, wie die Dinge liegen, müssen wir uns mit dem Heimzahlen noch gedulden.

Eines Abends aber stolpere ich auf eben jener Brache über Wolfgang. Er liegt inmitten einer Halde von Bierbüchsen schietendick und hackebreit im Unkraut und läßt sich auch von einigen Tritten in den Arsch nicht wecken. Hat sich echt die Birne weggeschossen. Ich flitze nach Hause, warte nicht erst, bis ich Klaus gefunden habe, schnappe mir zwei Plastiktüten und eine Schachtel Gips, fülle die Tüten mit Wasser und bin flugs wie der Leibhaftige wieder zurück am Tatort. Wahrscheinlich hätte Klaus sogar versucht, mir meinen Plan auszureden. Ich aber halte mich gar nicht weiter mit Bedenken auf, schütte ausreichend Gips in meine Wasserbeutel, und bevor der Papp ganz steif geworden ist, stecke ich zuerst Wolfgangs rechte Pranke in den einen, dann die linke in den zweiten Gipssack. Auch jetzt wacht er nicht auf. Ich warte noch ab, bis der Gips völlig hart ist, dann verdrück ich mich.

Obwohl es mir damals wie heute noch wie eine geniale Idee vorkommt, bleibt die Rache irgendwie unbefriedigend, da ich nicht dabei bin, wie er endlich zu sich kommt und erst mal gar nicht versteht, warum seine Pfoten ihm nicht gehorchen wollen, wie er langsam in Panik gerät, endlich begreift, daß jemand sie einbetoniert hat und schließlich mit diesen beiden Gipspollern an den Handgelenken zur nächsten Notaufnahme torkelt, damit man sie vorsichtig aufsägt.

Wenn ich mutiger gewesen wäre, hätte ich ihm natürlich seinen Pimmel samt der Klöten eingegipst. Immer mal wieder stell ich mir das Vergnügen der Schwestern bei der Gipsabnahme vor, das Geräusch der Säge, die Vibration, den Staub, Wolfgangs Schweiß.

Eigentlich zu schlapp aufzustehen. An die Straße will ich erst gar nicht denken. Schleppe mich zum Klo, dann zur Küche. Johannes und seine Mitbewohnerin, Kirsten, sitzen bereits am Küchentisch. Ich höre, wie Kirsten sagt: Wie lange willst du diesen Landstreicher noch beherbergen? Sind wir hier ein Obdachlosenasyl?

Er ist kein Landstreicher, sondern ein wandernder Geselle.

Und wenn es Jesus persönlich wäre, ich will mich in meinen eigenen vier Wänden frei bewegen können.

*Unseren* vier Wänden, Kirsten! Ich bin sicher, er verdrückt sich, sobald er wieder auf dem Damm ist.

Das garantier ich dir. Sonst werd ich nachhelfen.

Eines Nachts, da geschieht es, der Bullemann schleicht zum Fenster, öffnet es klammheimlich und klettert hinaus. Ich spüre die eisige Kälte ins Zimmer dringen, trotzdem springe ich aus der Pofe und knalle das Fenster zu. Soll er doch draußen erfrieren, der häßliche Kinderfresser! Und tatsächlich hat er sich seither nicht mehr blicken lassen.

Ich verlasse den Flur so leise wie möglich, packe meinen Charlie und stehle mich grußlos aus der Wohnung.

Als Tippelbruder lernt man, die Sonntage zu hassen. Sicher, ich hab sie auch vorher schon gehaßt. Doch komm mal als wandernder Geselle am Sonntag in eine neue Stadt, du magst auch noch so viel Gutes von ihr gehört haben, sonntags sind sie doch alle gleich popelig, verlogen und verwaist. Städte am Sonntag sind die Hölle, zumindest für diejenigen, die dort nicht heimisch sind.

Wenn überhaupt, dann findet man in all dieser sonntäglichen Verwesung allenfalls an den Bahnhöfen noch etwas Leben. Aber selbst hier geht es anders zu als an Werktagen, zielloser, verlorener. Da wünscht man sich doch glatt in die kahlen Gänge der Ämter, lernt über all die Totenglocken das quietschende Linoleum unter den Stahlkappenschuhen zu schätzen, die wetterfesten Dauerwellen der Sekretärinnen in den Handwerkskammern und Innungen, ihre abschätzigen Blicke auf die abgewetzte Kluft, die schwieligen Hände, den Hosenlatz, und dann, ja, die ganz unerwartete Hilfsbereitschaft und die Einladung, jederzeit wiederzukommen, wenn sich die empfohlene Stelle als Enttäuschung herausstellt.

Im Traum fall ich immer mal wieder vom Dach, im Flug denk ich noch, gut, daß ich ein Vogel bin, doch dann, bei der unsanften Landung, war's nur ein Pinguin.

Wer keine Knete hat, der stört nur in einer so sauberen und aufgeräumten Stadt wie Zürich. Leute wie mich schickt man gleich zum Bahnhof, von wo aus man ja rasch weiterkommt, egal wohin, Hauptsache weit weg von der Goldküste, denn man bleibt hier gerne höflich. Noch eben die Notdurft erledigt im blitzblanken Pissoir, so reinlich, daß man kaum zu pissen wagt, und da stehen sie auch schon rechts und links neben dem Fremden, die Kirchgänger und die Bankangestellten von der Bahnhofsstraße in ihren Seidenhemden und Bügelfaltenhosen, und versuchen, einen scheelen Blick auf meinen verhinderten Gesellenschwanz zu erhaschen. Ach, wie sehr sie sich nach ein wenig Dreck sehnen, nur einmal die sorgfältig manikürten Finger in den warmen Pissestrahl halten, einmal die Eichel sauberlecken! Ich weiß, das ist kein ehrenhaftes Fechten, das ist einfach Männerstrich, doch was soll's, es ist der Tag des Herrn, ich gebe, was ich geben kann, und fünfzig Franken für meinen Piepmatz im ausgehungerten Bankerschlund tut keinem weh, ich muß ja nichts weiter tun, als meinen Hosenstall eine Weile offenstehen zu lassen. Gepflegte Zähne und der Gebrauch von Mundwasser sind hier die Regel. Da kommt mein entflogenes Vögelchen sauberer aus der Angelegenheit heraus, als es dort hineingeraten ist.

Erwin will mehr. Vielleicht heißt er auch anders. Mir ist es nur recht, wenn es nicht zu persönlich wird. Er will noch einen Fuffi drauflegen, wenn ich mit ihm komme. Zwei Fliegen mit einer Klappe, denk ich mir, denn noch weiß ich nicht, wo ich sonst heute nacht noch unterkäme. Und mit diesen paar Rappen aus dem Pissoir kommt man in Zürich ja nicht weit.

Erwin trägt kein Seidensakko und keine Bügelfaltenhose, sondern eine schwarze Lederjacke und Lederhose. Sein Motorrad steht vor dem Bahnhof. Er hat einen zweiten Sturzhelm dabei, als habe er bereits mit einem Beifahrer gerechnet. Er rast mit selbstmörderischem Tempo aus der Stadt heraus in die Hügel am Seeufer, hält vor einer prächtigen Villa mit Blick auf den Zürichsee und die Stadt und bittet mich hinein in den Palast. Auf einem Messingschild am Tor lese ich, daß es hier wirklich einen Erwin gibt, seines Zeichens Dr. med. und Psychoanalytiker. Ich habe eine vage Vorstellung von dem, was ein Psychoanalytiker sein mag. Ein schlanker, durchtrainierter Mittdreißiger in Motorradkluft, der auf Bahnhofstoiletten herumlungert, fällt nicht darunter.

Aber dann finde ich es doch ziemlich cool. Den edlen Wein läßt er im Keller und pichelt mit mir das kalte Bier direkt aus der Pulle, schiebt eine Tiefkühlpizza in den Ofen, legt *The Dark Side of the Moon* auf und sagt, ich solle mich ganz wie zu Hause fühlen. Wenn er das Reihenhaus der Dunkers in der Teutonenstraße kennen würde, hätte er das nicht gesagt. Vielleicht ist er ja Erwin junior und nicht Erwin Dr. med. Quatsch! Er würde sich kaum so lässig benehmen, wenn auch sein alter Herr hier leben würde. Nein, er wirkt ganz so, als sei es seine Villa und seine Couch, auf der er offenkundig nicht nur seine Patienten flachlegt. Und ich muß zugeben, es gefällt mir hier. Ich frage Erwin, ob es in diesem großen Haus nicht das eine oder andere zu reparieren gebe. Du bist ja schon dabei, Junge, antwortet er. So kann man es auch sehen, denke ich, zumindest als Seelenklempner.

Vielleicht hat Said ja recht, und mit den Ängsten ist es ein bißchen komplizierter, als nur den Bullemann zu killen oder den eigenen Vater aufs Kreuz zu legen. Alles, was man zu fassen kriegt und besiegen kann, muß einem keine Angst mehr machen. Aber was ist mit den Sachen, die einem immer wieder durch die Hände flutschen und die man einfach nicht richtig zu packen bekommt?

Als Kind hatte ich oft, ja eigentlich immer Angst. Aber eine Bangebuchse war ich nie. Kann man ängstlich und zugleich furchtlos sein? Manchmal ist es doch gut, Schiß zu haben, alles andere wäre einfach idiotisch.

Bangebuchse, das meint vor allem Enge, den einbetonierten Brustkorb, den eingekniffenen Schwanz, die dreckige Socke, die man mir ins Maul gestopft und die Lippen dann zugenäht hat. Als Vadder mich von der Schule nimmt, damit ich im Betrieb meine Lehre beginne, hab ich das Maul nicht aufbekommen. Enge, Herzrasen, Atemnot.

Ich denke, man kann sich erst dann wirklich frei fühlen, wenn man aufhört, von den anderen geliebt werden zu wollen. Dieser Wunsch nach Liebe ist doch das, was uns ein Leben lang klein und abhängig hält.

Klaus war stets einen Zacken mutiger und damit auch bekloppter als ich. Vor Klaus hatte Vadder immer Angst. Es war kurz vor Weihnachten, und die Spannung in der Teutonenstraße stieg mal wieder bis ins Unerträgliche. Im Wohnzimmer stritten sich Vadder und Mudder, und ich dachte über das Gift nach, das ich Vadder in die Weihnachtsbowle kippen wollte. Da passiert etwas völlig Ungewöhnliches: Mudder ruft Klaus zur Hilfe. Sonst war sie es immer, die sich zwischen Vadder und uns gestellt und lieber selbst die Schläge eingesteckt hat. Was hat sie ihren Arbeitskollegen im Krankenhaus wohl erzählt? Die Schwestern und Ärzte können doch nicht so blöd gewesen sein, ihr die Lügen über die Prellungen und blauen Flecken zu glauben. Oder haben sie nie nachgefragt?

Diesmal aber geht es noch wilder zu als sonst. Klaus hat schon die ganze Zeit unruhig an der Küchentür gestanden. Hätte Mudder nicht nach ihm gerufen, wäre er wohl von sich aus in ihre Fetzerei geplatzt. Nun hechtet er ins Wohnzimmer, Mechthild und ich mit heftig klopfendem Herzen hinterdrein. Sofort fällt Klaus Vadder in den Arm, der völlig überrascht ist von diesem Angriff. Noch nie hat eines seiner Kinder die Hand gegen ihn erhoben. Das Äußerste, was unsere Hände sich trauten, war, Kopf und Gesicht zu schützen. Und selbst das hat

Vadder gehaßt: Nimm die Pfoten weg, Gabriel! brüllt er dann, damit die Ohrfeige auch ordentlich klatscht.

Nun aber stößt Klaus Vadder zu Boden, hockt sich auf seine Brust und nagelt mit Händen und Knien Vadders Arme auf die Dielen. Mir wird ganz mulmig, als ich das sehe. Es ist, als hätte man den lieben Gott auf die Matte geworfen und in den Schwitzkasten genommen.

Jetzt dreht Vadder völlig durch, bäumt sich auf, tritt um sich, brüllt und tobt wie eine tollwütige Dogge. Gabi, Mechthild, die Beine! ruft Klaus. Ich setze mich auf Vadders rechtes Bein, Mechthild wirft sich auf sein linkes, nur mit Mühe können wir sie stillhalten. Ich fühle mich wie ein Verbrecher, ja, jetzt sind wir Geschwister Luzifers, dafür werden wir bis in alle Ewigkeit in der Hölle schmoren!

So nah waren wir Vadder noch nie. Klaus schreit ihn mit Tränen in den Augen an: Hörst du jetzt auf? Sag, daß du jetzt aufhörst! Erst dann laß ich dich los!

Aber Vadder denkt gar nicht daran aufzuhören, er denkt wahrscheinlich gar nicht. Sein biblischer Zorn über den Rotzlöffel, der da auf seiner Brust hockt und dessen Tränen ihm ins wutverzerrte Gesicht tropfen, fährt uns durch Mark und Bein. Dann plötzlich bricht etwas in ihm, was sich für uns noch grauenhafter anfühlt, und er sackt wie tot unter uns zusammen. Das alles läßt sich nicht mehr ungeschehen machen, von nun an wird nichts mehr sein wie zuvor. Kein Blitz hat uns getroffen und uns für dieses Verbrechen gegen den Vater bestraft. Kein Gott ist gekommen, dem Vater seine übermenschliche Kraft zurückzugeben. Unter uns liegt ein heulendes Elend. Es ist das einzige Mal, das ich Vadder weinen sehe.

Klaus läßt von ihm ab. Verlegen und beschämt verdrücken wir uns in die Küche. Im Wohnzimmer bleibt es still.

Klaus zieht aus, nicht mal sechzehn Jahre alt. Es ist klar, daß er Vadder nicht ins Geschäft folgt. Vadder verliert kein Wort darüber. So kann's gehen. Was hätte ich tun sollen?

Manchmal kommt es mir vor, als wäre ich nie wirklich jung gewesen. Nicht, daß ich schon als Kind irgendwie frühreif oder altklug gewesen wäre. Nein, das nicht, aber ich war immer viel zu ernst und nie wirklich ausgelassen oder unbeschwert. Immer sah ich in allem eine Frage, statt die Dinge hinzunehmen, wie sie sind. Warum dieser Vadder, diese Mudder? Wäre ich ein anderer, wenn ich nicht in Wertherbruch, sondern in Mombasa oder Dschibuti, nicht 1959, sondern 1854 oder meinetwegen sechs vor Christus geboren worden wäre? Würde ich dasselbe Leben noch einmal leben, leben wollen? Würde ich überhaupt etwas verändern können, selbst wenn ich bereits wüßte, was als nächstes kommt?

Vom Glück habe ich viel mehr vergessen als vom Schrecken. Aber es muß auch glückliche Momente gegeben haben, vor allem, wenn ich mit mir alleine war, auf den einsamen Radtouren in die nähere Umgebung, ins Vardingholter Venn oder in den Konstantinforst, und beim Schwimmen natürlich, das dem Träumen so nahe kommt wie sonst nur das Fliegen.

Vielleicht ist das auch eine völlig falsche Erwartung. Eine glückliche Kindheit hat es für keinen je gegeben. Die Erwachsenen sind einfach nur vergeßlich. Kindsein ist immer und überall eine Qual, nie ackert man so viel, über jedes Maß hinaus, und bekommt so wenig Anerkennung. Nie ist man so ohnmächtig und darf sich so wenig darüber beschweren. Kindheit ist ein Sklavendasein, einem Kind gehört nichts, nicht einmal sein eigener Körper, seine Seele, seine Sprache. Trotzdem muß es ständig dankbar sein. Für was? Für seine völlige Abhängigkeit von der Willkür der Eltern, den Launen der Pauker, den älteren Geschwistern, die an ihm herumzerren und -kneten, um es zu etwas zu formen, was womöglich ihrem Bild von einem glücklichen Kind entspricht, aber dieses Kind nie ist?

Bern. Immer noch August. Am Ende ist es doch der Sommer, der einen mehr erschöpft als der Winter. Die Wärme, das blendende Licht, das ständige Umschauhalten und Vorsprechen. Während der Winter vor allem Schlaf und Erholung war, Kraftsammeln auf Saids Ofenbank.

Bisher war ich noch nicht vom allgemeinen Interesse für das Wetter infiziert, aber wenn man einen beträchtlichen Teil seines Daseins auf der Straße verbringt, wird die Witterung doch zu einem nicht länger zu ignorierenden Thema. Nur das gerade jetzt jemand fehlt, mit dem man ausgiebig darüber schnacken könnte.

Eigentlich kann ich mir mich als alten Menschen gar nicht vorstellen. Warum denke ich gerade hier, in Bern, daran?

Solange man in den Geranienkästen auf den Simsen auch wühlt und gräbt, man findet kein Troja. Ich weiß gar nicht, warum ich hier in Bern überhaupt Station mache. Soviel ich mich auch umschaue, hier gibt es nichts zu reparieren.

Eine mollige Frau in einem blaurotgestreiften Zirkuszelt bringt mich in einem Vierbettzimmer unter, das ich im Augenblick ganz für mich allein hab. Es sei gerade Ferienzeit, sagt sie. Auch auf den Baustellen. Sie erzählt noch mehr, doch verfällt in eine mir unverständliche Sprache, vielleicht Bernerdütsch, vielleicht Kantonesisch, ich höre eine Weile höflich zu, dann geh ich pofen.

Mitten in der Nacht wache ich auf. Irgendein Alptraum, denke ich. Trotzdem steh ich auf und schau mal nach, ob ich die Tür verriegelt hab. Das Gesellenwohnheim liegt direkt an den Bahngleisen. Selbst jetzt noch rattert jede halbe Stunde ein Güterzug vorbei. Ich habe den Eindruck, sie machen mehr

Krach als die Personenzüge, je nachdem, was sie geladen haben. Aber wen stört's, außer den Arbeitern in dieser Herberge? Es gibt sonst keine Häuser so nah an den Gleisen. Außerhalb der Ferien, soviel habe ich verstanden, ist das Wohnheim mit Italienern und Jugoslawen voll belegt. Nun sind sie alle bei ihren Familien in Pristina oder Palermo und führen den Daheimgebliebenen ihre neuen Mercedese und Farbfernseher vor.

Zum Frühstück gibt es Graubrot, Butter, Konfitüre und sehr fettige Milch, wahrscheinlich euterfrisch von der Alm. Trotz der Ferien muß ich das Heim spätestens um sieben verlassen. Regeln sind Regeln. Ab siebzehn Uhr steht es den Gästen wieder offen.

Obwohl es wohl wenig Sinn hat, suche ich die Berner Handwerkskammer auf, die hier Handels- und Industrieverein heißt. Und sieh da, oh Wunder, es gibt tatsächlich etwas zu schaniegeln.

Hätte ich die Wahl gehabt, hätte ich sicher ein anderes Handwerk gewählt, wenn es denn überhaupt ein Handwerk hätte sein müssen. Steinmetz vielleicht. Steine haben mich schon immer fasziniert, an Kirchen, Rathäusern, Burgen, auf Friedhöfen. Steine haben jedenfalls etwas Dauerhafteres, etwas Bleibenderes, das über das eigene Leben hinausreicht. Dächer abdichten, Dachfenster einbauen, hin und wieder mal einen Blitzableiter montieren, das war's schon in Wertherbruch. Kein Reet, kein einziges Gründach, nur Ziegel, Altgeselle Manfred und Vadder, der nur noch zur Inspektion aufs Dach kommt.

Doch auch hier gibt's nichts Neues mehr dazuzulernen. Ja, sie zahlen ziemlich gut für die Stunde, mehr als irgendwo sonst. Trotzdem macht es mir keinen Spaß, den Bernern die Dächer zu decken. Hat es mir überhaupt je Spaß gemacht, anderen Leuten aufs Dach zu steigen? Hier kommt jedenfalls niemand auf die Idee, mir mal durch die Dachluke ein kühles Bierchen zu kredenzen oder mich über Mittag auf eine Suppe in die Küche herunterzuholen. Die Hälfte des scheinbar so großzügigen Stundenlohns geht bereits für die Koje und die Fressalien im Gesellenwohnheim drauf.

Denkt zu Hause überhaupt noch jemand an mich? Hat man jemanden länger als ein Jahr nicht mehr gesehen, kann man schon mal vergessen, ihn überhaupt gekannt zu haben. Ich hingegen denke, je mehr ich mich von ihnen entferne, desto öfter an sie. Aber auch das ist vielleicht nur eine besondere Art, sie loszuwerden.

Wem es hier im Sommer zu früh zu dämmern beginnt, der sollte einfach noch weiter in den Süden ziehen. Da sind die Tage kürzer und die Nächte länger. Deshalb verstehen die Menschen dort auch besser zu feiern als die Calvinisten und Zwinglianer nördlich der Alpen. Eine heiter-schummrige Dunkelheit, die kennt man hier nicht.

Vom Dach sieht die Stadt aus wie das Zifferblatt meiner Armbanduhr. Solange ich auch darauf starre, nichts bewegt sich. Oder so unendlich langsam, daß ich es nicht sehe.

Ich frage mich, ob es hier, in der Hauptstadt, so etwas wie ein Rotlichtviertel gibt. Und wie die Schweizer Nutten wohl aussehen werden. Oder gibt es gar keine Schweizer Nutten, lassen sie diese Jobs ebenfalls nur von Gastarbeitern verrichten?

*BERNBLUES*
Ich stehe auf es ist halb vier
Der Himmel drängt sich über mir
Ich bin ich und wer bist du
Die blöde Kuh hat Blut im Schuh
Der Himmel lacht ich lach zurück
Die Lässigkeit das ist der Trick

Die Nacht ist lang das Bier schmeckt schal
Nur wer die Qual hat hat die Wahl
Der Alpenblues der turnt mich an
Zieht alle Deppen in den Bann
Die Gegenwart hat zugeschlagen
Wer will da noch die Zukunft wagen
Hockt dort in der Bar blamiert
Wurde grade abserviert

Eigentlich habe ich immer versucht, jeder Schlägerei aus dem Weg zu gehen. Aber manchmal wird man gar nicht erst gefragt und hat schon die fremde Faust in der Fresse. Ein Wort gibt das andere, und am Ende kommt so sicher wie das Amen in der Kirche der Schwanzlutscher, der Arschficker, die schwule Sau. Abstoßenderes fällt so einem Kerl nicht ein, Knacki, Asi, Saufbold, das prallt locker von ihm ab, aber die schwule Sau läßt keiner auf sich sitzen! Super! Was für ein Leben hat derjenige zu erwarten, der tatsächlich gerne Schwänze lutscht oder sich in den Arsch ficken läßt? Kirche, Kneipe und Pausenhof haben ihm längst beigebracht, was sie von derartigen Abartigkeiten halten. Allmählich verstehe ich Saids Wut.

Der beste Weg, den eigenen Schiß zu bekämpfen, ist, dafür zu sorgen, daß die anderen noch mehr Angst vor einem haben, als man vor ihnen, egal ob Mensch, Tier oder Teufel.

Geht das Vadder auch so? Hat er vor irgendetwas Schiß? Ist er deshalb so mürrisch und abweisend. Aber wovor sollte ihm denn bange sein? Ich kann mir nicht mal vorstellen, daß er je ein Kind war. Aber natürlich kam er nicht schon als dieser mißmutige Erwachsene zur Welt, schätz ich mal.

Ich hoffe nicht, daß die Menschheit sich noch so weit fortentwickeln wird, daß sie wirklich mit Gedanken töten kann. Das wäre dann wohl bald das Ende unserer Gattung.

Hey Gabi, hab die Faxen dicke, ab jetzt keine Fissematenten mehr! Man spürt gleich, daß dieses Wort nicht aus dem Plattdeutschen stammt, es klingt so fies wie der Blödsinn, den es bezeichnet, scharf, gereizt, gehässig. Mudder hat dieses häßliche Wort in Wertherbruch eingeschleppt, nun ist sie mit ihren Nerven am Ende, nun ist Schluß mit gemütlich, sie schlägt nicht mit dem Teppichklopfer oder dem Schneebesen, sie schlägt mit Worten, das schmerzt mehr als manche Ohrfeige, wenn einem ein so gezischeltes Fissematenten in die Visage peitscht. Vadder würde so ein Wort nie benutzen, würde glatt darüber stolpern und sich die Zunge brechen. Er ist für die harte Hand, kurzes ein-, höchstens zweisilbiges Gebell, alles andere ist Pipifax für Waschlappen und Sauerländer.

Wenn ich was von Vadder gelernt habe, dann das: Ein Dunker hält eher das Maul, als daß er die Wahrheit sagt. Die Wahrheit ist was für Schwanzlutscher. Nicht, daß die Dunkers mehr lügen als andere Leute in Wertherbruch, aber ganz eindeutig verschweigen sie mehr. Wobei in Wertherbruch ohnehin schon um die Wette geschwiegen wird. Wahrscheinlich gäbe es keinen besseren Hort für die Mafia oder Camorra, wenn die Bewohner nicht zu feige und phantasielos für wirklich große Verbrechen wären. In der Geschichte Wertherbruchs hat es immer nur zu Vertreibungen gereicht.

Schon seit längerem geht Vadder abends nicht mehr aus, treibt sich nicht mehr die halbe Nacht noch in Kneipen herum, wie andere Männer, die sich mit ihren Kumpanen besaufen. Vadder geht nicht aus, weil er keine Kumpane hat, nicht einen einzigen. Wir, seine Familie, sind alles, was er hat. Vielleicht gab es früher mal einen Freund, am Ende seiner Schulzeit oder beim Barras, die wenigen Photos aus diesen Jahren legen es nahe. Wie er seinem Kameraden den Arm über die Schultern legt, beide in kurzen Hosen mit bleichen, aber kräftigen Beinen, sie schauen ernst in die Kamera, ich frage mich, wer die Photos geschossen hat, bei uns zu Hause photographiert ja immer nur Mudder, aber damals haben sie einander wohl noch nicht gekannt. Was fängt Vadder nur an, wenn Mudder vor ihm sterben sollte? Er käme ohne sie gar nicht zurecht, wäre hilflos wie ein Kind. Immer war Mudder seine Dolmetscherin, wenn er sein Maul nicht aufbekam oder ihm die Worte fehlten, bei Verwandtenbesuchen und Familienfeiern oder auf Ämtern, sie sprach für ihn, so daß außer uns Kindern niemandem auffiel, daß Vadder nichts zu sagen hatte oder nicht wußte, wie er es sagen sollte. Mudder hat viele Freunde und Bekannte. Ehemalige Patienten grüßen sie noch nach Jahren auf dem Markt, auch wenn sie nur für wenige Tage nach einer Gallen- oder Blasen-OP bei ihr auf der Inneren lagen. Aber so, wie ich Mudder kenne, wird sie ihm das nicht antun, ich meine, vor Vadder zu sterben.

Röttematött hingegen ist ein echtes Teutonenstraßenwort. Wer denkt da nicht gleich an *Robbi, Tobbi und das Fliewatüüt*? Doch für die Erwachsenen handelt es sich nur um Krempel oder Plunder. Aus dem Weg mit dem Gedöns, ab damit in die Küchenbank, die mir jetzt so klein vorkommt, doch auf der wir, Klaus, Mechthild und ich, alle zusammen Platz fanden, und in ihr unser ganzes Spielzeug, das meiste davon einfach von uns zum Spielzeug erklärt, Gefundenes, Ausgemustertes,

Röttematött eben. Leitet es sich von verrottet her? Was sich mit mißgestalteten Kastanien und abgebrannten Streichhölzern nicht alles erschaffen läßt! Bis irgendein Tölpel gedankenlos drauftritt und lospoltert: Laßt euren Röttematött nicht überall herumliegen, man bricht sich noch den Hals!

Was mir wohl alles nicht im Gedächtnis geblieben ist! Doch wie kann ich das wissen? Manchmal vergißt man selbst wichtige Dinge. Dann nützt es auch nichts, in der alten Küchenbank zu kramen.

Jetzt ist mein Leben ja völlig frei von jeglichem Krempel. All das Gedöns, was ich mal für unverzichtbar gehalten habe, von der Fietse bis zur Glotze. Ein Leben ohne *Lassie* oder *Bonanza* schien mir gar nicht vorstellbar. Worüber hätte man in den Pausen mit seinen Kumpels geredet? Und nun ist mir das alles so was von scheißegal! Es ist nicht einfach so, daß man nur wenig braucht. Das Viele bereichert ja nicht, sondern ist vor allem Ballast. Ich könnte gar nicht unterwegs sein mit mehr in meinem Gepäck als dem, was in meinen Charlie paßt.

Erst läßt man den ganzen Alltagskrempel hinter sich, dann den ganzen Vergangenheits- und Seelenkrempel. Was mal in eine kleine Küchenbank paßte, füllt inzwischen ja einen ganzen Abstellkeller. Wer blickt da noch durch? Was von dem Gedöns ist Röttematött, und was kann man vielleicht irgendwann noch mal gebrauchen? Mudder bewahrt jedes Gummiband, jeden Bogen Geschenkpapier, jeden alten Schnürsenkel auf. Man weiß ja nie, was kommt. Was heute nur Plunder ist, rettet einem morgen womöglich das Leben.

Hier in Sitten schaniegel ich endlich mal wieder zünftig mit einem Krauter und zwei einheimischen Gesellen. Leider ist der Kirchturm bei meiner Ankunft schon zur Hälfte mit Schiefer eingedeckt. Beim Richtfest spricht einer der Zimmerer den

Richtspruch, und ich schreibe ein Gedicht über das Feuer, das den Turm zerstört hatte. Ich schreibe es mit Tinte auf ein besonderes Papier, denn es wird mit dem Richtspruch zusammen in die Kugel geschmiedet, die am Ende der Bauarbeiten direkt auf die Kirchturmspitze gepflanzt wird. Ich habe es niemandem gezeigt oder vorgelesen, und so Gott will, wird es auch nie jemand zu Gesicht bekommen, es sei denn, es brennt noch mal.

Der Pastor von St. Josef bringt mich mit Elsa zusammen. Keine Ahnung warum, hatte er doch selbst ein Auge auf mich geworfen. Elsa ist zwanzig Jahre älter als ich, verheiratet mit einem Zollbeamten, zwei Kinder. Ludger, ihr Mann, mag ja ganz flott aussehen, ist aber so mürrisch und maulfaul wie Vadder und wahrscheinlich strunzdumm, soweit man das bei einem notorischen Schweiger beurteilen kann. Auf jeden Fall kann er mich nicht ausstehen und verdrückt sich, sobald ich auftauche. Elsa hingegen ist eine außergewöhnliche Frau. Sie backt ihr Brot selbst und holt die Milch direkt vom Bauern. Sie kann wunderbar zuhören und weiß für alles einen Rat. Warum so eine Frau mit einem Muffelkopp wie Ludger verheiratet ist, weiß der Teufel, ich verstehe es bis heute nicht. Aber das verstehe ich ja auch bei meinen eigenen Alten nicht.

Ihre Älteste, Sandra, ist so alt wie ich und kommt nach einem Besuch bei den Großeltern in Bad Hersfeld schwanger zurück. Nicht nur, daß sie gerade erst fünfzehn ist, der Vater stellt sich als ein schwarzer Soldat der dort stationierten Briten heraus. Ludger setzt seine Tochter kurzerhand vor die Tür, und Elsa gelingt es nicht, Vater und Tochter wieder miteinander zu versöhnen, selbst als Sandra ihren Soldaten heiratet. Ludger kommt nicht zur Hochzeit, ja hat seinen Schwiegersohn nie von Angesicht zu Angesicht gesehen. Und selbst sein Enkelkind will er nicht im Haus haben. Wenn Elsa sich trotzdem über das

Verbot hinwegsetzt und Sandra und den kleinen Liam zu sich einlädt, taucht Ludger ab, wie er sich auch immer bei meinen Besuchen verdrückt hat. Nie hat er seinen Enkel auch nur angefaßt, geschweige denn mal auf den Schoß oder in den Arm genommen.

Ich war oft bei Elsa zu Besuch, habe dort meine Hausaufgaben gemacht und später über meine Lehre gejammert. Am Anfang hat mir Ludgers abweisendes Getue noch was ausgemacht, aber irgendwann konnte er mir einfach den Buckel runterrutschen. Wahrscheinlich war er nur eifersüchtig, obwohl Elsa und ich ihm niemals einen Grund dafür geliefert haben. Ich mochte einfach nur ihr selbstgebackenes Brot und die warmherzige Art, mit der sie zuhören konnte.

Aber selbst Mudder konnte es nicht lassen, gelegentlich blöde Anspielungen zu machen, was da wohl läuft zwischen uns, auch wenn sie so tut, als sei das nur scherzhaft gemeint. Dabei hab ich genau die Sorge gespürt, unsere Freundschaft könnte tatsächlich frei von allen Hintergedanken sein. Denn auf ihre ständigen Fragen nach einer Freundin habe ich entweder gar nicht oder ziemlich pampig reagiert. Ich meine, was geht das sie auch an.

Warum fällt mir das jetzt alles wieder ein? Vielleicht weil Mechthild mich zu ihrer Hochzeit eingeladen hat. Das habe ich nun davon, daß ich mich mal bei ihr gemeldet habe, wo ich doch gerade in der Gegend bin. Ich hätte mich gerne gedrückt, aber nun komme ich um einen Besuch in Saas-Fee wohl nicht herum.

Und wo mir das alles so durch den Kopf geht, fällt mir der häßliche Traum aus der vergangenen Nacht ein: Im Vogelbauer ein schon fast verhungerter Nymphensittich, der Plastikboden voller Spelzen und Kot, der Wassernapf leer. Als ich ihm einige Körner hinschütte, weigert er sich zu fressen. Ich kann ihn nicht länger leiden sehen, also drehe ich ihm, wie ich es von Vadder gelernt habe, den Hals um.

Vadder platzt ins Zimmer, und anstatt mich zu loben, beginnt er gleich zu zetern: Nicht mal so ein kleines Vögelchen kann man dir anvertrauen. Du hattest doch nicht mehr zu tun, als ihn regelmäßig zu füttern und einmal in der Woche den Käfig sauberzumachen. Aber du denkst immer nur an dich selbst!

Zwei Jahre habe ich Mechthild jetzt nicht mehr gesehen. Und in der dünnen Luft von Saas-Fee scheint sie all ihre Jugend verloren zu haben. Ihr Gesicht ist geschrumpft und eingefallen, ihr Körper nur noch Haut und Knochen, wie kann man derart abmagern? Das nackte Elend starrt mich an.

Auf jeden Fall ist sie nicht schwanger. Niemand zwingt sie also zu heiraten. Warum das Ganze dann? Ich umarme sie, wie man eine Kranke umarmt. Sie fühlt sich wie ein Gerippe an. Aber unser Verhältnis zueinander war ja eigentlich nie anders als hartknochig.

War es richtig von ihr, so früh und so weit weg von Wertherbruch abzuhauen? Nun heiratet sie ohne Grund in demselben Alter, wie Mudder geheiratet hat.

Auch die anderen Hochzeitsgäste wirken auf mich eher wie die Patienten einer Lungenklinik als wie unverwüstliche Schweizer Alm-Öhis. Es sind, so wie ich das sehe, nur Verwandte und Freunde des Bräutigams gekommen. Zumindest von der Wertherbrucher Sippschaft bin ich der einzige Vertreter. Aber warum wundert mich das, Mechthild hat doch sonst niemanden von daheim eingeladen. Vielleicht wäre es ihr inzwischen sogar lieber, auch ich wäre nicht gekommen, denn alle anderen starren mich an wie das Pfingstwunder. Sie hätte sich doch nur als Waise ausgeben müssen. Die ganze Mischpoke sei bei einem Brand oder einem Bootsausflug ums Leben gekommen. Nur sie sei verschont geblieben, weil sie gerade mit einem Beinbruch im Krankenhaus lag.

Aber jetzt bin ich nun einmal da, in meiner unpassenden Kluft, ein Hochzeitsanzug hätte in meinem Charlottenburger nun wirklich keinen Platz mehr gefunden, das muß selbst sie zugeben. Sie und der Rest der Festgesellschaft müssen mich wohl oder übel so nehmen, wie ich bin, ein Penner, Landstreicher, Tippelbruder, Vagabund, ein Streuner, Berber, Beduine, Heiliger König, Fliegender Holländer… hey Gabi, laß die Faxen. Nur dem Bräutigam scheint mein uneleganter Auftritt nichts auszumachen.

Wir sind miteinander aufgewachsen, oder vielmehr nebeneinander, aber jetzt kommt es mir vor, als wisse ich von Mechthild noch weniger als von Klaus. Und was weiß sie schon von mir? Haben wir je mal über uns gesprochen, ich meine, so richtig, wie unter Freunden?

Vielleicht kann es ja gar nicht anders sein, gerade weil man einander so nah ist. Weil es sonst einfach zu schnell peinlich würde. Wie auch immer, Familie ist ein Eisschrank.

Eigentlich bewundere ich dich dafür, daß du den Mut gefunden hast, einfach wegzubleiben. Vadder hat es dir nie verziehen, und ich glaube, auch sich selber nicht. Aber er hat sich auch wie ein Arschloch benommen. Gut, daß du ihn und Mudder erst gar nicht eingeladen hast. Sie wären wahrscheinlich auch gar nicht gekommen. Und wenn sie doch gekommen wären, hätten sie dir dein Hochzeitsfest verdorben. Wann hätten wir in der Teutonenstraße je ein unbeschwertes Fest erlebt?

Welch ein Aufruhr, welch ein Ausbruch kündigt sich an, ich spür es schon, ehe ich das Haus betrete. Wir sind ja alle Seismographen, was familiäre Erschütterungen angeht. Tante Änne,

Omas Schwester, sitzt allein mit Vadder im Wohnzimmer, Mudder arbeitet still in der Küche und schüttelt den Kopf, als sie mich sieht. Jeden Augenblick kommt Mechthild von der Schule heim. Klaus wohnt schon seit über einem Jahr nicht mehr bei uns.

Was ist passiert, frage ich Mudder. Sie beginnt zu weinen. Mechthild habe Tante Änne und Oma über Monate beklaut, flüstert sie. Die beiden alten Damen hätten sich schon gewundert, warum Mechthild in der letzten Zeit so oft zu Besuch gekommen sei. Und irgendwann konnten sie sich einfach nicht mehr täuschen, nach jedem Besuch fehlten ein paar Geldscheine in ihren Portemonnaies.

Und warum petzen sie es gleich Vadder?

Oma hat ja den Mund gehalten. Aber Tante Änne weiß nicht wirklich, wie es hier bei uns zugeht.

Eigentlich müssen Vadder und ich nach dem Mittagessen wieder auf den Bau. Aber mir ist der Appetit vergangen, und ich verzieh mich in den Hof. Ich höre, wie Tante Änne sich verabschiedet, dann wird es still im Haus.

Mechthild stellt ihr Rad im Hof ab. Ich könnte sie warnen, aber besser, ich halte mich raus. Dann höre ich Schreie, weiß nicht, ob von Mudder oder Mechthild, ihre Stimmen hören sich inzwischen ja gleich an. Ich habe wirklich keinen Bock, reinzugehen und mich einzumischen, ich bin nicht Klaus. Aber das Geschrei nimmt noch zu. Normalerweise macht Mudder dann gleich die Fenster zu, damit die Nachbarn davon nichts mitbekommen. Warum macht sie es jetzt nicht? Ich höre das Klatschen der Hundeleine, und Ärger, mehr Ärger als Wut überkommt mich. Seltsam, Schiß hab ich keinen, denk nicht mal darüber nach, jeden Tag habe ich mindestens ein Dutzend mal die Möglichkeit, Vadder vom Dach zu schubsen, er soll sich nur vorsehen!

Seufzend bewege ich meinen Arsch zurück ins Haus. Mechthild blutet schon, sagt aber kein Wort. Mudder schreit Vadder an und kriegt von ihr gleich die nächste Abreibung verpaßt. Ich falle ihm in den Arm, packe sein Handgelenk so fest, daß er vor Schmerz kurz aufstöhnt. Dann erst scheint er zu begreifen und starrt mich mit einem Haß in den Augen an, daß ich loslassen muß. Aber ich weiche keinen Schritt zurück. Laß die beiden in Ruhe, Vadder, sage ich ruhig. Keine Ahnung, wie ich zurückstarre. Jedenfalls läßt er seine Hand sinken.

Aber es ist noch nicht vorbei. Nun poltert er los: Wenn du noch einmal die Hand gegen deinen Vater erhebst, Sohn, schlag ich dich tot!

Ich nicke ihm gelassen zu: Warten wir's mal ab, wer hier wen totschlägt, Vadder.

Er scheint mich nicht gehört zu haben, jedenfalls brüllt er nun Mechthild an: Und dich, Klaubacke, will ich hier nicht mehr sehen. Sieh zu, wo man eine wie dich noch will, aber unter meinem Dach laß dich nicht mehr blicken!

Mechthild schnappt sich ihre Schultasche und stürmt, ohne sich auch nur das Blut aus dem Gesicht zu wischen, aus dem Haus. Vadder hat wohl gedacht, sie würde vor ihm auf die Knie fallen und um Entschuldigung bitten. Aber da kennt er seine Tochter schlecht, sie ist schon lange kein kleines Gör mehr und war immer schon genauso stur wie ihr Alter. Am Abend hat er sich bereits ein wenig beruhigt, doch auch am Abend taucht seine Tochter nicht wieder auf. Sie kommt gar nicht mehr zurück. Am nächsten Tag bring ich ihr einen Koffer mit ihren Klamotten zu einer Freundin. Sie bleibt noch bis zum Ende des Schuljahrs in Wertherbruch, dann reist sie für einen Ferienjob nach Saas-Fee, und als die Sommerferien vorbei sind, bleibt sie im Wallis.

Kaum hat Schorsch, der Bräutigam, mir die Hand gedrückt, fängt er schon an, mit mir zu flirten. Arme Mechthild, armer Schorsch. Merkt er selbst es überhaupt? Mechthild steht dabei und schaut mich böse an. Bin ich etwa schuld? Sie merkt sofort, daß etwas nicht stimmt. Hat es immer gleich gemerkt. Mudder wollte, daß wir beide die Tanzschule besuchen. Für sie handelte es sich um eine bürgerliche Selbstverständlichkeit wie die Taufe oder die letzte Ölung. Unvorstellbar, daß man auf seiner eigenen Hochzeit mit seiner Braut oder der Brautmutter keinen Walzer tanzen könne. Und ich muß zu meiner Schande gestehen, der Tanzkurs hätte mir sogar Spaß gemacht. Wäre Mechthild nicht gewesen.

Am Samstagnachmittag gab es für alle Kursteilnehmer eine Art Tanztee. Mir war gar nicht klar, auf welche Abwege meine Augen geraten waren, jedenfalls konnten sie ihren Blick nicht von einem jungen Tänzer aus einem der Fortgeschrittenenkurse lassen. Wie gerne hätte ich mir von ihm ein paar neue Schritte zeigen lassen, und einen Augenblick sah es fast so aus, als würde er gleich auf mich zukommen und mich ansprechen, als Mechthild plötzlich vor mir auftaucht und mir aus heiterem Himmel vor aller Augen eine gesalzene Backpfeife verpaßt. Einen Moment scheint sie selbst noch ganz erschrocken über diese Szene und wartet, daß ich ihr gleich eine zurückklatsche, der ganze Tanzsaal wartet, aber ich stehe da wie gelähmt. Mechthild zischt mir zu: Guck nicht so unverschämt! Dann läßt sie mich dort stehen wie einen auf frischer Tat ertappten Hühnerficker.

Es war unfair, auch wenn sie fast noch ein Kind war. Sie wußte, daß es mit mir und den Frauen wohl nichts wird, und trotzdem hat sie sich gekränkt gefühlt, daß ich auf ihre weiblichen Reize nicht reagiert habe. Und sie hat es mich spüren lassen, als sei es nicht ganz allein ihr Problem. Und jetzt heiratet sie ihren Schorsch, als müsse sie die ganze Geschichte noch mal wiederholen, aber diesmal mit einem glücklicheren Ausgang für sie. Ich halte die Klappe. Was soll ich auch sagen, am Vorabend ihrer Hochzeit: Sag sie ab! Du machst dich und deinen Schorsch nur unglücklich? Dann krieg ich nur den nächsten Schmacker in die Fresse geballert. Sie wird es schon früh genug selbst herausfinden.

Allerdings lege ich mir keinerlei Zügel an und flirte mit meinem zukünftigen Schwager nun so hemmungslos, wie er mit mir. Er ist Konditor in einem der hiesigen Nobelhotels. Ich sage ihm, inzwischen könnten auch Bäcker und Konditoren auf die Walz gehen. Noch könne er es sich überlegen.

Er schüttelt lächelnd den Kopf und sagt, er habe schon seinen Meister.

Ich wage das zu bezweifeln und entgegne: Warte ab, bis der richtige Walzgefährte auftaucht!

Mechthild wirft uns einen giftigen Blick zu: Das kannst du dir gleich abschminken. Ein Tippelbruder in der Familie reicht!

Und muß man für die Walz nicht unverheiratet sein? fragt Schorsch arglos.

Noch bist du ja ledig, erwidere ich augenzwinkernd. Mechthild findet das gar nicht lustig. Ich hingegen freue mich schon auf den Junggesellenabschied und werde mir mit meinem zukünftigen Schwager ordentlich die Birne wegballern. Denn Hochzeiten kann man, wie Beerdigungen, nur schietendick oder mit einem tierischen Kater überstehen. Wäre man auch nur einigermaßen klar im Kopf, müßte man sich ernsthaft fragen: Hey Mann, was mach ich hier überhaupt?

Ich mag das Gebirge nicht, das ständige Auf und Ab, die beschränkte Sicht, die düsteren, nebelverhangenen Schluchten, die sauerstoffarmen Gipfel, das kitschige Matterhorn. Also auf zur Küste, zum Meer, wo nichts dem weiten Blick im Weg steht.

Die schlimmste Strafe, die sie hier kennen, ist, jemanden aus ihrem Dorf zu werfen. Dann legen sie ein paar Steine auf den Friedhof, auf ein leeres Grab, als ob er dort begraben läge. Erzählt zumindest Schorsch. Manche Verbannung, denke ich, ist in Wahrheit eine Befreiung.

Wenn man nur lang genug wartet, liebt man jeden, der anhält, und sei es der schlimmste Verbrecher oder der Teufel persönlich. Wer erleben will, was echte Nächstenliebe ist, sollte per Anhalter durch die Weltgeschichte reisen. Jesus, mein Zimmermannskumpel, war jedenfalls der erste Tramp.

Es ist ziemlich feucht und kühl hier im Rottental, aber das war es in Wertherbruch doch ständig. Erkältete Kühe und sich schnäuzende Hunde waren dort so gewöhnlich wie der sonntägliche Kirchgang und der Blümchenkaffee. Das erinnert mich an den Spekulatius, den wir Gören oben bei Oma in diese dürre Plörre tauchten und dann rasch, bevor er in der Tasse zerfiel, aufs mit guter Butter bestrichene Graubrot legten. Wir Wertherbrucher halten das für einen außerordentlichen Leckerbissen. Im Grunde halten wir alles, was sich tunken läßt, für einen Delikatesse.

Niemand in Wertherbruch sagt Kinder, nein, die Steppkes

sind Bälger, Blagen, Bengel, Schlingel, Rotzlöffel, Gören. Für die Racker ist Gören noch das wohlwollendste Wort. Eine gewisse Gleichgültigkeit schwingt mit, noch ist Hopfen und Malz nicht verloren, noch kann aus dem Lausebengel ein anständiger Bürger werden. Doch wer nicht hören will, muß fühlen. Und wenn die harte Hand nicht reicht, wird mit der Erziehungsanstalt gedroht. Wie es darin zugeht, bleibt der eigenen Phantasie überlassen, aber zweifellos wird es für alle frechen und widerborstigen Bälger die Hölle sein. In Wertherbruch hält man Kinder grundsätzlich für Plagen, ja den Kindern selbst scheint ihre Kindheit ein schreckliches Übel, das man so schnell wie möglich hinter sich lassen will.

So viele nutzlose Erinnerungen, die sich festgesetzt haben wie verbrannte Milch am Kochtopf oder ein getrockneter Popel in der Nase. Man darf nicht zu sehr daran knibbeln, sonst blutet es. Man muß warten, bis er sich von selber löst.

Über vier Milliarden Menschen, jeden Tag werden es mehr, und ich steh noch immer hier am Rotten, als sei ich der einzige Mensch auf der Welt. Dabei steh ich so nah an der Fahrbahn, daß die Wagen ausweichen müssen, wenn sie mich nicht umnieten wollen. Tatsächlich streift mich die eine oder andere Wagentür, aber nur zart, denn niemand will einen Kratzer im Lack.

Endlich zwängt sich ein wenig Sonne durch die Wolkendecke, auch wenn sie von hier unten so örpelig aussieht wie ein im Harz festklebender Käfer. Immerhin, meine Kluft beginnt zu dampfen, hatte sich bereits mit dem Bodennebel vollgesogen.

Hier reicht es nicht, daß ein Dach wasserdicht ist. Noch wichtiger ist, daß es den Schnee aushält, ihn trägt, wenn er knie- oder hüfthoch auf den Schindeln lastet. In Wertherbruch achtet man nicht auf diese Dinge, weil es selbst im Winter ständig nur regnet. Und wenn es mal schneit, dann bleibt der

Schnee kaum über Nacht liegen. Aber hier in den Bergen muß der Dachdecker das Gewicht des Schnees kennen.

Man stellt sich immer vor, wenn man mal so richtig allein ist, alles herauszuschreien, was einen ein Leben lang bedrückt hat. Man stellt sich das Meer vor oder den einsamen Gipfel, auf dem man sich mal volle Kanne auskotzen darf und einem allenfalls das eigene Echo antwortet. Aber man ist zwar mal einsam, aber nie wirklich allein. Gerade dann, wenn man es gar nicht erwartet, taucht plötzlich eine Sennerin aus dem Nichts auf, oder ein Waldschrat, ein Geist aus der Vergangenheit, den man mit der ganzen Brüllerei fast zu neuem Leben erweckt hätte. Also läßt man das besser und schallert seinen Frust mit einem fröhlichen Lied weg:

Was kullert da den Berg hinab? Der Ka der Ka der Kakadu, in rotem Strumpf gebrochner Zeh, Wertherbruch erstickt im Schnee.

Was bullert dort den Berg hinab? Die Do die Do die Dose Fisch, Heringsfilet in Paprikasoß, schon hat die Jungfrau den Balg im Schoß.

Was pimpert und pullert den Berg hinab? Das pi das pi das picklige Pack, die Nüsse geschrumpft, die Blasen prall voll, hinab hinab ins Ehegrab.

Plötzlich fehlt mir die Sprache. Ich kann kein Italienisch, fühle mich wie ein Tourist, wie damals beim Zelten am Gardasee. Wie soll ich hier Arbeit finden? Viele Fachausdrücke kenne ich nicht mal auf Englisch. Natürlich, man kann ein Bildchen malen, man kann es vorspielen oder zeigen, man kann sich auch zum Idioten machen. Aber kann einem das nicht auch passieren, wo man vermeintlich dieselbe Sprache spricht? Auch in der Schweiz war ich mir schon oftmals nicht mehr sicher, ob ich alles richtig verstehe.

Fast hätte man mich am Simplon gar nicht ins Land gelassen. Touristen sind natürlich willkommen, selbst deutsche. Aber nun sehe ich ganz und gar nicht wie ein Tourist aus, sondern wie ein Herumtreiber, ein Tagelöhner, der nach Arbeit sucht. Arbeit in Italien? Sind es nicht die Italiener, die in alle Welt auswandern, weil es bei ihnen zu Hause nichts zu schaffen gibt? Es braucht eine Ewigkeit, bis ich den Zöllnern erklärt habe, was eine Walz ist, vielleicht haben sie es sogar bis zum Ende nicht richtig kapiert und lassen mich einfach nur ziehen, weil sie von meinem teutonischen Gebrabbel inzwischen genervt sind.

Das Tal der Ossola ist noch enger und bedrückender als das des Rotten, die steinigen Hänge ragen steil und fast senkrecht wie Hauswände beiderseits der schmalen Straße auf. Etwas von dieser Schroffheit finde ich auch in Domodossola. Viele Gebäude, selbst einige schöne Patrizierhäuser am Markt, stehen leer, weil die Männer in die Schweiz oder nach Deutschland gegangen sind. Sicher kann man hier billig ein Häuschen kaufen, aber was soll man in dieser düsteren, sterbenden Stadt? Der Cappuccino ist billig, er kostet nicht mal ein Drittel von dem, was ich in Saas-Fee blechen mußte. Fast nur Alte sitzen in den Bars und Cafés. Was die Dächer angeht, gäbe es hier auf Jahre genug Arbeit. Aber wer soll das bezahlen? Der Kellner lächelt mich an. Auch er sieht aus, als würde er am liebsten den nächsten Zug nach Brig nehmen. Er würde wahrscheinlich glauben, ich mache mich über ihn lustig, wenn ich ihn nach Arbeit fragte. Also erkundige ich mich bei ihm nur nach einer billigen Unterkunft für heute nacht. Er braucht eine Weile, bis er versteht, was ich suche. Er spricht nur einige Brocken Touristenenglisch. Doch ist mir schon aufgefallen, daß sie hier wirklich begreifen wollen. Und wenn sie merken, daß ich sie nicht verstehe, wiederholen sie einfach dieselben Worte noch einmal, nur mit noch etwas lauterer Stimme. Das steigert sich dann schnell bis zum wohlmeinenden Gebrüll.

Nein nein, kein Hotel, eine Herberge, eine billige Pension! Als er es endlich geschnallt hat, lächelt er wieder und lädt mich zu sich nach Hause ein. Bis zum Ende seiner Schicht bleibe ich auf der Caféterrasse sitzen. Er bringt mir eine Pizza Calzone und noch einen Cappuccino und macht mit einer Geste deutlich, das ginge auf seine Rechnung. Es ist schon verrückt, daß gerade diejenigen, die selbst nichts haben, oft am großzügigsten sind.

Francesco lebt allein mit seiner Mutter in einem sehr großen leeren Haus. Tatsächlich sind sein Vater und alle seine Brüder in Deutschland, und er selbst wäre auch längst dort, wenn er sich nicht um seine Mutter kümmern müßte. Da uns die Wiederholungen und das Gebrüll zu lästig sind, entwickeln wir eine Art Strichmännchensprache, kleine Comicbildchen, die wir wie eine Geschichte aneinanderreihen und hin und wieder durch ein Wort ergänzen, von dem wir glauben, daß der andere es versteht, Papa, Mama, Bambino, Sindelfingen. Ich hätte nicht gedacht, daß wir uns soviel ohne viele Worte mitteilen können. Wir füllen an diesem Abend ein ganzes Schulheft mit unserem Comic, und ich habe das Gefühl, Francesco schon ein Leben lang zu kennen. Vielleicht funktioniert das mit dem Erfinden einer gemeinsamen Sprache aber auch nur, wenn man wirklich etwas voneinander wissen will, ja sich auf einer anderen, tieferen Ebene bereits verstanden hat.

Am nächsten Morgen schau ich mir Francescos Dach an. Es ist mit Schiefer gedeckt und hält noch weitere hundert Jahre, wenn es nicht von einer Lawine oder einem Erdbeben heimgesucht wird.

Francesco hat eine große Narbe auf der Brust, nicht von

einem geraden, chirurgischen Schnitt, sondern als hätte ein Werwolf ihm bestialisch den Brustkorb aufgerissen, um an sein Herz zu gelangen. Ich hätte ihn in unserer Strichmännchensprache sicher fragen können, woher sie stammt, aber ich laß es. Wenn er die Ursachen meiner Narben hätte wissen wollen, hätte ich mir wahrscheinlich alles Mögliche ausgedacht, ihm aber mit Sicherheit nicht von den wirklichen Verletzungen erzählt. Die brutalen Narben an meinem Hals zum Beispiel stammen einfach vom Ziegenpeter und unserem sadistischen Hausmetzger, Doktor Schäfer in der Kaiser-Wilhelm-Straße, der Kindern gerne bei örtlicher Betäubung sein Skalpell in die vereiterten Drüsen rammt. Aber meistens erzähle ich lieber eine ruhmreiche Heldengeschichte, wenn mich jemand danach fragt, von meinem einsamen Kampf gegen die grausame Rosenbergbande, fünf gegen einen. Bevor sie noch einmal zustechen konnten und ich dann wohl verblutet wäre, habe ich dem Messerstecher das Handgelenk gebrochen und ihm zu guter Letzt noch das rechte Ohr abgebissen.

Zu Doktor Schäfers unvergessenen Verdiensten gehört auch die Teilamputation meines linken Mittelfingers. Es begann mit einem harmlosen Splitter unter dem Nagel, wie man sich ihn schon mal rasch am Dachstuhl zuzieht. Ich dachte, ich hätte ihn mit einer Pinzette nach Feierabend vollständig aus dem Nagelbett gepult, aber am nächsten Morgen war der ganze Nagel schwarz, und zwei Tage später dann das letzte Fingerglied. Wegen solcher Kinkerlitzchen rennt ein Dunker natürlich nicht gleich zum Arzt, Vadder empfiehlt, den faulenden Finger mal eine halbe Stunde in warme Seifenlauge zu legen, das habe bei ihm immer Wunder gewirkt. Mag sein, daß Seifen in seiner Jugend schärfer waren, bei mir gesellt sich zur ungesunden Farbe auch noch ein abstoßender Geruch, bis Mudder mich schließlich zu Doktor Schäfer schickt. Der schaut sich das nur kurz an, doch anstatt mir irgendeine entzündungshemmende Paste zu verschreiben, greift er kurzerhand zum Messer und stochert, ehe die Betäubungsspritze überhaupt wirken kann, in dem verrotteten Fleisch herum, bis ihm eine ganze Ladung Eiter an die Brille spritzt. Von diesem ersten Erfolg angespornt, schnibbelt er immer tiefer, bis er in Regionen vordringt, die noch wirklich wehtun. Er achtet nicht auf mein Geschrei, sondern schnappt sich nur eine Art Greifer oder Knipser, wie Opa Menden ihn immer zum Beschneiden seiner Zigarrenspitze benutzt hat. Dort hinein stopft er das bereits bis zum Knochen freigelegte Ende meines Fingers und kneift damit lustvoll das ganze erste Fingerglied ab. Und krank schreibt er mich auch nur für eine Woche, dieser Frankenstein. Mach dir nichts draus, sagt Vadder. Da wird in Zukunft noch mehr dran glauben müssen.

Die Menschen werden einfach zu alt. Sobald die Gören erwachsen sind, sollten die Alten abtreten. Solange sie leben, wird sich nichts ändern. Wenn ich krank war, haben sie mich in ihr Bett geholt. Das sollte wohl eine Art Medizin sein, aber ich habe dort nicht mal richtig Luft bekommen. Die filzigen, moosgrünen Quaddeln begannen, kratzend über die Rauhfasertapete zu kollern. Sie wollten gar nicht, daß ich wieder gesund werde, sie wollten, daß ich an meinem Fieber verglühe.

Selbst wenn jemand zwanzig ist, heißt es immer noch, du bist ja noch grün hinter den Ohren, warte mal ab, bis du so alt bist wie ich! Aber den Abstand werde ich wohl nie einholen. Ich selbst fühle mich schon lang nicht mehr jung. So viel liegt bereits hinter mir, daß ich mir gar nicht vorstellen kann, was alles noch kommen muß, um in ihren Augen je erwachsen zu sein. Ich glaube hingegen, daß man mit zwanzig schon ziemlich fertig ist und im großen und ganzen dann so bleibt. Das meiste ist längst und unwiderruflich entschieden, auch wenn es einem selbst noch gar nicht ganz klar ist und man denkt, man könne noch eine Weile einfach so in den Tag hineinleben und dies und das noch ausprobieren. So ein Quatsch! Ob du ein tüchtiger Mitbürger wirst oder ein Leben lang ein Taugenichts bleibst, steht dir ein für allemal bereits auf der Stirn geschrieben. Aus einem Schwätzer wird jetzt kein Schweiger mehr, aus dem Faulenzer kein Malocher.

Während meiner Schulzeit habe ich Klassenkameraden Nachhilfe gegeben. In meiner Lehrzeit habe ich den Gesellen und dem Meister dann nur noch das Bier rangeschleppt. Ich hätte es wie Klaus machen und beizeiten abhauen sollen, ich hätte mich schon irgendwie durchgeschlagen. Vielleicht hätte ich woanders sogar noch mein Abitur gemacht. Nicht, daß man unbedingt das Abitur braucht, um ein einigermaßen anständiges Leben zu führen. Aber es schadet auch nicht. Es hätte mir jedenfalls, selbst mit zwanzig, noch einiges mehr offengestanden.

Eigentlich würde ich gerne noch in Domodossola bleiben, denn es fehlt mir echt an Schmackes, mich schon wieder auf die Piste zu begeben. Aber außer Francesco finde ich keinen guten Grund, zumindest keinen, den Francescos Mutter verstehen würde. Un daor schmack ik mi van Gift up de Grond, und mache ich mich wieder auf die Socken, Richtung Süden, immer an der Ossola entlang, einen anderen Weg gibt es nicht, auch wenn das Tal sich langsam weitet und allmählich immer mehr Licht auf meinen Obermann fällt.

Immer schon war der erste Schritt der anstrengendste. Besser, man denkt erst gar nicht über das Kommende nach, wartet einfach, bis der Verdruß in einem hochkocht und man einfach nicht mehr auf der faulen Haut liegenbleiben kann. Auch das

Nichtstun kann zur Qual werden. So oder so gab es Schmackes, ob ich nun faulenzte oder mit anpackte. Schmackes schon vorm Frühstück, Schmackes auf dem Pausenhof, Schmackes auf der Baustelle, bis ich begann, selber Schmackes auszuteilen. Wenn mich schon nichts anderes lebendig fühlen ließ als diese ständige Wut, dann sollten sie eben auch andere mal zu spüren bekommen. Solange Klaus noch zu Hause wohnte, mußte sein Arsch am häufigsten herhalten. Später war es Mudder, die das meiste abkriegte. Dabei war eigentlich gar nicht sie gemeint. Wer aber dann?

Es ist sicher nicht gesund, so viel zu denken. Aber wenn man mit sich alleine ist, hat man einfach unendlich viel Zeit, über Gott und die Welt nachzugrübeln. Und wenn man dann auch noch zu Fuß durch die Pampa stapft, gibt es für das Denken kein Halten mehr. Denn nichts regt die grauen Gehirnzellen mehr an und auf als das Gehen. Ja, Gehen und Denken, auch wenn sie meilenweit voneinander entfernt scheinen, stecken offenbar unter einer Decke: Zehen an Großhirn, Achtung, Stolpersteine voraus!

Wer denkt denn da? Ich kann es nicht sein. Ich kann ja nicht denken und mir gleichzeitig diesen ganzen Stuß anhören. Beim Denken muß es also einen zweiten geben. Kein Wunder, daß man da gelegentlich ins Stolpern gerät.

Immerhin, wer zu Fuß latscht, reitet wenigstens nicht. Reitet nicht auf den Dingen herum, die der Fuß nur streift. – Ach, immer diese dämliche Wortklauberei! Am Ende des Weges starren meine Schuhe vor Dreck, und ich kann mich gar nicht erinnern, wann und wo ich durch welche Scheiße gestiefelt bin.

Im Sommer nach der mittleren Reife habe ich in den Ferien einen Monat als Hilfspfleger schaniegelt, in Mudders Krankenhaus, sonst hätte ich den Job wahrscheinlich gar nicht gekriegt, mit sechzehn, ohne jede Erfahrung außer einem DLRG-Rettungsabzeichen und einem Erste-Hilfe-Kurs. Aber meine Aufgabe hatte ohnehin nichts mit Medizin und nur wenig mit

Pflege zu tun: Bettpfannen schleppen und reinigen, Bettenmachen, Essen austragen und schmutziges Geschirr wieder einsammeln, später auch mal einen Patienten in den OP-Saal oder zum Röntgen schieben und wieder abholen. Einmal wurden zwei etwa gleichaltrige Mopedfahrer eingeliefert, schwere Gehirnerschütterung, ein paar Schürfwunden an Armen und Beinen, sonst unversehrt. Sie kamen gerade von der Arbeit auf ihrer Baustelle und waren noch dementsprechend eingestaubt. Ich sollte sie waschen, als hätten sie das nicht selbst gekonnt, aber sie durften sich nicht bewegen und vor allem nicht aufstehen. So ein Krankenhaus ist ja kein Vergnügungspark, sondern eine Anstalt mit strengsten Regeln. Das wird einem gleich bei der Einlieferung unmißverständlich klargemacht: Entweder du gehorchst, oder du fliegst; oder, drastischer noch: Entweder du gehorchst, oder du stirbst.

Am Anfang wagen sie es noch, sich zu beschweren: Kann uns keine Schwester waschen? Wahrscheinlich stellen sie sich junge Schwesternschülerinnen vor, doch ich mache sie darauf aufmerksam, daß es sich um ein katholisches Hospital handle, in dem vor allem Ordensschwestern, keine unter siebzig, ihren Dienst verrichteten und daß sie Besseres zu tun hätten, als zementbestäubte Poliere abzuseifen. Also nehme ich mir einen nach dem anderen vor, verbiete mir jedes zärtliche oder auch nur fürsorgliche Gefühl und schrubbe sie, wie man Dielen scheuert, gerade an den empfindlichen Stellen, damit sie ja nicht den Eindruck bekommen, mir könnte diese Arbeit irgendwie Freude oder gar Lust bereiten.

Aber wie oft habe ich inzwischen diese Feigheit bedauert. Es waren doch genau jene Typen, die sich sonst erst besaufen müssen, um mit ihrem besten Kumpel um die Wette zu wichsen oder gemeinsam in den Puff zu gehen. Typen, für die doch sowieso alle Krankenpfleger schwul und alle Schwestern Flittchen sind, Kerle, die man erst k. o. schlagen muß, bevor man sie anfassen darf. Dabei weiß doch niemand besser, wie man so einen Schniedel steif bekommt, als ein anderer Kerl. Wenn ich schon sehe, wie die blondierten Tussis mit ihren langen, lackierten Fingernägeln sich abmühen und blutige Kratzer an Vorhaut und Eichel hinterlassen oder beim Blasen ihre Zähne nicht genügend auseinanderbekommen und sich gar nicht vorstellen können, wie sich das für den malträtierten Jungen anfühlt! Was hätten die beiden Lehrlinge schon tun können, wenn ihre Pimmel unter meinem warmen, eingeseiften Waschläppchen unwillkürlich steif geworden wären? Gerade sie hätten doch das volle schwule Pflegeprogramm verdient!

Said hat mir von Völkern und Stämmen erzählt, wo Männer und Frauen getrennt voneinander leben und die Männer ihre Ehefrauen nur einmal im Monat aufsuchen, um mit ihnen ein Kind zu zeugen. Ansonsten leben die Knaben und Männer zusammen in einem Männerhaus, wo es Sitte ist, daß die Knaben den Männern einen blasen, weil mit dem Sperma angeblich Kraft und Wissen und Männlichkeit weitergegeben werde. – Lernt man sowas heutzutage in Psychologie? Wie auch immer, schwul würde ich diese Männer nicht nennen. Ich habe auch kein anderes Wort für diese Sitte. Aber sicher haben sie selbst eins dafür und finden das alles ganz normal. Pervers ist bei ihnen wahrscheinlich nur derjenige, der sich über den monatlichen Zeugungstermin hinaus ins Frauenhaus schleicht und seine Triebe nicht im Griff hat. Ich denke, ihm blüht dann das, was meinesgleichen hier zu erwarten hat.

Am schönen Ortasee. Doch bleibt mir von der Pelle, ihr Mistviecher. Kaum habe ich mich am Ufer ausgestreckt, ist schon jedes freie Hautstück zerstochen. Man sieht sie in der

Abenddämmerung nicht, hört sie nicht mal summen, spürt erst den brennenden Stich, wenn sie schon wieder abgezischt sind. So wird man echt zum Killer, zumindest einem in der Liga des Tapferen Schneiderleins.

Aber vielleicht war ich schon immer ein Zimperlieschen, weniger der Plastikpellen-, sondern eher der Naturdarmtyp. Rück mir nicht so auf die Pelle, sagte Mudder immer, wenn man ihr zu nahe kam. Bei Vadder haben wir es ja gar nicht erst versucht. Selten hat sie uns mal in den Arm genommen, da mußte schon der Kopf halb daneben hängen. Und haben wir sie in den Arm genommen, wurde sie steif wie ein Brett. Hatte das mit ihrer Arbeit als Krankenschwester zu tun? Hat man da einfach zu viel Nähe zu anderen Körpern, so daß der Bedarf erst mal gedeckt ist? Leider konnten wir zu Hause über diese Dinge nie reden. Hätte ich sie einfach mal gefragt, hätte sie es gleich als Vorwurf verstanden: Hab ich im Leben nicht genug malocht? Habe ich euch nicht gut versorgt? Hab ich euch je mit leerem Magen oder zerrissenen Socken zur Schule geschickt? Bleibt mir mit eurer ewigen Nörgelei doch von der Pelle! – Hart und spröde wie ein Schalbrett, sauerländische Fichte. Wundert es da noch einen, daß man sich am Ende dem erstbesten Fremden in die Arme wirft und sich von ihm verschleppen läßt? Da nützen auch alle Warnungen vor den bösen fremden Männern nichts, im Gegenteil.

Der Lago d'Orta ist zwar kleiner und nicht ganz so blau wie der Gardasee, doch sofort fühle ich mich an unsere Campingurlaube in Desenzano erinnert. Für die Schönheiten des Gardasees hatte ich als Knirps noch keine Augen. Doch kommt mir gleich die Sommerhitze wieder in den Kopf, das Gedränge am Seeufer, die süßsaftigen Melonen mit ihren lästigen Kernen, manchmal haben wir den ganzen Tag gar nichts anderes gefuttert, und der Junge, der an einen der Verteilerkästen geraten und an einem Stromschlag gestorben ist.

Jetzt erinnere ich mich auch an die Sonnenbrände. Entweder gab es kein Sonnenöl, oder es wurde zu sehr daran gespart. Mudder hätte es eigentlich besser wissen müssen. Sobald wir einmal im Wasser waren, war es abgewaschen, schon am ersten Abend waren unsere Schultern und Rücken rot wie das Fruchtfleisch der Melonen, und nach zwei, drei Tagen hing unsere Pelle in Fetzen. Wir haben uns sogar noch darüber bömmelt, daß man sie in tellergroßen Fladden abziehen konnte. Nach einer Woche am Gardasee glichen wir Bälger von Grabräubern aus ihren Särgen gerissenen Mumien, und nachts wußten wir nicht, auf welcher der verbrannten Stellen wir noch Schlaf finden konnten. Am nächsten Morgen waren wir wieder am Strand.

Eines Nachmittags schnappen sich Mudder und Klaus das Schlauchboot und rudern allein auf den See hinaus, ganz unverfroren wie zwei Verliebte. Ich quängle herum und will unbedingt mit, aber nichts da, sie lassen die lästige Nervensäge einfach am Steg zurück. Ich springe ins Wasser und kraule ihnen hinterher, Klaus schaut sich nicht mal um und rudert ruhig weiter, Mudder sitzt im Bug und lächelt. Der Junge wird schon zurückschwimmen, wenn seine Kräfte nachzulassen beginnen. Aber ich kehre nicht um, bin zwar schon außer Atem, schlucke Wasser, und Arme und Beine fühlen sich wie Blei an, trotzdem gebe ich nicht auf. Außerdem bin ich schon viel zu weit vom Ufer entfernt, als daß ich es noch zurückschaffen würde. Mudder und Klaus lassen sich nicht beirren, Klaus rudert, Mudder läßt ihre Hand durchs Wasser gleiten und achtet nicht weiter auf die kleine, aufdringliche Kakerlake. Inzwischen komme ich kaum noch vorwärts, sondern strample und zapple wie ein dreibeiniger Köter. Mudder weiß, Ertrinkende strampeln und zappeln nicht, sie gehen still und unauffällig unter, der Junge will sich nur mal wieder wichtig machen. Vielleicht hat sie ja recht. Ohnehin sind sie inzwischen schon zu weit voraus, um mich jetzt noch retten zu können. Es ist dann eine fremde Frau in einem Segelboot, die mich an Bord zieht und zum Steg zurückbringt. Am liebsten wäre ich gleich wieder ins Wasser gesprungen, diesmal um wirklich zu ersaufen, aus Rache, daß sie ohne mich hinausgerudert sind. Soll das schlechte Gewissen ihnen doch bis an ihr Lebensende die Seele zerfressen!

Aber dann liege ich doch wieder in all meiner Wut und Traurigkeit auf der stinkenden Luftmatratze, zwischen Mechthild und Klaus, anstatt auf dem Seegrund und denke: Ach, was bist du doch für ein Schlappschwanz, Gabi! Kein Wunder, daß Mudder dich nicht mitnehmen wollte.

Wenn man auf die Walz geht, heißt das, zumindest für die Zurückgebliebenen, daß man auf unbestimmte Zeit verschwindet. Es ist, als würde man auswandern oder in den Krieg ziehen. Die Rückkehr ist ungewiß, also läßt man die Erinnerung schrumpfen, bis sie ganz verschwindet, einfach deshalb, weil es niemand aushält, jemanden ständig zu vermissen.

In mir aber wächst im selben Maß das Heimweh. Mit jedem Schritt, mit dem ich mich entferne, rückt mir das Zurückgelassene nur noch mehr auf die Pelle. Es geht mir wie Adam, als er das Paradies verlassen mußte, das sicher nicht so paradiesisch war, als er mit Eva dort lebte und nichts anderes kannte, und das wohl erst zu jenem Paradies wurde, wie wir es uns heute vorstellen, als er daraus verbannt war.

Nein, der Vergleich hinkt, Wertherbruch wär selbst für den einzigen Menschen auf der Welt kein Paradies gewesen. Wahrscheinlich hat es das ohnehin nie gegeben, so wenig wie den Himmel oder das Schlaraffenland. Von Anfang an, denke ich, war der Mensch irgendwie verbannt, geboren als Fremder an einem fremden Ort, an dem einige dann heimisch werden, andere ein Leben lang nicht. Aber immer steht das Fremdsein am Beginn, auch und vor allem in der eigenen Mischpoke.

So ganz allein auf einsamer Landstraße beginnt man plötzlich, sich nach der Stadt zu sehnen, nach Lärm, Gestank, häßlichen Peitschenlampen und mörderischen Stromkabeln. Als ich noch in der Stadt war, zumindest in Zürich oder Gütersloh, ging es mir umgekehrt, ich wollte so schnell wie möglich raus, fort von all den verdrucksten Menschen, in die freie Natur, in die Einsamkeit. Nun kommt es mir vor, als gehörte ich nirgendwo richtig hin. Vielleicht ist mein Ort irgendwo dazwischen, oder am Rand. Ja, eigentlich war der Rand immer der Ort, an den man mich drängte oder ich mich am Ende wiederfand.

Ein Geruch nach Meer, Teer und Terpentin, Hanf und Bohlen, Tran, Tränen und Walfischblut, nein, nicht nach Meer, nach Küste, Piers, Docks, Lagerhäusern. Ein erfahrener Matrose wüßte sicher, allein anhand dieser Gerüche die Hafenstadt zu erkennen. Vielleicht hat ja sogar jedes Meer seinen eigenen Geruch.

Bei den U-Bahnhöfen bin ich mir sicher. In Berlin stank jede Station anders. Ein Blinder muß dort nur seiner Nase folgen.

San Remo, das klingt wie eine Zigarettenmarke. Oder ein verschlafenes apulisches Dorf mit einer riesigen Kathedrale und einem Kardinal, vielleicht dem zukünftigen Papst. Aber dann ist es doch eine Art Las Vegas am Meer. Wer kein Geld hat, sollte nicht herkommen. Vielleicht verwechsle ich San Remo mit Monte Carlo, das ist ja auch nicht weit von hier.

Die Leute an der Mole starren mich unverhohlen an. Ist was mit meiner Nase? Hab ich sie mir trotz Obermann unterwegs verbrannt? Pellt sie sich nun? Ich will schon weiter, ohne recht angekommen zu sein. Dabei habe ich mich weiß Gott wie verrückt nach dem Meer gesehnt. Aber dann reiße ich mich zusammen und frage freundlich nach einer Herberge, Albergo. Und siehe da, in Wahrheit ist San Remo gar nicht San Remo. Statt Casinos nun Fabriken, die stehen allerdings alle still. Die Arbeiter von San Remo leben inzwischen in Basel oder Wolfsburg. Nur die Kellner sind geblieben. Denn hierher kommt man nicht, um Geld zu verdienen, sondern um es auszugeben.

Ich fange an, eine Einkaufsliste zu erstellen, zwei Spalten, die deutschen Wörter, Äpfel, Bananen, Käse, Brot, in der ersten Spalte, die italienischen Übersetzungen lasse ich mir von der Verkäuferin im Supermarkt nennen, indem ich auf die Sachen zeige. So weiß ich beim nächsten Mal Bescheid und muß nicht mehr fragen. Obwohl das Fragen meistens Spaß macht. Ich frage nämlich nur Leute, von denen ich glaube, daß sie mir gerne antworten. Irre ich mich dann doch einmal, habe ich wenigstens ein wenig Menschenkenntnis dazugewonnen.

Auf dem Fischmarkt treffe ich einen alten Bekannten aus Wertherbruch, Alfons, ehemaliger Schulkamerad, ein oder zwei Klassen höher als ich. Nun schiebt er sich mit einer jungen Frau und einem Säugling durch die verschwitzte Menge der Marktbesucher. Ich hätte ihn womöglich gar nicht wiedererkannt, und wenn doch, dann wär ich ihm aus dem Weg gegangen. Aber er bemerkt mich sofort, natürlich meiner auffälligen Kluft wegen, und scheint sogar erfreut, mich zu sehen, obwohl wir in der Schule nicht viel miteinander zu tun hatten. Er ist noch ein Jahr früher von der Schule abgegangen als ich und hat ebenfalls bei seinem Alten eine Lehre angefangen oder anfangen müssen, in der KFZ-Werkstatt Elsinghorst. Aber so ist das nun mal mit Landsleuten im Ausland, da fühlt man sich einander plötzlich näher, als man daheim je gewesen ist.

Ich begleite sie noch bis zu ihrem Campingplatz, eine staubige, schattenlose Einöde, durch eine vierspurige Schnellstraße vom Meer getrennt. Alfons und ich picheln fröhlich drauflos an diesem Abend. Jacqueline, seine Gattin, ist nicht begeistert von dieser kleinen Wiedersehensfeier und geht samt Birgit, ihrem kleinen Schreihals, früh schlafen. Also fragt Alfons sie auch gar nicht erst, als er mich einlädt, die Nacht in ihrem Zelt zu verbringen. Ich hätte auch gar nicht gewußt, wo ich so spät und so zugeballert noch hätte Platte reißen sollen.

Ich habe mal gehört (vermutlich von Pille, der ja immer zu allem seinen Senf dazugeben mußte), daß Vaterschaft Männer sanftmütiger mache. Jedenfalls hat Alfons von der Schwangerschaft ein kleines Bäuchlein zurückbehalten. Vielleicht ist auch Jacqueline in den letzten Monaten zu sehr von ihrem kleinen Scheißer in Beschlag genommen worden, als daß noch genug Aufmerksamkeit für ihren Mann übriggeblieben wäre. Wie auch immer, ich geh ihr lieber aus dem Weg, stehe trotz des tierischen Katers mit der Sonne auf und verpiß mich zurück in die Stadt. Alfons tut so, als bekomme er von meinem frühen Aufbruch nichts mit. Er wird seine Gründe haben.

Dann taucht er plötzlich vor meinem Frühstückscafé auf, wollte mich offenbar doch nicht einfach so gehen lassen und ist mir hinterhergelaufen. Er setzt sich an meinen Tisch, bestellt einen doppelten Espresso, dann lächelt er schief und sagt: Keine Ahnung, was ich hier mache.

Weiß ich auch nicht.

Ich bring dich noch zur Jugendherberge. Ich kenne das Mädchen am Empfang.

Sie ist aus Münster und lebt schon länger in Italien. Sie spricht fließend Italienisch, aber hat was an den Ohren, so daß die Gäste laut und deutlich sprechen müssen. Ich müsse ihr nur einen Zettel mit Ort und Uhrzeit zuschieben, flüstert Alfons mir zu, dann könne ich es mit ihr treiben, ganz umsonst. Ohne daß ich ihn darum gebeten hätte, bezahlt er für mich die erste Nacht. Als ich ihn endlich losgeworden bin, frage ich das Mädchen, ob es hier in der Herberge oder sonstwo Arbeit für mich gebe. Sie schüttelt den Kopf. Dann kritzelt sie etwas auf einen Block, eine Adresse offenbar, und sagt: Frag mal Ettore, der renoviert gerade sein Haus.

Andere verkaterte Gesichter, vor der Nase baumelnde haarige Stelzen. Sieht man auch meinen Kackstaaken noch die Landstraße an, meiner grauen Visage mit den Augenringen die Pullen Bier, die ich gestern mit Alfons gepichelt habe? Sicher würde man mich nicht einfach blöde stehenlassen, wenn ich mich zu irgendeiner Herbergsgruppe gesellte, aber mir ist irgendwie nicht nach Geselligkeit. Manfred hat mich ja gewarnt: Irgendwann überkommt dich der Trippelkoller, dann haßt du die Landstraße, die Herbergen, die Autofahrer, die freundlich halten, und die, die nicht halten, sowieso, die hilfsbereiten Sekretärinnen in den Handwerkskammern, die Meister, die dich auf Probe anstellen, ihre gutmütigen Frauen, die dich nach der Arbeit immer noch zum Futtern dabehalten wollen, weil sie glauben, du bist vor Heimweh schon ganz krank.

Für das Meer ist die Luft das Dach. Das klingt so leicht, aber auch die Luft hat ihr Gewicht.

Was ich an meinem Handwerk am meisten bedaure, ist: Ein Dachdecker darf kein Träumer sein. Ja, nicht einmal ein Denker. Denkt er zuviel, verliert er plötzlich das Gleichgewicht. Er muß die Füße und Hände einfach machen lassen. Sie wissen selbst am besten, was sie zu tun haben.

Doch manchmal ist der Kopf so voll, da suchen die Gedanken sich die kleinste Ritze, um ans Tageslicht zu kommen. Aber was soll man machen? Dichtet man ein Dach zu dicht ab, fängt es darunter bald an zu schimmeln.

Heute den ganzen Tag auf Ettores Haus schaniegelt. Zwischendurch eingekauft und während der größten Tageshitze in einer Kirche abgehangen. Die italienische Liturgie ist mir auf Anhieb vertraut, so, als könne eine katholische Messe gar nicht anders klingen. Deutsch und Gottesdienst, das klingt sofort protestantisch. Trotzdem ein merkwürdiges Schauspiel, diese alten Frauen und die Handvoll kichernder Mädchen. Der einzige Junge, der Messdiener, benimmt sich, als ginge ihn dieses ganze Affentheater nichts an; als habe man ihn gegen seinen Willen vom Bolzplatz weggeholt und in dieses lächerliche Rüschenkleid gesteckt. Er tut mir wirklich leid, aber er muß doch auch zugeben, im Gegensatz zum Bolzplatz oder zu Ettores Dach ist es hier angenehm kühl.

In der Nacht lausche ich den neuen Geräuschen. Erst jetzt fällt mir auf, wieviel Krach die Frösche und die Grillen oder Zikaden machen. Aber auch sonst fühle ich mich ein wenig mulmig in meiner Kammer in Ettores Haus. Genau in diesem Bett soll man Ettores Bruder erschossen und auf dem Speicher eben jenes Dachs, das ich gerade neu decke, seine Frau verbrannt haben. Ettores Sohn Giovanni hat es mir beim Abendessen erzählt, er ist zwölf und spricht ein wenig Englisch. Aber irgendwann schnallt Ettore, von was die Rede ist, und fordert den Jungen auf, den Mund zu halten.

Ich nicke erst ein, als sich schon das erste Vogelgezwitscher unter das Gequake und Gezirpe mischt. Weil mich das alleine nicht beruhigt, lasse ich meinen Zimmermannshammer griffbereit neben dem Kopfkissen liegen.

Ettore ist Fischer. Da ich ihn aber nie mit Fischen zurückkommen sehe, denke ich mal, er verdient sein Geld mit Schmuggel. Dagegen ist nichts zu sagen, wenn man so nah an der Grenze wohnt. Wir in Wertherbruch machen es ja nicht anders.

Dann ist da noch Ettores Mutter, eine Greisin, eine Mumie, zahn- und fast haarlos und völlig unberührt von irgendwelchen Moden. Im Haushalt tut sie nichts mehr, aber jeden Tag geht sie in die Kirche und betet für ihre Lieben und inzwischen wohl auch für mich, wie Giovanni spottet. Sie ist mir ein wenig unheimlich, und mir wäre lieber, sie ließe mich in ihrem alltäglichen Schnack mit Gott unerwähnt.

Ettore schickt seinen Filius noch einmal zurück ins Haus, um etwas für ihn zu holen, es hört sich an wie Spunfata oder so ähnlich, vielleicht das italienische Spunk. Giovanni steht vor den Geräten im Schuppen und weiß nicht, zu welchem Ding er greifen soll. Er hatte wohl zu viel Muffe zu fragen. Das erinnert mich an eine ähnliche Geschichte mit Vadder: Bring mir einen Beitel aufs Dach, Junge. Und beeil dich! Ich flitze in den Keller, aber habe gar keinen Schimmer, wie ein Beitel überhaupt aussieht. Kein Aas hat es mir bisher erklärt. Und ich will natürlich nicht wie ein Idiot dastehen und fragen. Ich muggel eine Weile herum, bringe Vadders geheiligte Werkzeuge mehr und mehr durcheinander, bis er plötzlich hinter mir steht und mich anbrüllt: Wo bleibst du nur, Döskopp? Träumst du wieder?

Ich kann ihn nicht finden.

Aber da liegt er doch, direkt vor deiner Nase! – Er ballert mir die eiserne Stemmseite eben auf dieselbe, daß der Nasenrücken aufplatzt und mir das Blut über Mund und Kinn tropft, und pröttelt weiter: So ein Dusselkopp! Zu nichts zu gebrauchen!

Die hübsche Narbe ziert meinen Zinken bis heute.

Wenn Vadder sich am Abend noch mal rasiert und besonders verschwenderisch mit seinem Aftershave umgeht, wissen wir, er geht noch mal raus, und zwar nicht nur ins Teutoneneck. Er sagt nicht, wohin er geht oder wann er zurückkommt, und Mudder fragt nicht. Sie will keinen Streit, vielleicht interessiert es sie inzwischen auch nicht mehr. Wir Gören ahnen bereits, daß es sich um etwas Schmuddeliges handeln muß, das legt schon der umwerfende Gestank des Rasierwassers nahe.

Mitten in der Nacht reißt uns ein ohrenbetäubendes Geschepper aus dem Schlaf. Es klingt, als sei Mudders ganzes Geschirr zu Bruch gegangen. Doch keiner steht auf, um nachzusehen, selbst Mudder nicht.

Am Morgen sehen wir dann die Bescherung. Mudder ist bereits zum Frühdienst fort und war wohl zu müde, um davor noch aufzuräumen. Tatsächlich ist der ganze Hängeschrank aus der Wand gerissen, ein Großteil der Teller, Tassen und Gläser liegt zerbrochen auf den Dielen. Wir haben gerade erst angefangen, die Scherben zusammenzukehren, als Vadder in die Küche torkelt und uns in dem ganzen Kladderadatsch entdeckt.

Glaubt ihr, ihr könntet stiekum mal eben verschwinden lassen, was ihr angerichtet habt? brüllt er. Wer von euch ist das gewesen? Raus mit der Sprache!

Wir stehen eingeschüchtert da und wissen, jedes Wort macht es nur noch schlimmer. Also halten wir den Mund.

Doch Vadder tobt schon weiter: Klar, ist mal wieder keiner gewesen! Dann kriegt ihr eben alle drei eine Abreibung. Klaus, komm her!

Da Vadder in seinen Schießern dasteht und keinen Gürtel hat, greift er zur Hundeleine. Erst sind es nur Klausens nackte Beine, die er trifft. Das Leder hinterläßt rote Striemen, die sich nach und nach mit Blut füllen. Die kurze Hose wird heute wohl im Schrank bleiben.

Doch dann wandern die Schläge höher, über den Hintern hinaus bis zum Rücken. Das Hemd ist hochgerutscht, außer dem Klatschen der Leine und Vadders Schnaufen ist nichts zu hören.

Doch da beginnt Mechthild zu flennen und schluchzt: Klaus war es nicht, ich war's, Vadder!

Einen Augenblick starrt Vadder seine kleine Tochter an, die Augen leer wie die eines Toten. Dann kommt er wieder zu sich: Ah, endlich ein Geständnis. Aber erst mal den Bruder leiden lassen, du Kanaille. Komm her!

Mechthild redet Blödsinn! ruft Klaus. Ich bin's gewesen. Sie kommt ja nicht mal bis an die Schranktür!

Na, wer denn nun? Erst will's keiner gewesen sein, und jetzt hagelt es ein Geständnis nach dem anderen. Vielleicht steckt ihr ja alle unter einer Decke. Vielleicht habt ihr ja alle eine Tracht Prügel verdient! Komm her, Mechthild, hol dir deinen Teil!

Laß, Vadder, sie hat nichts getan, glaub mir!

Wie du meinst, Rotznase. Doch glaub nicht, wir sind schon miteinander fertig!

Bis jetzt hab ich nur mit zusammengebissenen Zähnen dabeigestanden und mich rausgehalten. Aber als Vadder tatsächlich wieder auf Klaus einzudreschen beginnt, passiert etwas Seltsames: Etwas Kaltes, Eisiges spaltet sich von dem kleinen Jungen mit Muffensausen ab, Klaus sieht es kommen und schüttelt fast unmerklich den Kopf, doch zu spät.

Vielleicht warst du es ja selbst, Vadder, der heute nacht im Suff diesen Scherbenhaufen angerichtet hat.

Wie vom Blitz getroffen erstarrt Vadder mitten im Schlag. Doch dann macht er sich erst gar nicht die Mühe, mich zu sich zu rufen, sondern stürzt mit der erhobenen Leine auf mich zu und peitscht sie mir mitten ins Gesicht (siehe die lütte Pocke auf der Stirn). Mechthild kreischt laut auf, Klaus wirft sich dazwischen, ich bin wieder ich selbst, piß mir in die Hose und schaff es nicht mal, mir mit meinen Wichsgriffeln das Gesicht zu schützen.

Mechthild flitzt nach oben, Opa und Oma sind so flott in unserer Küche, als hätten sie schon im Flur bereitgestanden. Es braucht beider Hände, um ihren dullen Sohn von seinen Kindern wegzuzerren. Selbst sie kriegen einige Klapse ab, Oma weint und schättert, ihr Hermann sei ein gottloser Balg, für den sie sich schäme. Doch Vadder kommt erst zur Besinnung, als Opa ihm eine so saftige Ohrfeige verpaßt, wie er sie wohl schon lange nicht mehr von seinem Vater gekriegt hat. Bei Oma hätte er vielleicht zurückgeschlagen, aber bei seinem Alten wagt Vadder es nicht.

Verrückt, aber manchmal vermisse ich das Muffensausen sogar. Wann bin ich das letzte Mal vor jemandem davongerannt? Wann habe ich mir das letzte Mal vor Angst in die Hosen gemacht? War es nicht immer auch aufregend, Muffen tekreggen, Schiß zu haben, daß mich irgendein Arsch bei den Eiern kriegt oder mich mal so richtig durchwichst? Irgendwie haben mich die Typen, die mich früher gehänselt und gequält haben, auch angemacht. Gewalt und Sex waren immer schon Brüder.

Eigentlich läge ich jetzt lieber in der Pofe, aber da geht's mir wohl wie den Kerlen, die es jede Nacht in die Kneipe oder in den Puff zieht. Häng einmal mehr hier im Bahnhofspissoir ab, die Blase längst leergedröppelt und schon schietendick vom Chlor- und Ammoniakgestank. Bei den Scheißeresten kommt mir fast das Kotzen. Wahrscheinlich ist hier sogar mit Schlimmerem zu rechnen als Dreck und Gestank. Aber bin ich nicht gerade deswegen hier?

Die meisten haben mehr Schiß vor mir als ich vor ihnen und hauen gleich wieder ab, wenn sie ausgepißt haben. Ohnehin ist um diese Zeit nicht mehr viel los. Wenn sich noch wer an diesen Ort verirrt, dann nicht der Züge wegen.

Auf einmal steht er neben mir, als ich selbst schon frustriert aufbrechen und in meine verfluchte Kammer zurückkehren will, öffnet seine Uniformhose und holt seinen Schnuller raus. Zunächst hält er ihn so, daß ich ihn nicht sehen kann. So macht man das hier, bis man herausgefunden hat, wie der Pinkelnachbar gepolt ist. Denn wehe, man irrt sich! Manchmal genügt ein Blick, um alles klarzumachen, manchmal zieht sich das Spiel endlos hin. Wenn es denn ein Spiel ist.

Seine Haut ist dunkel, sonnenverbrannt, zumindest an den sichtbaren Stellen. Er ist einen Kopf kleiner als ich, und das einzige, was mir ein wenig Sorge bereitet, ist seine Uniform, Carabinieri, Brigadieri, Policia, was weiß ich, von dieser Bullerei gibt es in Italien ja mehr als bei uns.

Seine Augen sind grün, mattgrün wie oxydiertes Kupfer, seine Hände sind kurzfingrig und wirken irgendwie bäuerlich, doch die runden Fingernägel sind ordentlich geschnitten und blitzblank. Am Gürtel steckt in einem weißen Halfter eine

Knarre, so nah, daß ich sie ziehen könnte, wenn ich gewitzt oder brutal genug wäre. Wieder glotzt er zu mir, den Mund halb offen, fragend. Ich nicke.

Er verstaut seinen Schnulli in der marineblauen Hose, zieht den Reißverschluß zu, geht vor. Am inzwischen geschlossenen Zeitungskiosk wartet er, bietet mir eine Zigarette an. Wir laufen durch die menschenleeren Straßen, ein merkwürdiges Paar. Obwohl er nur Italienisch spricht, haben wir doch rasch geklärt, daß es keinen Ort gibt, wo wir hinkönnen. Er sagt *familia a domo*, und ich sage *dito*, also spazieren wir ziellos herum. Wir hätten es schon in einer der beschissenen Stehtoiletten treiben müssen, aber dort wäre selbst ich nicht gerne in flagranti erwischt worden.

Astronomen behaupten, daß der Weltraum leer sei (oder war es Pille?), was vermutlich heißen soll, daß zwischen zwei Himmelskörpern nichts ist. Wenn aber zwischen ihnen nichts ist, wären sie durch nichts getrennt und müßten folglich direkt aneinanderkleben. Aber ein Blick in den Himmel reicht, um festzustellen, daß es so nicht ist. Also kann der Weltraum doch nicht leer sein. Wir sehen nur nicht, was da außer Schwärze noch sein könnte.

Und wenn das gar nicht Italien ist, sondern das Raumschiff Enterprise, auf das man mich gebeamt hat, in letzter Sekunde, bevor die Erde, die wirkliche Erde, mir um die Nase fliegt? Nun hält man mich noch eine Weile auf der Intensivstation des Raumschiffs fest, gaukelt mir mit Bildern vor den Fenstern das längst verglühte Italien vor, täuschend echt, um den Schock zu mildern, wenn ich die Wahrheit endlich herausfinde. Und irgendwann rücken sie dann mit der Sprache heraus, und ich sehe die Leere hinter den Scheiben. Sie erzählen mir von ihrer

Suche nach einem erdähnlichen Planeten, wo man noch mal von vorne anfangen wolle. Doch ich merke, ihre Trostversuche gehen mir voll am Arsch vorbei.

Nun bekomme ich doch noch mein Abenteuer, wenn auch ein anderes als erwartet. Im Augenblick überwiegt noch der Stolz, mich gewehrt zu haben. Was mich hingegen erschreckt, ist, wie leicht man mich in die Falle hat locken können. Vollkommen arglos latsche ich dem Lockvogel hinterher, und plötzlich, auf einem Brachgelände, fast schon außerhalb der Stadt, finde ich mich von fünf finsteren Kerlen umringt. Wie konnte ich so blöd sein und glauben, mein schwarzgelockter Engel würde auf einen ungeschlachten Gesellen wie mich stehen? In meiner ganzen Kindheit habe ich doch nie jemandem wirklich vertraut. Und jetzt falle ich auf eine so billige Masche rein.

Aber ich begreife schnell. Ohne zu zögern, ohne Zeit fürs Nachdenken zu verschwenden, breche ich durch den Ring der Briganten. Einer packt mich noch mit seiner Pranke, in der anderen blitzt ein Springmesser auf, ich schlag ihm knallhart in die Fresse, stürze die Böschung hinunter zur Hauptstraße und bin dort im Laternenlicht, obwohl um diese Zeit kaum ein Auto fährt, erst mal sicher.

Leider habe ich bei der Attacke meinen Obermann verloren. Aber es hätte noch schlimmer ausgehen können, mit einer Klinge im Bauch. Eigentlich war es völlig idiotisch, mich mit ihnen anzulegen. Doch hätte ich es einfach nicht ertragen, wenn sie mich völlig abgezogen hätten.

Ich träume, daß ich das einzige Buch, das ich neben meiner Wanderkladde mit mir herumschleppe, *Ansichten eines Clowns*, endlich zu Ende gelesen habe. Als ich es in meinen Charlie packen will, geht das ganze Bündel plötzlich in Flammen auf.

Ich versuche, das Feuer auszutreten, und verbrenn mir dabei auch noch die Füße.

Bin heute noch mal auf die Brache zurückgekehrt, um nach meinem Obermann zu suchen. Doch weder von meinem Hut noch von den jugendlichen Halunken eine Spur. Und wo bekomme ich jetzt eine neue Melone her?

Ich will zu Fuß über die Grenze, und der italienische Zöllner winkt mich einfach durch, er sieht ja, daß ich bei meinem wenigen Gepäck nichts rüberschmuggeln kann. Stattdessen widmet er sich den dicken Karren und achtet nicht weiter auf den kilometerlangen Stau. Mit einer gewissen Schadenfreude zuckel ich an der wartenden Kolonne vorbei zum nächsten Schlagbaum, doch kleine Sünden straft Gott sofort. Der Franzmann winkt mich zu sich, will meinen Ausweis sehen, dann meinen Charlie. Und nun friemelt er tatsächlich auf seiner Theke vor dem Wachkabuff meine ganze Dreckwäsche auseinander, blättert in meinem Gesellenbuch jede Seite einzeln um und beschnüffelt meinen Latthammer, als sei er eine Mordwaffe. Diese Schikane reicht ihm immer noch nicht, er will, daß ich meinen nagelneuen Obermann abnehme, dafür könnte ich ihm schon eine scheuern, und dann den Wallmusch ausziehe. Ich beiß mir auf die Zunge, will ja keine Scherereien, aber nun geht's mir wie mit Mechthild in St. Josef, plötzlich bricht das Gelächter einfach so aus mir heraus wie die Kotze aus einem Suffkopp. Nun brüllt der Ömmes mich verärgert an und weist auf sein Kabuff. Als ich nicht gleich reagiere, weil ich von seinem gebellten Französisch kein Wort verstanden habe, gibt er mir einen Schubs. Nur der Gedanke an Ecki hält mich davon ab, meinen Stenz zu benutzen. Und schon flitzen zwei Kollegen auf uns zu, einer nimmt mir sogleich den Stock ab, der zweite stemmt seinen Fuß gegen meine Beine, tritt mir zweimal in die Kniekehlen und zwingt sie auseinander. Was glauben die wohl? Daß sie hier einen ganz dicken Fisch an der Angel haben, einen Obermafioso, einen Camorraboss? Der Treter grapscht mich von den Fußknöcheln bis in den Schritt an, und da er außer meiner Latte nichts in den Hosenbeinen findet, zeigt er jetzt auf meinen Gürtel. Was will er denn nun? Daß ich vor den Augen der monegassischen Großkotze in ihren Luxuslimos strippe? Empörung und Belustigung halten sich die Waage. Und was kann ich schon tun, außer die Schnauze zu halten. Wenn ich ihnen krumm komme, schicken sie mich einfach zurück, und das war's dann mit meinem Frankreichbesuch.

Ich sollte ein Wörterbuch verfassen: Ömmes, männlich, bezeichnet mit den Varianten Ommer, Ummer und Ümmer eine Murmel beim Knicker- oder Klickerspiel, und zwar genau das begehrte dicke Ding. Ömmes ist also etwas Fettes, Angeberisches, aber im Gegensatz zum Brackmann weniger monströs; steht auch für den Kumpel oder Kerl, dessen Name einem gerade nicht einfällt oder überhaupt für irgendjemanden. Wi heet denn de nije Ömmes van din Süster?

In manchen fachlichen Kreisen allerdings steht Ömmes ausschließlich für das Begattungsorgan männlicher Tiere bei Arten mit einer inneren Befruchtung. Dort dient der Ömmes zur Übertragung der Spermien in den weiblichen Geschlechtstrakt und ist vor allem bei feuchtlebenden Tierarten sowie bei Sedimentbewohnern ausgebildet.

S. a. Oschi, m., Ding, das durch seine schiere Größe Eindruck schindet.

Ach ja, in einigen religiösen Kreisen ist für den Unaussprechbaren vom Großen Ömmes die Rede. Das nur der Vollständigkeit halber.

Ich glaube, alles läßt sich sagen. Es ist nicht die Sprache, es ist kein Mangel an Wörtern, der uns daran hindert, manches nicht zu sagen. Es sind die Umstände, innere und äußere. Manche tun alles dafür, daß etwas ungesagt bleibt. Sie wollen uns weismachen, daß es keine Worte dafür gibt, oder daß die Worte schmutzig, böse, verboten seien. Aber es gibt nichts, wofür es keine Worte gibt. Im Gegenteil, es gibt mehr Wörter als Dinge. (Und ganz nebenbei bemerkt: Wie kann ein Wort schmutzig sein?)

Johannes sagt, Gott habe mal das Monopol auf alle Wörter besessen. Wer die Macht über die Wörter hat, hat die Macht über unseren Deetz. Aber der Große Ömmes ist ja selbst nur ein Wort. Wenn er uns verbietet, es zu benutzen, dann deshalb, damit wir nicht über es verfügen. Auch der Große Ömmes fällt unter die Wörter, die kein besonderes Ding bezeichnen. Er ist ein überschüssiges Wort, das am Ende nur sich selbst meint.

Als Meßdiener habe ich Unverständlichkeit noch mit Tiefe und Geheimnis verwechselt und den Johannes immer ganz besonders gemocht. Nun ist es nur noch Paulus, dessen moralinsaures Geschwafel ich noch mehr verachte. Er ist der wahre Judas, der meinen Zimmermannskumpel verraten hat. Der hätte diesen Ultra nie in seinen Schacht aufgenommen. Wer aber die Liebe nicht hat – was für ein Heuchler!

Ich habe keine Badehose in meinem Charlie und bisher auch keine Badehose gebraucht. Nun bin ich so dull und hau mich in meiner pißfleckigen Unterhose in die Sonne. Und prompt habe ich nach einer halben Stunde einen Sonnenbrand. Dabei habe ich mich eben noch über die Touristen lustig gemacht, die speckig unter ihren Sonnenschirmen dösen, selten oder gar nicht ins Wasser gehen und sich für die Heimatfront braten lassen.

Nizza ist ein verdammt teures Pflaster. Deswegen übernachte ich mit anderen Trampern, Pennern und Tippelbrüdern gleich hier am Strand. Da ich Muffe habe, man könnte mich beklauen, lege ich mich zu einer Gruppe von Schweden. Die haben sich so sehr mit Gras und Alk eingedeckt, daß ich mal davon ausgehe, daß sie die Nacht durchmachen.

Niemand von der Bagage warnt mich allerdings, daß bei Sonnenaufgang die lokale Polente mit ihren Wasserwerfern aufmarschiert und uns wilde Camper einfach mit einem mordsharten Pissestrahl vom Strand ins Meer fegt. Alles ist klitschnaß, und natürlich lassen sie uns nicht gleich wieder zum Trocknen auf den Kies, denn der ist nun für die zahlenden Speckbräuner reserviert. Gastfreundliches Frankreich!

Selbst mein Wanderbuch hat's arg erwischt. Muß nun jede Seite einzeln in die Sonne halten, damit sie nicht aneinanderbacken. Sitze mit den Schweden auf einer Bank im Park Albert, alle, selbst die Mädchen, bis auf die Unterhosen nackt. Eine Frage der Zeit, daß die Bullen uns auch von hier verjagen. Während ich meine Heftseiten trockne, sorgen sie sich um ihren Tabak und ihr Gras. Am besten, denken sie, verbrauchen wir es gleich, bevor es anfängt zu schimmeln. Sie sind aus Göteborg, haben gerade die höhere Schule abgeschlossen und wissen offenbar noch nicht so recht, wie es weitergehen soll. Sie können sich vorstellen, so wie ich erst mal eine Weile durch die Weltgeschichte zu tippeln, wenn auch nicht als Dachdecker. Aber egal, als was man unterwegs ist, man lernt ja immer was dazu, nicht wahr?

Every experience is a good experience, sagen sie. Wenn's mal so wäre.

Hey, Pille, hier unter den sonnenverbrannten Fischen schreib ich dir diese Karte. Laß dich von dem Bild nicht täuschen, Nizza ist so anziehend wie Saurierklöten. Selbst der Strand besteht nur aus Steinen, fett und runzlig wie die gerade erwähnten. Wundert es dich da, daß ich gerade an dich denke? Wie ist es ohne mich in der Muskauer? Kälter als hier, denke ich mal, aber vielleicht schau ich gelegentlich mal wieder vorbei, Grüße, G.

Kommt mir ein wenig mager vor. Aber mehr paßt halt nicht auf eine Karte. Und was soll ich ihm mit irgendeiner Gefühlsduselei auf die Eier gehen. Wahrscheinlich sehen wir uns sowieso nicht wieder.

Jenseits der Strandpromenade ist Nizza tatsächlich ein armseliges Kaff. Arbeitslose, Penner und Junkies lungern den ganzen Tag auf der Straße und in den Parks herum, drehen sich ihre Joints, malträtieren ihre Klampfen und reden über Gott, als handle es sich um eine Geschlechtskrankheit. Dann die alten Bocciaspieler, polieren so zärtlich den Staub von ihren Kugeln wie Vadder den Dreck von den glänzenden Radkappen seiner Karre, zielen mit halbgeschlossenen Lidern, heben den schon etwas steifen Arm, öffnen die gichtgeschwollenen Finger, die Kugel saust ihre Bahn, während die Männer regungslos dastehen, knallt auf die rote, staubige Erde, rollt aus, liegt still, das Leben geht weiter, eine Weile noch. Ich glaube, Nizza ist kein Ort für mich. Abgesehen davon, daß Nizza mich auch gar nicht will.

Ich rufe kurz zu Hause an, hab mich ja schon wochenlang nicht mehr gemeldet. Aber solange man nichts von einander hört, ist alles in Ordnung, entschuldigt man bei uns Dunkers die Fernsprechmuffelei. Und wenn ich mich dann mal durchringe, mich zu melden, sagt Mudder nach einigen verlegenen Sätzen unter Garantie: War das alles, Gabriel? Dann leg ruhig auf, sonst wird es noch zu teuer. Kein Wunder, daß ich lieber oben, bei Oma, anrufe, um auf den neuesten Stand gebracht zu werden. Immerhin bin ich es, der anruft, und es sind meine Francs, die der Apparat verschlingt.

Als sie meine Stimme hört, bricht Oma in Tränen aus: Wo

steckst du, Junge? Warum hast du dich nicht früher gemeldet? Jetzt hast du die Beerdigung verpaßt.

Ich bin in Südfrankreich, Oma. Was ist passiert?

Dein Onkel ist gestorben.

Welcher Onkel?

Altgeselle Manfred.

Ich dachte, wir sollen ihn nicht Onkel nennen.

Nun kennt ihr Schluchzen kein Halten mehr: Aber er war doch dein Onkel, Gabriel.

Vadders Bruder? Warum erfahre ich erst jetzt davon?

Als Manfred unterwegs war, war ich noch ein dummes, unreifes Gör. Ich wußte doch gar nicht, was da eigentlich passiert war. Glaubst du, damals hätte uns irgendjemand was erklärt? Hätte dein Opa mir nicht aus dem Schlamassel geholfen, ich glaube, ich hätte mich auf dem Söller erhängt.

Wußte Vadder davon?

Opa und ich wollten die Schande eigentlich für uns behalten. Manfred war einfach eine Kriegswaise, die wir bei uns aufgenommen hatten. Doch einmal, als dein Vadder Manfred wirklich fies behandelt hat, ist mir wohl mal was rausgerutscht. Ich weiß nicht, ob Hermann überhaupt begriffen hat, was ich da sage. Wir haben nie wieder darüber gesprochen.

Ihr seid mir ja eine schöne Sippschaft!

Nun folgt minutenlanges Geflenne, während mir langsam die Francstücke ausgehen. Was habe ich nur angerichtet. Hör mal, Oma, ich steh hier an einem Münztelefon, wundere dich nicht, wenn die Verbindung plötzlich abbricht.

Warte Gabriel, deine Mutter will noch mit dir sprechen.

Gabriel? Geht es dir gut? Laß es mich kurz machen, sonst wird es noch zu teuer. Vadder will, daß du deine Walz abbrichst und sofort zurückkommst. Er braucht dich jetzt hier im Betrieb. Er hat ja sonst niemanden mehr. Gabriel?

Warum war Altgeselle Manfred nicht verheiratet? Warum wohnte er in einer Kammer unter dem Dach und nicht in einer eigenen Wohnung? Als Kinder haben wir uns das nie gefragt, für uns war er tatsächlich eine Art Familienmitglied, aß oben mit Oma und Opa, war immer da, wenn wir jemanden brauchten, den wir ungestraft veräppeln konnten, nahmen seine Doofheit als ganz normal hin, aber daß er keine Frau und nie eine Freundin hatte, hätte uns stutzig machen müssen. Alle Erwachsenen, selbst die beklopptesten, waren verheiratet.

Egal, jetzt ist er tot. Ich spiele mit den restlichen Münzen in meiner Hand und kauf mir davon erst mal eine Pulle Bier. Dann fläze ich mich auf eine der verbrannten Stellen im Park Albert, wo der dicke Hintern des Altweibersommers seine Spuren hinterlassen hat. Nichts gehört mir, außer das, was ich am Leib trage, nicht der Straßenrand, nicht die Parkbank, nicht das verbrannte Stück Rasen. Viele meiner ehemaligen Klassenkameraden haben zu ihrem achtzehnten Geburtstag einen Führerschein geschenkt bekommen. Andere sind allein deshalb freiwillig zum Barras gegangen. Vadder denkt nicht im Traum daran, mir einen Führerschein zu schenken. Klaus hat seinen bei der Polizei gemacht. Polizisten ohne Führerschein kann man natürlich nicht gebrauchen. In Berlin gibt es noch eine Reiterstaffel. Und die berühmten Kontaktbereichsbullen, die zu Fuß durch ihren Kiez bummeln.

Wenn ich schon höre: Er tat sein Bestes! Das Gute wäre doch bereits gut genug gewesen. Ja, meistens ist das Gute sogar besser als das Beste.

Meinetwegen kann man alles verzeihen, wenn man nur vorher für eine anständige Bestrafung gesorgt hat.

Und wieder stehe ich an einer Kreuzung. Daß die Sonne gräßlicher sein kann als Regen und selbst Schnee! Aber hier fängt alles an und endet alles, unterwegs, auf einen Wagen wartend, der anhält, den Umständen ausgeliefert, vielleicht ist der Fahrer ja besoffen und rast vor den nächsten Baum! Selbst die Sterne sind unterwegs, auch wenn wir es nicht sehen. Blieben sie stehen, bräche wohl das ganze Weltall zusammen. Sein Alter und meine Jugend treffen sich hier. Und schon fühlt man sich mit dem Leben nicht mehr ganz so allein. Ich stoße mit euch an, trinke mit euch Bruderschaft, Sterne, selbst mit dir, höllische Sonne, bevor die Pulle im Straßengraben landet.

Noch fünf Minuten länger in dieser schattenlosen Glut, und ich falle einfach um. Nein, einen ehrlichen Gesellen haut nichts um. Erst macht sie ihn noch besoffen, tanzt mit ihm, bis ihm schwindlig ist und er sich den feinen Anzug vollgöbelt. Dann packt sie ihn am Kragen und wirft den dullen Gesellen gegen die Leitplanken, die sich in der Sonnenglut schon ganz verbogen haben. Am Ende wird's noch mal richtig lustig, so im Außerhalb, schon fast im All, in der Leere, vor der Weltraumtür. Es ist angenehm kühl hier, ja, verdammt kühl. Und dunkel. Habe ich je so ein schwarzes Schwarz gesehen?

Ich taste nach meiner Visage, doch dann laß ich es, weil ich Muffe hab, daß da vielleicht nichts ist. Ich weiß nicht, wie lange ich da so auf den Knien liege, die Hände auf den flüssigen Asphalt gestützt, damit ich nicht noch tiefer sinke, in meine eigene Kotze. Da packt mich jemand an den Schultern und bugsiert mich auf den Rücksitz seines Wagens. Er knallt die Tür zu, und ich spüre, wie die Hitze langsam davonschleicht, stattdessen wächst der Schmerz in den verbrannten Pfoten und im Rachen, im Nacken, im Kopf, ach, eigentlich überall, bis er meinen auseinandergefallenen Körper wieder einigermaßen zusammengesetzt hat. Nun schmecke ich auch die bittere Kotzkruste auf den Lippen. Ich hätte für so einen heruntergekommenen Kunden nicht angehalten.

Ich zögere kurz, ob ich jetzt schon die Augen öffnen soll. Die

Schwärze ist so kuschelig wie die Kälte. Es kann keine Ente, kein R4 sein, die Karren, die einen normalerweise mitnehmen. Dieser Schlitten hat eine 1A-Klimaanlage, und so, wie die Sitze müffeln, muß es echtes Leder sein. Am liebsten würde ich die Füße hochlegen, aber das will ich meinem barmherzigen Samariter dann doch nicht zumuten. Wo will er überhaupt mit mir hin? Ich hebe den Deetz und öffne meine Lidschlitze, soweit die Kopppiene es zuläßt, und glotze via Rückspiegel direkt meinem Entführer in die Glupschaugen.

Muß ich Sie in ein Krankenhaus bringen? Oder reicht einfach eine kalte Dusche? fragt mich der dazugehörige unsichtbare Mund in knödelndem Süddeutsch.

Ich bin nicht besoffen, wenn Sie das meinen, zumindest nicht mehr, als ich üblicherweise vertrage. Stand da an der verfluchten Kreuzung halt schon vier oder fünf Stunden in der prallen Sonne, ohne daß irgendein Schlumpf gehalten hätte.

Ja, Sie hätten sich keine bessere Stelle aussuchen können. Absolutes Halteverbot! Vermutlich ein Sonnenstich oder Hitzschlag, oder?

Schon möglich. Danke, daß Sie mich da weggeholt haben. Machen Sie hier Urlaub?

Ich lebe hier, zumindest im Sommer. In der Nähe von Aix-en-Provence. Und wo wollen Sie hin?

Aix-en-Provence hört sich gut an. Klingt wie Erholung.

In der Jugendherberge von Aix treffe ich zwei Zimmerer aus Hamburg. Aus Solidarität mit einem einsamen Landsmann und wohl auch, weil ich ziemlich heruntergekommen aussehen muß, schenken sie mir bis zum Gehtnichtmehr aus. Dann kommen wir auch noch zu spät zurück zur Herberge. Obwohl es erst kurz nach zehn ist, machen sie trotz allem Geklingel und Geklopfe nicht mehr auf. Also müssen wir irgendwo im Freien Platte reißen. Doch zunächst erst mal zurück in die Kneipe, wenigstens bis zur Sperrstunde.

Aber es gibt auch Hoffnung. Sie kennen da diesen Deutschen, der gerade sein Sommerhaus in der Provence aufmöbelt, eine Sache von zwei, drei Wochen. Warum nicht? Lenkt mich erst mal ab. Und Ole und Spaddel scheinen gut drauf und ganz in Ordnung zu sein. Und der Deutsche, der uns dann mit seinem dicken Auto vor der Herberge aufliest, ist just mein barmherziger Samariter. Obwohl ich ihm noch was schulde, haben wir natürlich nicht vor, nur für Kost und Logis zu schaniegeln.

Er kutschiert uns zwei Stunden lang über immer schmalere Landstraßen und immer kleinere, ausgestorbenere Dörfer, bis er vor einer alten Steinklitsche mitten in der Pampa hält und ausruft: Na, was sagt ihr zu meinem kleinen Chalet? Für einen Stadtbewohner mag das der richtige Rückzugsort sein, um mal ein wenig Ruhe zu finden. Aber soviel wir auf der Weltreise hierher mitbekommen haben, gibt es weit und breit kein Dorf, keinen Bahnhof, nicht mal eine Bushaltestelle, von einer Kneipe ganz zu schweigen. Und ein zünftiger Kneipenbesuch nach der Maloche gehört für einen wandernden Gesellen nun mal zur Walz dazu.

Herbert verspricht, uns am Abend ins nächste Dorf zu fahren, wenn wir gleich mit der Arbeit beginnen. Nun, bei näherer Begutachtung sieht das nach mehr als drei Wochen Arbeit aus. Der ganze Dachstuhl ist vom Gemeinen Nagekäfer, im Volksmund schlicht Holzwurm genannt, befallen und muß abgerissen werden. Von Holzbalken oder Dachschindeln auf dem Grundstück keine Spur, und Herbert hat offenbar keinen blassen Schimmer, wo er das Zeug hier in Südfrankreich so schnell herbekommen soll.

Mißmutig fährt er uns am Abend dann wirklich noch ins nächste Dorf und erweist sich gleich als das Arschloch, das Ole und Spaddel schon gleich zu Anfang in ihm vermutet haben. Wir sind gerade erst beim zweiten oder dritten Bier und mit zwei Dorfschönen ins Gespräch gekommen, da will Herbert schon in seine Datsche zurück: Wenn ihr noch hierbleiben wollt, müßt ihr selber sehen, wie ihr zum Haus zurückkommt! Was für eine Flitzpiepe! Hätten wir unsere Charlies nicht in seiner Küche liegenlassen, hätte er uns den Buckel runterrutschen können. Ole und Spaddel drucksen merkwürdig herum, blinzeln mich an und malen geheimnisvolle Zinken in ihre Bierpfützen, bis ich es endlich schnalle und mich opfere. Gut, sage ich zu Herbert, ich bin auch schon müde, ich werde mit dir fahren. Die anderen bleiben noch. Aber wie ich das sehe, werden sie schon eine Mitfahrgelegenheit finden.

Beim Frühstück aber sitze ich mit Herbert allein am Tisch, von Ole und Spaddel keine Spur. Ich fang schon mal mit dem Abriß an, während unser Chef losbraust, um Baumaterialien aufzutreiben.

Auch am Mittag sind die beiden Zimmerer noch nicht wieder aufgetaucht. Vielleicht wollen die Dorfschönen sie einfach nicht ziehen lassen.

Wenn das mit euch gleich so losgeht, solltet ihr besser euer Bündel schnappen und verschwinden, mault Herbert.

Ich setze die Abbrucharbeiten bis zum Abend fort und bin schon ziemlich weit gekommen, als die Vermißten endlich antanzen. Inzwischen ist der Chef so angepißt, daß er ihnen eine filmreife Szene macht. Wer ist der Schnösel, daß er uns so zusammenstaucht, denken sich meine Kameraden. Und wer will mit so einem Psycho schon die Nacht im selben Haus verbringen? Sie geben mir ein Zeichen, wir schnappen uns unsere Charlies und machen uns ohne große Worte auf die Socken. Daß es nun auch noch zu pieseln beginnt, stört uns nicht weiter, immerhin war ich ja fleißig und habe mindestens die Hälfte von Herberts Dach bereits abgedeckt.

Vor einigen Jahren war ich wohl noch das, was man in Wertherbruch einen langen Schlacks nennt, ein zu rasch aufgeschossener, unbeholfener Junge mit Streuselkuchenvisage. Äußerlich zumindest, denn Schlacks ruft man auch den Tölpel oder einen Menschen ohne Haltung. Bin ich das?

Inzwischen habe ich das breite Kreuz eines Handwerksburschen, der sich nicht zu genieren braucht, mit nacktem Oberkörper auf der Baustelle rumzuturnen. Niemand würde mich mehr einen Schlacks nennen. Aber mehr denn je fühle ich mich gerade schlacksig.

Als wir auf ein Hinweisschild nach Taizé stoßen, trenne ich mich von Ole und Spaddel. Gibt's da auch ausreichend Soruff und Schicksen? fragen sie. Haben von Taizé noch nie was gehört. Beten, singen, malochen, fasten, antworte ich. Sie wünschen mir viel Glück.

Leider gehöre ich nicht zu den Gören, die in dem festen

Glauben leben können, sie seien in Wahrheit ein Kuckuckskind. Dazu gleiche ich Vadder dann doch zu sehr, dieselbe Fresse mit den hervorstehenden Wangenknochen und den tief in ihren Höhlen liegenden Augen, dieselbe Wut, derselbe Neid, dasselbe mürrische Wesen. Der einzige, aber vielleicht rettende Unterschied ist der Sex.

Rettet er uns wirklich? Jetzt, so aus der Ferne, kommt mir Vadder fast wieder menschlich vor. Überhaupt, hat er sich nicht wenigstens bemüht? Andere Väter sind doch auch nicht besser. Vielleicht aber ist die Ferne auch nur eine Art Augenkrankheit, man sieht alles mit einem milderen, verklärten Blick. Was ist denn meine erste Erinnerung an ihn? Ich bin vielleicht vier Jahre alt, Mechthild, Klaus und ich sitzen auf der Küchenbank. Mudder steht zwischen uns und Vadder und hält ihn mit dem großen Fleischmesser in Schach. Sie sieht aus, als würde sie wirklich zustechen, wenn Vadder noch einen Schritt wagt. Ich bin der einzige, der nicht weint.

Einmal wollte Mudder wirklich gehen. Da geschieht etwas, was ich ganz und gar für unmöglich gehalten hätte: Vadder fängt an zu flennen und bittet um Entschuldigung. Natürlich heult Vadder nicht so wie die Waschlappen und Heulsusen in der Glotze, nein, er weint wie ein richtiger Kerl, ein John Wayne, der seinem verletzten Gaul den Gnadenschuß gibt, staubige Tränen sozusagen. Trotzdem kommen sie mir irgendwie künstlich vor. In dieser Mischpoke spielen doch alle irgendwas, was sie nicht sind. Vadder spielt den Vater nur, wie soll er auch wissen, was ein richtiger Vater ist, lungerte sein eigener doch irgendwo in Stalingrad oder Nowosibirsk herum. Mudder spielt die Mutter, so wie Miss Tilly oder Klementine es ihr jeden Tag in der Flimmerkiste vormachen, nicht nur sauber, sondern porentief rein, aber Sie baden doch gerade Ihre Hände darin! Klaus spielt den älteren Bruder nur, weil Vadder und Mudder ihm keine andere Wahl gelassen haben. Dabei wollte er doch gar nicht viel mehr, als nur einmal selbst in den Arm genommen werden und hin und wieder mal in die Buchse machen dürfen. Was er dann auch tut, bis er elf oder zwölf ist. Keine Ahnung, wie er den ständigen Spott und die Prügel wegsteckt. Und Mechthild kokettiert nur mit dem jungsgeilen Flittchen, in Wahrheit sucht sie sich dann Typen, die ihr unter Garantie nicht zu nahe kommen werden. Und ich, ich bin wahrscheinlich der größte Heuchler, der nicht nur ein Leben lang alle anderen, sondern auch sich selbst angelogen hat. Aber was soll's, das alles ist ja nicht mal was Besonderes, sondern einfach nur nachkriegsdeutscher Durchschnitt. Ohne diese beständigen Lügen ginge ja alles sofort den Bach runter.

Nach einer Woche entschließe ich mich, noch länger in Taizé zu bleiben. Zwar verdiene ich nichts, aber es kostet mich auch nichts. Und es gibt hier immer was zu tun, die Erneuerung der Küchenbaracken, die Instandhaltung des Sanitärbereichs, der Aufbau neuer Gemeinschaftszelte, im Augenblick platzt das Gelände echt aus allen Nähten. Ich hebe Abzugsgräben aus, zimmere neue Doppelstockbetten, ich mache alles, außer dem Abwasch. Und dreimal am Tag geh ich zum Schallern in die Versöhnungskirche. Dort darf man sich auch unters Singevolk mischen, ohne an irgendeinen Gott zu glauben.

Dort hock ich plötzlich neben Walter, trotz des urdeutschen Namens ein gleichaltriger Italiener aus Milazzo. Er kommt gerade aus Amsterdam. Vor seinem Hollandbesuch hatte er noch den Plan, ins Kloster zu gehen, jetzt denkt er daran, sich freiwillig zum Militär zu melden. Hat wirklich einen an der Knäcke, der Kerl, aber sieht aus wie ein sixtinischer Engel. Er will sich nur heimlich und im Dunkeln mit mir treffen, im Garten der Stille, ein wenig abseits von den Unterkünften. Wir haben Sex, ohne daß ich ihn auch nur einmal nackt gesehen hätte. Drückt seinen Kopf an meine Brust, *Here*, flüstert er, *here I want to suck you!*

*On my nipples?*

*On your heart, you idiot!*

Als er nach einigen Tagen abreist, hinterläßt er mir eine Brigade Sackratten, vermutlich holländischer Herkunft. Ich schäme mich, in der Krankenstation nach einem Entlausungsmittel zu fragen und rasier mir einfach die ganze Matte ab.

Ich denke an Pille. Saufe inzwischen weniger als früher. Hier im Oyak, dem einzigen Kiosk auf dem Gelände, kriegt man ja nicht mehr als ein Bier pro Abend. Und diese Plörre wird mich sicher nicht dulle machen. Plörre, *les pleurs*? Gibt es da einen Zusammenhang zwischen fadem Tran und Tränen?

Außerdem gibt es hier eine Poststelle. Ich gehe jeden Tag hin, obwohl ich Pille meine Postadresse noch gar nicht mitgeteilt habe.

Ich lese Camus' *Sisyphos*, den irgendein deutscher Pilger im Schlafzelt liegengelassen hat. Es ist kein Roman, aber fast genauso spannend. Außer gemeinsamem Schallern und einem Stündchen einsamen Lesens gibt es ja kaum Vergnügungen hier. Die meisten zurückgelassenen Bücher sind Krimis.

Heute nacht ein schräger Traum. Bin ganz allein im Haus in der Teutonenstraße. Es klingelt, ein Unbekannter steht vor der Tür. Ich sage: Vadder und Mudder sind nicht da. Er antwortet: Kein Problem, ich wollte doch zu dir, Gabi. Wer bist du denn? frage ich. Albert, Albert Camus, antwortet der Fremde. Zögernd bitte ich ihn hinein, habe Angst, daß Vadder jeden Augenblick auftauchen und den Besucher vor die Tür setzen könnte. Albert hingegen bleibt supercool, knallt ein Sixpack und ein Freßpaket auf den Küchentisch und sagt: Fang ruhig schon an. Hast ja noch einen weiten Weg vor dir.

Ein junger Pole, der im Küchenzelt arbeitet, hat sich beim Kartoffelschälen oder Zwiebelhacken den halben Daumen abgesäbelt. Ich begleite Pavel zur Sanitätsbaracke. Bruder Paolo versucht, das Blut zu stillen und die Wunde zu nähen. Die Betäubungsspritze hilft nicht, ich halte den Burschen fest, während mir selbst vor lauter Blut und rohem Fleisch kotzübel wird. Nach der kleinen Operation sehen wir alle drei aus, als kämen wir gerade aus einem Schützengraben vor Verdun.

Das Lesen macht mich wütend; wütend auf die verschwendete Zeit, die ich ohne Bücher verbracht habe. In der Teutonenstraße hielt man das Lesen einfach für eine besonders abartige Art des Faulenzens. Wütend auf die Bücher selbst, sie sind wie Sex, man kriegt einfach nicht genug von ihnen, stürzt sich auf sie, läßt sich fesseln, hat's geschnallt, fängt an, sich zu langweilen, klappt sie zu und läßt sie irgendwo liegen.

Andererseits muß man aufpassen, daß man sich an die Plörre nicht gewöhnt, das Fade, Abgestandene. Obwohl mancher Fraß ja erst am nächsten Tag richtig schmeckt, Wirsing mit Gehacktem, Linsensuppe mit Mettwürstchen. Die Fleischbrocken hatten wir über Nacht allerdings schon herausgefischt, so daß beim nächsten Mittag nur noch ein Restgeschmack in der Gemüseplörre an sie erinnert. Mudder muß wirklich alles wegschließen, nichts ist vor unseren gierigen Mäulern sicher. Und Vadder ist natürlich stinksauer, wenn er so unerwartet auf fleischlose Kost gesetzt wird. Er haßt Plörre, egal welcher Art. Bei ihm muß alles saftig, kräftig, voller Schmackes sein.

Dat löpp nich mähr as'n Döppken, dat Läwen. Da nützt auch eine größere Peitsche nichts. Weiß überhaupt noch jemand, was ein Döppken ist? Klar, die Verkleinerung von Dopp, wie man im Platt alles verkleinert und verniedlicht.

Dopp ist die äußerste Rundung einer Sache, ein großer Kreisel, eine Radkappe, ein Gullideckel. Aber Dopp sagt niemand.

Die Verschlußkappe von einem Fahrradventil ist ein Döppken, oder ein niedliches kleines Gör: Hat dat Döppken doch glatt dree Teller van den Knoddeappels vadrückt! Aber du bist schon lang kein Döppken mehr, Gabi, doch ein Dopp willst du auch nicht sein, das ordentlich und reibungslos rundläuft. Irgendwann kippt auch der größte Kreisel um. Es ist ja nur die Peitsche, die ihn in Bewegung hält.

Nach der nächsten Singstunde spreche ich Bruder Paolo an. Die Brüder sitzen während der Gebetszeiten immer in der Mitte der Kirche. Man kann nach der Andacht auf sie zugehen und sie um ein Gespräch bitten.

Ich komme gleich zur Sache und sage ihm, ich hätte mich in ihn verliebt. Was nicht ganz der Wahrheit entspricht. Ich habe keine Ahnung, was Liebe wirklich ist. Aber nun ist es raus, und ich erspar mir weitere peinliche Geständnisse. Und Bruder Paolo weiß trotz seiner Jugend gleich, worum es geht. Er nickt – und schweigt. Ich warte eine Weile, denke, am Ende war es reine Bosheit von mir, den armen Jungen so in Verlegenheit zu bringen, stehe auf und verabschiede mich: Okay, das war's schon.

Und Paolo nickt noch einmal, dann sagt er: Danke für dein Vertrauen, Gabriel. Ich denke an dich. – Er sagt wirklich, ich denke an dich, und nicht: ich bete für dich.

Soll er mal tun. Vielleicht hilft's ja. Sicher hat er meine Lüge bemerkt. Aber manchmal sind Lügen ja in gewisser Weise wahrhaftiger als die Wahrheit.

Wir kriegen hier zwar nicht viel mit von der Weltgeschichte, aber es spricht sich trotzdem herum, daß man in Teheran die Mitarbeiter der amerikanischen Botschaft als Geiseln genommen hat. Man will sie erst wieder freilassen, wenn der ehemalige Schah von Persien den Ayatollahs ausgeliefert wird. Das kann ja heiter werden. Pille, dieser alte Spökenkieker, hat es schon ganz richtig vorhergesagt.

Einmal schrecke ich mitten in der Nacht auf, höre irgendein Remmidemmi bei uns in der Bude, Pilles Stimme, Stöhnen, laute Schreie. Ich stürze in sein Zimmer, aber da ist niemand außer Said. Er liegt in seinem Bett, schlägt wie knülle um sich und schnackt wirres Zeug. Ich denke, wahrscheinlich ein Alptraum, will ihn nicht wecken, aber ihn auch nicht damit alleine lassen. Also hau ich mich zu ihm auf die Matratze, meine Brust an seinem Rücken, lege ihm meine Hand auf den Bauch und flüstere immer wieder in seine Hennalocken: Alles in Ordnung, Pille, ich paß auf dich auf, alles wird gut, und noch mehr solchen Stuß, bis Said sich einigermaßen beruhigt hat. Wäre gerne bis zum Morgen so liegengeblieben, Haut an Haut mit ihm, aneinandergekuschelt, befürchte aber, Pille könnte das mißverstehen und sauer sein, nach allem, wenn er mich so plötzlich unter seiner Bettdecke findet, also verdrück ich mich auf meine eigene schlecht geheizte Bude. Damit er nicht Gott weiß was denkt, was in der Nacht alles passiert sein könnte.

Aber er hat wohl trotzdem was bemerkt. Hab ich dich heute nacht aufgeweckt? fragt er, während er seine italienische Espressomaschine zusammenschraubt und auf den Herd pflanzt.

Ich dachte, du würdest von einem nächtlichen Besucher massakriert, sage ich, und hab mal nach dem Rechten geschaut. Man liest da ja immer wieder solche Geschichten.

In der *Bild* vielleicht. Aufgeblasenes Zeug. Die meisten werden nicht von irgendwelchen anonymen Bekanntschaften um die Ecke gebracht, sondern von ihren engsten Verwandten. Aber egal, es war kein nächtlicher Besucher, außer man nennt einen ungebetenen Alptraum so.

Du redest doch nicht von mir, oder?

Pille grinst: Spüre deine Pfote immer noch auf meinem Bauchnabel. Hast da offenbar eine Scharte hinterlassen. Aber nein, ich kenn das schon, ist nicht das erste Mal, daß ich so einen Scheiß träume.

Willst du's mir erzählen?

Interessiert es dich denn?

Kann ich dir sagen, wenn du's mir erzählt hast.

Also gut, ich sitze mit meiner Mutter im Keller, es gibt keinen Strom, wir hocken da im Schein einer Petroleumlampe. Und sie ist keine ältere Frau, sondern vier oder fünf Jahre alt. Auch ich bin noch ein Kind, aber sie ist viel jünger als ich. Trotzdem weiß ich, daß es meine Mutter ist.

Ja, ich kenn das auch: Man weiß genau, wer der andere ist, selbst wenn er oder sie ganz anders aussieht als normalerweise.

Wie auch immer, wir hocken also da im funzeligen Licht, ängstlich, frierend, hören die Bombeneinschläge in unserem Viertel, kleine Erdbeben, die das ganze Haus erzittern lassen. Mutter schluchzt, unterdrückt ihre Tränen aber. Selbst als kleines Mädchen will sie schon stark und furchtlos sein. Ich nehme sie in den Arm und drücke sie ganz fest an mich. Dann erzähle ich ihr mein Lieblingsmärchen, *Der Teufel mit den drei goldenen Haaren*, aber mit ganz ruhiger Stimme, damit sie sich nicht noch mehr ängstigt. Doch ich komme immer nur bis zu der Stelle, wo der Junge mit der Glückshaut auf den alten Fährmann trifft. Der Fährmann fragt den Jungen, ob er von irgendwas Ahnung habe. Und der Junge antwortet: Von allem, alter Mann! Also fragt der Fährmann ihn, warum er immer hin- und herfahren müsse und nie abgelöst werde. Dann trifft es plötzlich unser Haus, ich schätze mal, eine fette Fünfzentnerbombe, und mit irrem Getöse bricht es über unseren Köpfen zusammen.

Ich hätte nicht gedacht, daß ich mich noch so genau erinnern kann. Was soll's, meine Lieblingsstelle war immer die mit den Räubern, die dem in ihrer Räuberhöhle pennenden Jungen die Kehle aufschlitzen wollen. Doch dann finden sie den Brief an die Königin, schlitzen erst mal den auf und sind so angepißt von der Niedertracht des Königs, daß sie ihn zerknüllen und ins Feuer werfen und stattdessen einen neuen schreiben.

Wenn ich noch vor dem Winter fortwill, sollte ich mich mal langsam auf die Socken machen. Es ist mir nicht leichtgefallen, aus Wertherbruch wegzugehen und mich von meinen Kumpels und, ja, selbst von meiner Mischpoke zu trennen. Doch nun kann ich mir gar nicht mehr vorstellen, nach Wertherbruch zurückzukehren, weil ich mich dann von mir selbst trennen müßte. Von dem, der ich inzwischen geworden bin oder vielleicht auch schon immer war. Das Schlimme am einsamen Unterwegssein ist ja, daß man sich am Ende nur noch mit sich alleine gut fühlt.

Ich schicke Said eine Karte, diesmal mit Absender, Poststelle Taizé: Hey Pille, wie geht's? Ist meine Bude in der Muskauer noch frei? Würd' gern mal wieder vorbeischauen, du weißt schon, von wegen Winter, Schneematsch und vereisten Dächern. Bin jetzt garantiert nüchtern, ehrlich!

# WALZ-GLOSSAR

| | |
|---|---|
| *Achelei* | Essen, Mahlzeit (von *acheln*: essen) |
| *Asche, Kies, Pech, Pinke, Penunze* | Geld |
| *ausschenken* | bewirten, freihalten |
| *baumkantig* | unangenehm |
| *beschickert* | betrunken (von *schickern*: trinken) |
| *Bienen* | Läuse |
| *Charlottenburger / Charlie* | Wanderbündel |
| *Deetz* | Kopf |
| *Ehrbarkeit* | Schlips oder Anstecknadel als Zeichen der *Schacht*zugehörigkeit |
| *einheimisch melden / werden* | Walz beenden |
| *fechten* | betteln |
| *Fettigkeit* | Wurst, Schinken, Fleisch |
| *fleddern* | die Ehrbarkeit oder den Ohrring abreißen, sich prügeln |
| *Fleppe* | Ausweispapier, Buch |
| *Hänger* | Ohrring |
| *Himmelsfechter* | Handwerksbursche (auch: *Wolkenschieber*) |
| *Hinterkünftig* | abgelegene Straße |
| *holzen* | sich prügeln (mit dem *Stenz*) |
| *im Rotz sein* | heruntergekommen sein |
| *Kittchen* | Gefängnis |

| | |
|---|---|
| ***Kluft*** | (Walz-) Kleidung |
| ***Kohl*** | Schwindel |
| ***Kohldampf*** | Hunger |
| ***krauten*** | wandern |
| ***Krauter*** | Handwerksmeister |
| ***Kreuzspanne*** | Weste |
| ***Kuhkopp*** | jeder, der nie auf der Walz war |
| ***Kunde*** | reisender Geselle |
| ***Kundschaft*** | Arbeitsnachweis, Zeugnis |
| ***Kunst*** | Handwerk |
| ***Latte*** | Schulden |
| ***link*** | falsch, schlecht (*linke Socke*) |
| ***Obermann*** | zur Kluft gehörender Hut |
| ***Pachulke*** | ungeschlachter, plumper Kerl |
| ***Padde*** | Geldbörse |
| ***Penne*** | Herberge, Unterkunft, Bett (auch: *Platte*) |
| ***peukern*** | sterben |
| ***Pickelei*** | schlechtes Essen |
| ***Räuchling*** | Zigarette (auch: *Hustenburger*) |
| ***Schacht*** | zünftige Gesellenvereinigung |
| ***schallern*** | singen |
| ***schaniegeln*** | arbeiten |
| ***Schickse*** | Nutte |
| ***Schlamassel*** | Ärger, Schwierigkeit |
| ***Schmacht*** | Hunger (*schmachten; Schmachtriemen*: Gürtel) |
| ***Schnack*** | Redeweise unter Gesellen |
| ***Schuß geben*** | kündigen |
| ***Soruff*** | Schnaps |
| ***Staude*** | zur *Kluft* gehörendes Hemd |

| | |
|---|---|
| *Stenz* | Wanderstock |
| *Stinkerling* | Socke |
| *tapern* | gehen |
| *Theater* | Marktplatz |
| *Tille* | unverheiratete Frau |
| *umschauen* | bei Meistern nach Arbeit anfragen |
| *Vadder* | Herbergsvater, Wirt |
| *verschüttgehen* | verhaftet werden |
| *vorsprechen* | mit zünftigem *Schnack* um Arbeit nachsuchen |
| *Wallmusch* | zur *Kluft* gehörendes Jackett |
| *Weitling* | Klufthose mit ausgestellten Beinen |
| *windig* | unsicher |
| *Zinken* | Stempel; Bettlerzeichen an der linken Seite der Schwelle |
| *zotteln* | stehlen |

Michael Roes
**DER TRAUM VOM FREMDEN**

264 Seiten, gebunden mit Schutzumschlag und Lesebändchen

ISBN 978-3-86300-323-4
€ 22,00

Ostafrika 1883: Arthur Rimbaud, der große Poet der Dritten Französischen Republik, hat dem Dichterleben abgeschworen und arbeitet als Kaffee- und Waffenhändler in der legendären Stadt Harar. Als sein Geschäftspartner Sotiro von einer Erkundungsreise in den Ogaden nicht mehr zurückkehrt, startet Rimbaud eine Rettungsmission. Mit einer kleinen Mannschaft vertrauter Einheimischer dringt er vor in die noch unerforschte Wildnis des Ogaden, wo ihn unerwartet die Poesie einholt. Während der Dichter, der keiner mehr sein will, die gefahrvolle Expedition möglichst nüchtern und wissenschaftlich zu protokollieren versucht, drängen immer öfter die längst vergessen oder überwunden geglaubten Dämonen der Vergangenheit zurück in sein Bewusstsein.